クラスで浮いてる宇良々川さん
四季大雅
イラスト さかもと侑
KURASUDE
UITERU
URARAKAWASAN

Kurasude Uiteru Urarakawasan

CONTENTS

Cover Design / Junya Arai + Bay Bridge Studio

バン
（巻《まき》田《た》盤《ばん》）
ユージン
（風折《かざおり》悠人《ゆうと》）
もるちゃん
（森《もり》野《の》薫《かおる》）
オユタン
（愛《あい》尾《お》豊《ゆたか》）
ひちょり
（樋《ひ》地《ち》理《さとる》）
ハカセ
（菊《きく》地《ち》一成《いっせい》）
五十《いそ》部《べ》龍《たつ》郎《ろう》

KURASUDE UITERU URARAKAWASAN

クラスで浮いてる宇良々川さん

四季大雅

イラスト　さかもと侑

登場人物

・宇《う》良《ら》々《ら》川《かわ》りんご
物理的に浮く。

・ハカセ（菊《きく》地《ち》一成《いっせい》）
飛行機部部長。

・五《い》十《そ》部《べ》龍《たつ》郎《ろう》
飛行機部部長。

・バン（巻《まき》田《た》盤《ばん》）
飛行機部部員。フェアリング担当。

・ユージン（風《かざ》折《おり》悠《ゆう》人《と》）
飛行機部部員。プロペラ担当。

・オユタン（愛《あい》尾《お》豊《ゆたか》）
飛行機部部員。翼担当。

・ひちょり（樋《ひ》地《ち》理《さとる》）
飛行機部部員。駆動担当。

・もるちゃん（森《もり》野《の》薫《かおる》）
飛行機部部員。電装担当。

・伊《い》藤《とう》雪《ゆき》
ハカセの家の近所に住んでいた女の子。

一章

1

「宇良々川《うららかわ》さん、最近ちょっと浮いてね？」

「あーわかる。実は俺もそう思ってた」

「え、いつから思ってた？」

「最近も最近。宇良々川さんってさ、正直、とっつきにくいじゃん。何考えてるかわかんないとこあるし、美人すぎて萎縮《いしゅく》しちゃうしさー。だからぜんぜん、気がつかなかった」

「そうだよなー。よし、確かめるべ」

僕の目の前で、そのふたりの男子生徒は、教室の扉をすこしだけ開け、覗《のぞ》き込んだ。

宇良々川りんごは、窓際のいちばん後ろの席で、美しく眠っていた。長いまつげを伏せ、両腕を枕《まくら》にして、赤色のイヤホンをつけて、すやすやと。肌は雪のようで、長い髪は黒檀《こくたん》のよう。頬《ほお》にはほんのりと赤みが差している。スカートから伸びる脚は、すらりと長い。

同じくらい綺麗な寝顔を、子供のころに一度だけ見たことがあった。近所のお姉さんの、雪《ゆき》姉《ねえ》。彼女は棺《ひつぎ》のなかで、白百合《ゆり》に埋もれていた。宇良々川さんの眠りはそんなふうに、仮死的に美しかった。まるで、毒林檎《りんご》を食べてガラスの棺に閉じられた、白雪姫みたいに。

若草の匂《にお》いのする風が、窓から吹き込んだ。宇良々川さんの髪がふわりとふくらんで、ゆるりと波うち、朝の光がさらさらと流れた。ふいに春告鳥《うぐいす》が舞い込んできてその頭にとまると、彼女はわずかに沈み込み、ホーホケキョと見事に鳴いて飛び立つと、また同じ位置に戻った。

ふたりの男子生徒が、顔を見合わせた。

「……やっぱ、浮いてるよなァ〜……」

宇良々川さんは浮いていた。

——物理的に。

椅子《いす》の座面から一センチほど離れ、どこにも着地していない。枕にしている両腕もわずかに浮いて、机とのあいだには光が白く映え、梢《こずえ》の影が揺れている。

『バッカモーン！　人間が浮くわけないぢゃろう！』

どこからともなく声が聞こえた。僕の頭のなかにある、白い扉のむこうからだった。ちょうど目の高さに、『E=mc²』と彫り込まれた金のプレートが貼《は》られている。

扉を開けると、そこは真っ白い部屋だ。奥にはでっかい黒板があり、その両脇《わき》には難しそうな本がぎっしり詰まった本棚。正面には、これまた真っ白なデスクがあり、そこに、声の主がいた。もじゃもじゃの白髪に、りっぱな口髭《ひげ》、ちょっと汚れた白衣——

世紀の天才、アルベルト・アインシュタイン博士だった。

博士は顔を真っ赤にして椅子《いす》から立ち上がると、チョークをぷるぷる震わせながら黒板に林《りん》檎《ご》の絵を描《か》き、さらにその重心から鉛直下向きに伸びる矢印と、物理方程式を書いた。

『一六八七年、アイザック・ニュートンは〝自然哲学の数学的諸原理《プリンキピア》〟において、万有引力の法則を公表した。すべての質量を持つ物体は、互いに引き合う。〝林檎は木から落ちるのに、月はなぜ落ちないのか？〟という疑問から、この法則を着想したそうぢゃ。あの娘っ子、名前が〝りんご〟のくせに、落ちないとはこれいかに！』


僕はこほんと咳《せき》払いをして、博士の言葉を繰り返す。

「いやいや、人間が浮くわけないじゃないか」

「出たな、ハカセ」

男子生徒は、宇良々川《うららかわ》さんに目が釘づけのまま言った。

僕には菊地一成《きくちいっせい》という名前があるが、知り合いの誰もそう呼ばなかった。出会って三日もすると、みんな僕のことを『ハカセ』と呼ぶようになってしまう。

「人間が浮くなんて、物理的におかしい」と、僕は言った。

「いや、俺もそう思うよ。でも、明らかに浮いてるっしょ」

「明らかなのは物理法則のほうだ。あれは浮いているように見えるだけだよ」

「相変わらず頭カッチンコッチンだな、ハカセ。じゃあ、あれ、どう説明すんの？」

「人体浮遊マジックと同じ原理だよ。全体重を支えている一点が、どこかにあるはず」

「どこかってどこよ？」

「うーむ……」僕は隈《くま》なく観察して、言う。「どうやら、左手の中指らしいね」

「どんだけ強靭《きょうじん》な中指!?」

彼はツッコミつつ振り返ると、うわっ、と声をあげた。

あ、と思った。あまりにも変な光景に出くわしたので、すっかり忘れていた。

そういえば、僕は血まみれだった。

2

僕は部室へと向かった。校庭の隅にある平屋の旧備品倉庫で、なかなか大きいコンクリート製の建物だった。両開きのスチールドアに、四月三日の新聞の切り抜きが貼《は》ってある。

『福島県郡山《こおりやま》市翠扇《すいせん》高校　鳥人間コンテスト人力プロペラ機部門　高校生として初出場！』

扉を開けるとすぐ左手に、丸っこいバスタブめいたものが鎮座している。製作途中の、フェアリングと呼ばれるコックピット外装で、主に発泡スチロールからできている。壁際のスチールラックには、工具や塗料、素材などが雑然と詰め込まれている。

「おお、ハカセ、おはよう」

奥の作業台で、翼の小骨《リブ》にやすりをかけていた男子が言った。五十部《いそべ》龍郎《たつろう》——飛行機部の副部長である。髪をツーブロックの七三分けにした、なかなかの男前だ。体格が良く、四角い顎《あご》にちょびちょびと無精髭《ひげ》が生えていたりするのも、高校生らしからぬ風格がある。

「うおっ！　どうした、血まみれじゃないか！」

「近くの交差点で轢《ひ》き逃げされた。あっちの一時停止違反」

「警察には？」

「無駄だよ。死亡事故じゃないし、どうせ本気で動かない。車のナンバーもわからなかったし、目撃者もなし。泣き寝入りして終わりだよ」

「そうか……。とりあえず病院へ行こう！」

五十部は僕をひょいっと横抱きにすると、韋駄天《いだてん》のごとく走りだした。

「うわっ！　お姫様抱っこはヤメロ！」

「怪我《けが》人は黙っとれ」

それから資材運搬用の一輪車に僕を放り込み、猛烈なスピードで走った。

「あばばばばばば」振動がすごい。

あっという間に最寄りの佐藤《さとう》総合病院にたどり着き、地面に降りた瞬間。

「……あ、これ、やばいかも」

果たしてその通りだった。診察を受けるころには右足首は腫れて紫色になり、ズキズキと痛んで、冷や汗が出るほどだった。

「骨折しとるね」と、湯川秀樹《ゆかわひでき》博士にやたらと似た医師は言った。

——治療が終わると、僕らは病院の長椅子《いす》に腰掛けてうなだれた。僕は頭を三針縫い、右足首はギプスでガチガチに固定されていた。幸い手術は免れたものの、これから三ヶ月は松葉杖をついて生活をしなければならない。

「はあ……」「はああっ……」「はう……」「はあん……」

などと、ため息のキャッチボール。同じ夢を見ていた僕らは、同じ憂鬱《ゆううつ》に沈んでいた。

僕らの頭上を、巨大なまぼろしの鳥が、かすめ飛んでいく。

『スノウバード号』——

流線形の胴体、優雅な翼、風を巻き起こすプロペラ。乱れる髪、爽快《そうかい》な夏の匂《にお》い——。眩《まぶ》しく光る琵琶《びわ》湖の水面すれすれを、白く美しい人工の鳥が、すうっと滑るように飛んでいく。

人力飛行機は機能美の結晶だ。よく飛ぶものは自然と美しくなる。バルサ材やカーボン、発泡スチロールなどの軽い素材で作られ、総重量わずか三十〜四十キログラム。コックピットに人間が乗り込み、ペダルを踏んでプロペラを回すことで推進力とする。

僕はそのパイロットだったのだ。

飛行機は墜《お》ちた。

夢は潰《つい》えてしまった。

「……ごめん。僕は……みんなの期待を背負って飛ばなきゃいけなかったのに」

「お前は悪くない。悪いのは車と、運だ」

五十部《いそべ》のバリトンの声は優しかった。

「他のパイロットを探すしかない、よね」

「みんなお前に飛んでもらいたかったんだけどな」

スノウバード号の設計者は僕だった。昔から空を飛んでみたくて、小学五年生のときから航空力学の勉強をしてきた。廃部になっていた飛行機部を幼馴染の五十部と再建し、ＯＢの起業家にスポンサーとなってもらい予算の目処《めど》をつけ、模型やドローンを作って活動実績をでっちあげたり……などとやっているうちに、あっという間に三年生である。

「今さら他人を引っ張り込むのかあ……」

と、五十部は天井を仰いだ。

僕らが出場する鳥人間コンテストは、一九七七年から毎年夏に開催されている、テレビ番組制作を目的とした歴史ある大会である。自作の人力飛行機を持ち寄り、その飛行距離および飛行時間を競う。『人力プロペラ機部門』と『滑空機部門』のふたつがあり、今年の二〇二四年大会では、それぞれ七月二十七日、二十八日に開催される予定だった。

僕らはその『人力プロペラ機部門』に出場することになっていた。

機体製作には丸一年もかかるから、昨年の七月にはもう作り始め、それから年明けにコンテストの説明会に参加し、二月頭にチームPRをぎっしり書き込んだ出場申込書と、機体三面図を提出した。その合格発表を四月一日に受け取り、四月三日の地元新聞に翠扇《すいせん》高校飛行機部の集合写真が載ったばかりだった。今日は十日——あれからわずか一週間である。

「仕方ないよ。みんなのこれまでの努力を無にするわけにはいかない」

「……しかし、適任がいるか？　ハカセと似た体格で、体力があるやつ」

設計はパイロットに最適化しているので、代役も似た体格が望ましい。また、重たいペダルを二時間近く漕ぎつづける体力も必要だ。僕はそのため往復三十キロの登下校を雨の日も風の日もロードバイクでこなしていた。それが事故に遭う原因にもなったわけだけれど……。

そのときふいに、脳裏にひとつの光景が浮かんだ。

それは、クラスで浮いている、宇良々川《うららかわ》りんごさんの姿だった。

3

昼休み、僕はさっそく松葉杖をついて、宇良々川さんのいる文系クラスへとむかった。

彼女はまた、イヤホンをつけて眠っていた。別段、変わった様子はない。やっぱりあれは錯覚だったのかしらん、と思っていると、ふいに、またフワフワと浮かび始めた。

「……」

僕はこっそりと、その前に立った。例の中指が、机のうえについている。これは理論上、全体重を支えているハイパーマッスル中指だということになる。格闘マンガの世界だ。これでレンガとかも破壊できるし、ヘラジカとかも仕留められるだろう、たぶん。

……その中指を、つまんだ。

それからそうっと、持ち上げた。

簡単に、机から離れてしまった。

僕はクラッとしてぶっ倒れそうになる。

いや……よく確かめなければならない！

僕は松葉杖で苦労しつつ、床に這《は》いつくばる。目をカッと見開き、不自然な箇所がないか、よく観察する——。しかしやっぱり、宇良々川《うららかわ》さんはどこにも着地していない。

観測したなら、受け入れるしかない。新しい発見というのは、いつも常識を覆すものだ。

コペルニクスが地動説を唱えるまで天動説が主流だったわけだし、アインシュタイン博士が一般相対性理論を唱えるまで、全宇宙の時間はどこでも均一に流れると考えられていた。その博士も量子論が出てきたとき、不完全な理論であるとめちゃくちゃ頑固に反対して、『神はサイコロを振らない』という名言を残したのだ。

ふいに脳内の真っ白い部屋のなかで、アインシュタイン博士がさけぶ。

『あり得ん！　ニュートン大激怒！　ニュートン大激怒！』

博士はデスクをバンバン叩《たた》き、林檎《りんご》をポンポン投げつけてくる。僕は言う。

『でも、量子論は正しかったですよね？　ミクロな物質は、粒子であると同時に波でもあり、根源的に確率的に存在し、観測することで初めてその位置や運動量が定まる』

するとアインシュタイン博士は不機嫌そうにささくれをいじり、しまいには〝んべっ！〟と舌を出した。お決まりのポーズ。めちゃくちゃごまかしている。

僕は思索（あるいは妄想）から戻り、思わずフフフと笑った。

「信じられない……しかし、素晴らしい……！」

浮遊しているということは、体重がゼロである可能性がある。

人力飛行機は翼が生んだ揚力が重力を上回ることで飛ぶ。だから機体が軽ければ揚力も、ひいては推進力も小さくて済む。そして、人力飛行機の部品で一番重たいのは、人間である。機体重量が三十～四十キロなのに比して、僕の場合六十キロ弱もあるのだ。

——それが、ゼロになる。

わずか数キロの体重を減らすために、パイロットはとんでもなく苦労するのだ。もちろん重心などが変わるため、機体設計を見直さなければならないが、それを補って余りあるアドバンテージだ。きっとすぐ、僕と同レベルのエンジンになれるはずだった。

あまりにもすごい才能に、僕は興奮した。鼻息荒く顔を上げると、宇良々川《うららかわ》さんとバッチリ目が合った。「……あっ」

「ぎょえっ！」と彼女は変な悲鳴をあげた。

そして僕の鼻に衝撃が走った。

4

放課後になると、隣のクラスの五十部《いそべ》がやってきた。

「おっ、どうした、なんだか怪我《けが》が増えてないか!?」

「それについては触れないでくれ。それより、女子の口説き方を教えてくれないか」

五十部はしばらくポカンとしてから、ガッと僕の肩を掴《つか》み、

「大変だ、やっぱり頭を打っていたんだ！」

「痛たたた、新しいパイロットの件だよ、相手が女子なんだ！」

「なんだ、そういうことか……」

五十部はホッと胸を撫《な》で下ろした。僕は言う。

「色恋沙汰《ざた》に興味はない。男も女も所詮《しょせん》は糞《くそ》の詰まった袋だ」

「糞——!?　なんじゃそりゃ!?」

「仏教の考え方だよ。執着しないように」

「うーむ……。そういえば家業が寺なんだったな。親父さんもそんな感じなのか？」

「親父はキャバクラとか大好き」

「生臭だな」

「それより口説き方を教えてくれ！」

「そうだな……とりあえず褒めて、それからロマンチックな話をするのがいいんじゃないか？」

「なるほど、褒めてからのロマンチック……。よし、さっそく行ってくる！」

そんなこんなで、僕は宇良々川さんのクラスへと向かった。慣れない松葉杖で、ちょっとした移動も一苦労である。しかし彼女はそこにいなかった。慌ててまたドタバタと捜しまわる。

ようやく見つけた彼女は、学校前のバス停に立っていた。背が高く脚がすらりと長いので、遠くからでもよく目立つ。彼女はイヤホンをつけて、物憂げな眼差《まなざ》しを道路の破線に落としていた。どこか神秘的な表情だった。まるで占い師が、その破線のひび割れから、未来に横たわる悲しい影を読み取った、というような感じで。

ふいに顔を上げると、僕に気づいて目を丸くし、

「ぎょえっ！」

それからバス待ちの列からサーッと抜け出していった。僕はあわてて後を追った。彼女は長い脚でスーッと逃げていく。一方の僕は両手に松葉杖で、ガラクタから生まれた三本足の怪物

みたいな不恰好《ぶかっこう》さで、ドッタンバッタン追いかけてゆく。必死である。彼女はちょっと振り返って「ぎょえっ！」とまた鳴いて、さらに加速した。

「素晴らしい……」と僕は思わずつぶやいた。

この脚力、この体力――実に人力飛行機向きだ！

すると、次のバス停の手前で突然、宇良々川《うららかわ》さんは振り向いた。

「何っ!?　なんなの!?」

「落ち着いてほしい。怪しいものじゃない」

「怪しいでしょ！　三本足の妖怪《ようかい》みたいのが微笑《ほほえ》みながら追いかけてきたら！」

……それはたしかに怪しいかも。

「申し訳ない。でも誤解があるんだ。そもそも最初から誤解だった。僕はただ、きみに飛行機部に入ってもらいたいだけなんだ！」

「飛行機部……？」宇良々川さんは顔をしかめた。

それから僕は、いかにして新しいパイロットが必要になったかを必死に話した。

「……事情はわかったけど、なんで、わたしなの……？」

これは勧誘チャンスだと思った。五十部《いそべ》のアドバイスを思い出す。褒めて、ロマンチック。これである。僕は心を込めて、言う。

「きみは、良い脚をしている……」

宇良々川さんは何も言わず、カバンからハサミを取り出して構えた。

「えっ――怖っ⁉」

「こっちが怖いわ、変態！」

「あっ、そういう意味じゃない！　パイロットに適した脚って意味！」

そのとき、停留所にバスがやってきた。宇良々川さんはサッと乗り込んで、

「飛行機に興味ないので、そういうことでよろしく」

すかさず僕もサッと乗り込んだ。

「なんでついてくるのよ⁉」

「しょうがないじゃないか、骨折しちゃって、これに乗らないと松葉杖地獄なんだから！」

宇良々川さんはチッとお行儀悪く舌打ちして、バスの最後尾に座った。僕は整理券らしきものを取る。ずっと自転車通学をしてきたせいで、路線バスに乗るのは初めてなので、勘である。

それから座席に着いた。

「当然のように隣に座んな！」

「ここしか空いてないんだもの！」

宇良々川さんは僕からできるだけ遠ざかり、脚を組んだ。良い脚だ。それからハサミをこちらへ向けた。怖い。そのまま次のバス停に着き、降りていく女児がこちらを見て、

「ママァ～人質みたいなヒトいるよ～」

「そんなヒトいるわけないでしょ～」

すみません、お母さん、その人質みたいなヒトは僕です。

バスが走りだすと、僕は次なる作戦に出る。

「アメリア・イアハートというアメリカのパイロットがいてね」

「勝手に話しかけないで。あと敬語使ってもらえるかな、友達じゃないし」

「……」負けずにつづける。「彼女は二十三歳のとき航空ショーで初めて飛行機に乗ると、空に強烈に憧れて、パイロットを目指し始めた。それからあらゆる逆風を乗り越えて夢を叶《かな》え、三十四歳のときには女性として初めて大西洋単独横断飛行に成功し、一躍、時代の寵児《ちょうじ》となって、女性解放運動の象徴ともなった。なぜ飛ぶのか、と訊《き》かれた彼女はこう答えた。〝飛びたいから飛ぶのです〟――。空を飛ぶ自由と、雲の美しさを、彼女は誰よりも知っていたんだ」

「……」

「ロマンチックだと、思いませんか？」

「キモッ！　敬語使うな！」

「さっき使えって！」

「タイミングが最悪すぎる！」

それからすこし間を置いて、宇良々川《うららかわ》さんは訊く。

「……それで、その人はそれからどうなったの？」

「三十九歳のときに、赤道上世界一周飛行に挑戦し、途中で忽然《こつぜん》と消息を絶ってしまった。未だにその最期は霧のなか。南太平洋で見つかった骨が、彼女じゃないかと言われてるけど」

「……そうなんだ」宇良々川さんはちょっと悲しげな表情をした。「あなたはどう思う？」

「海に落ちたんじゃないかな」と、僕は答えた。

「はあ……」彼女はため息をついた。「ロマンの欠片《かけら》もない」

「どうだとロマンチックなの？」

「そうね……」彼女は窓の外を流れていく景色を眺めた。きれいな横顔だった。「アメリアは未知の島に不時着したの。そこには音楽で心を伝えあう人々が住んでいた。島には〝地の心〟しかなかったのだけれど、彼女はギターを弾いて〝空の心〟を伝えた。そのおかげで島では飛行機が作られ始めた。百年後、アメリカに見たこともない飛行機がやってきて、乗っていた少年が言うの。『こんにちはみなさん、アメリア・イアハートを知っていますか？』――」

僕は愕然《がくぜん》とした。すると宇良々川さんは頬《ほお》をぽっと赤くして、

「たまたま思いついただけ」

「いや、天才だよ……。天才ロマンチスト！」

「ちょっと、やめて、ほんとに！」

宇良々川さんはその名の通り、林檎《りんご》みたいに真っ赤になった。そのときちょうど、バスが郡山《こおりやま》駅に着いた。彼女さんはサーッと逃げるようにバスから降りていった。

「あっ、待って！」

しかし、すでに精算の列ができあがってしまっていた。さらには、料金支払いの仕組みがわからずもたついてしまい、すっかり彼女を見失ってしまった。

「今どきお釣りが出ないなんて……バスの難易度、高すぎる……」

5

「おう、その足はどうした一成《いっせい》」

帰宅すると、坊主頭が出迎えた。件《くだん》の生臭坊主の父、菊地良照《きくちよしてる》である。ジョン・レノンみたいな丸眼鏡《めがね》をかけ、グレーのスウェットから覗《のぞ》くしまりのない腹を、ボリボリとかいている。

「轢《ひ》き逃げされた」

「バカだねえ」

親父は威厳のない薄い肩を揺らして、へらへらと笑った。僕はイラッとして、

「それが怪我《けが》して帰ってきた息子に対する態度か」

「だって、怒ったり悲しんだりしてもしょうがないでしょ、もう済んだことなんだから。それに〝禍福《かふく》は糾《あざな》える縄のごとし〟ってね。案外、足首が折れてラッキーかもよ」

……この感じが苦手である。つるぴか頭をぺちんとやってやりたくなる。

親父は僕の右足首を見遣りつつ、おもむろに問う。

「両手の鳴る音は知る。片手の鳴る音はいかに？」

――いわゆる禅問答である。臨済宗《りんざいしゅう》ではこういった一種の謎かけに取り組むことで、悟りに近づいていくという。昔から親父はたびたびの気まぐれで、こうやって問いかけてくるのだ。答えのない問いである。脳内でアインシュタイン博士がさっそく暴れる。

『バッカモーン！　片手が鳴るわけがないぢゃろう！』

博士は人間の頭部の模型をパカッと開いた。内耳構造がまるわかり。

『手を叩《たた》くと空気が振動し、約三四〇メートル毎秒で伝わり、聴神経を通じて脳に伝達される。片手は空気を振動させせないのぢゃから、鳴るわけがなかろうに！』

博士はめちゃくちゃ早口で言って、ぜいぜいと息を荒くした。

「0点。つまんない人間だね～」

親父はへっと鼻で笑い、ぜいぜいしている僕にむかってそう言い放ち、足裏でふくらはぎをかいた。舐めた態度に、僕はイラッとする。こういう禅問答を、僕も子供のころは楽しんでいた気もするが、いまとなってはもうただただうっとうしい。親父は飽きたのかリビングへ行き、文庫本を読みながら海外ドラマを見始めた。エッチなシーンになると鼻の下を伸ばす、生臭ドスケベ坊主。母さんが留守なのをいいことにやりたい放題である。

僕はため息をついて、階段を苦労しつつのぼり、自室のベッドに倒れ込んだ。体の節々が痛んだ。脇《わき》の下がひりひりする。ぼうっとしていると、教室でまどろむ宇良々川《うららかわ》さんが思い浮かんだ。毒林檎《りんご》を食べた白雪姫のような、仮死的に美しい顔——

それがいつの間にか、あの人の顔にすり替わった。

——『わたしは鳥になりたい』

桜ヶ丘《さくらがおか》公園の展望台の手すりに立ち、白い大きな鳥のように両腕をひろげる彼女……。

——『この重たいからだを脱ぎ捨てて、自由になりたいの』

——『ハカセくんは、何になりたい?』

伊藤雪《いとうゆき》——雪姉《ゆきねえ》は、ふっと蠱惑《こわく》的に微笑《ほほえ》んだ。

ハッと目を覚ました。いつの間にか眠っていた。もう暗くなっていた。ひどく懐かしいような、微熱のあるような感じがして、起き上がることもできなかった。夢のなかでは、どうしてこうも、心が無防備になってしまうのだろう……。飛行機のポスターに手をついて起き上がり、片足で飛び跳ね、本棚のほうへ。中にはライト兄弟の伝記や航空力学の参考書、そして天板には、ロケットの模型と、白い灰の詰まった小瓶が置かれている。

雪姉の、遺灰――

僕は将来、これを、月に撒《ま》く。

6

翌日の放課後、飛行機部のメンバーが集まった。僕と五十部《いそべ》を含む男子が六人、女子が一人、全員が三年生である。

「みんな、すまない、責任ある立場なのに怪我《けが》を――あ痛っ！」

僕は思い切り下げた頭を、ボカッと殴られた。

「バカがよ！　腹切って詫《わ》びろ！」

フェアリング担当の、巻田盤《まきたばん》だった。ツンツンに立ったハリガネみたいに硬い銀色の髪に、吊《つ》り上がった細い眉《まゆ》、というなかなか凶悪な見た目のやつだ。

「こらバン、事情は説明しただろ！」

五十部があわてて止めるも、バンは鋭い犬歯を剥《む》き出しにして、

「事情もへったくれもあるか！　気合が足りねえから怪我《けが》すんだよ！」バンはいきなりシャツを捲《まく》り上げ、バキバキの腹筋を露出した。「見ろ！　この一個一個に気合が詰まってる！　だからトラックだろうが千代《ちよ》の富士《ふじ》だろうが、いきなり轢《ひ》かれてもびくともしねえ！」

「千代の富士……？」（※昭和最後の大横綱。鋼《はがね》のような筋肉の塊）

「オラ、殴ってみろや！　詫《わ》びの気持ちを拳にこめろ！」

「ええ……？」

相変わらず世界観がよくわからないが、仕方なく右拳でシックスパックをぺちん！

「バァァァァァァアカ！」めちゃくちゃ怒られた。「お前の申し訳なさはその程度か!?　言葉にできないから拳で語るんだろうが！　力を振り絞れ！　地球を破壊しろ！」

「ウ……ウワァァァァーッ！」

――べちん!!　バンは深く味わうみたいに目を閉じて、うなずいた。

「できたじゃねェか……。やっぱり、腹を割って話すのが一番だな」

たぶん、物理的に割るのはこいつくらいのものだろう。

しかしなぜか、それで禊《みそぎ》は済んだような雰囲気となり、話し合いに移行した。

僕は宇良々川《うららかわ》さんが次のパイロットに相応《ふさわ》しいと主張した。しかし、物理的に浮いているという話はまだできない。実際に見なければ、誰も信じないだろう。僕ですらまだ半信半疑なのだ。そこで、別に調査してきたデータを披露する。

「宇良々川りんご――三年B組、出席番号三番。僕とほぼ同じ体格で、体重はたぶん僕より軽い。昨年まで陸上部の長距離走者で、インターハイにも出場。脚力・体力ともに最高」

「頭から尻《しり》の先まで、気合はたっぷり入ってるか？」

「そんな、たい焼きのあんこみたいに言われても困るけども」

「よし、グダグダ言っててもしょうがねえ、とりあえずそいつを引っ張って来ようぜ！　オレたち全員で、順番に総当たりで行くぞ！」

　バンは勝ち抜き戦的な図式を勝手に持ち出して、さっさと行ってしまった。残された僕ら六人は顔を見合わせて、やれやれと首を横に振り、後を追いかけた。仕方がない。剣道部時代から先鋒《せんぽう》なのだ、あいつは。

　――バンは昇降口で待ち構えた。僕ら六人は、それを物陰から窺《うかが》う。

　すこしして、宇良々川さんがやってきた。彼女が校舎から出た途端に、風が吹いた。黒檀《こくたん》のような黒髪が、サラサラとシャンプーのCMのように流れ、切れ長の目がすっと細められた。

「アッ――！」と、バンは変な声をあげた。

　それから、関節をギコギコさせながら近づいていった。まるでブリキの木こりみたいに。

「お、お嬢さん……」

　いきなり声をかけられて、宇良々川さんは顔をしかめた。バンはつづける。

「……い、いっしょに、お空を飛びませんか？」

なんだかフェアリーテイルな言い方だった。ドロシーが竜巻に乗って飛ぶようなたぐいの。

「え……結構です……」

宇良々川《うららかわ》さんはそそくさと行ってしまった。バンは膝《ひざ》から崩れ落ちた。

「あーあー」「何やってんのよ」「めちゃくちゃダサッ」

などと口々に罵倒《ばとう》しつつ取り囲むと、バンは顔を覆っておんおん泣いた。

「オレは、ツラのいい女に弱いんだよォ……！」

「何がシックスパックだ！　ナインパックくらいになって出直せ！」

「奇数の腹筋はキモいよ」と、僕は冷静に言った。ナインパック？

こうして先鋒《せんぽう》の巻田盤《まきたばん》は、アッサリと散った。

7

翌朝——

ポロロン……と美しい音色がした。

宇良々川さんはふと、足をそちらへと向けた。校庭のほうである。運動部が水分補給をするための水飲み場——そのてっぺんに、男子生徒が座っていた。なぜか、三つ並んだ水道の蛇口のすべてが天に向けられて、水がきらきらと美しいアーチを描いている。

ポロロン……と彼はベイビーハープを鳴らす。

それから微笑《ほほえ》んで、宇良々川さんにむかって、うぬぼれたっぷりの目線を投げた。

――次鋒《じほう》、プロペラ担当、風折悠人《かざおりゆうと》。人呼んでユージン。

飛行機部の吟遊詩人である。なぜ飛行機部に吟遊詩人がいるのか、誰にもわからない。

「宇良々川りんごさん」と、ユージンは歌うような調子で言った。「同じ名前ですね――禁断の果実、と」気色の悪い倒置法オブ・ザ・イヤー受賞である。

ユージンに会って十秒もすると、たちまちわかる。とんでもないナルシストだと。顔立ちは中性的で、目は筆先で線を引いたように細い。全体的にキツネに似ているのだけれど、本人はこれを耽美《たんび》な顔だと思っているらしい。あまりに美しいので、女子がみんな自分に惚《ほ》れて争いが起こるのではないかと、優しくしすぎないよう気をつけているほどである。

しかしいま、封印は解き放たれた。宇良々川さんを自身の色気で落とそうと、謎のハープまで持ち出して、シャツは第三ボタンまで開放して鎖骨をあらわにし、水道を噴水のように意味もなく出しっぱなしにしているのである。自分のことをギリシャ彫刻だと思っていないと到底できない芸当である。

「まーた、飛行機部か……」

宇良々川さんは少々うんざりした様子で言った。次鋒にしてすでにバレバレだった。

「ボク、あなたのために作ってきました――愛の歌を。いいですか、奏でても？」

「いいけど口こじ開けて舌切って石詰めてまつり縫いして井戸に沈めるからね」

「……」

めちゃくちゃ怖い。

ユージンは目に涙を浮かべて、ポロンポロンと悲しげにハープを鳴らすだけになった。宇《う》良々川《ららかわ》さんが去っていくと、僕らは物陰から出て、ユージンをボカスカと袋叩《だた》きにする。

「バカがよ！」「水を大事にしろ！」「ギリシャと音楽に謝れ！」

こうして次鋒《じほう》の風折悠人《かざおりゆうと》も、アッサリと散った。

8

二限目後の、十分間の休み時間――

どこからともなく、ささやくような声が聞こえた。

「……セ……ハカセ……」あたりを見回すが、誰もいない。「ハカセ……こっち……」

僕はハッとして振り返った。コロボックルが、立っていた。

飛行機部の駆動担当、樋地理《ひちさとる》。人呼んでひちょり。

「ハカセ……」夏の終わりのホタルめいた、か細い声である。「ぼく……一限目の休み時間に……宇良々川さんの勧誘……行ってきたんだ……」

「えっ、ひちょり、行ってくれたの!?」

ひちょりは極度の恥ずかしがり屋である。人とすれ違うだけで真っ赤になってしまうくらい。国語の授業で朗読を当てられようものなら、顔から火が出て燃え尽きてしまうに違いない。だが、ひちょりは決して当てられない。

生存戦略である。

彼は気配を消すことを覚えたのだ。

日々その技は磨かれていき、だんだんと影まで薄くなり、ついには目の前で喋《しゃべ》っていても見失うレベルにまで達した。コロボックルの完成である。翠扇《すいせん》高校で精霊のささやきのようなものが聞こえたら、それはひちょりの声なので、よく周囲を探す必要がある。

「で、結果はどうだった……？」

「それが……気づいてもらえなかった……。宇良々川さん、イヤホンつけてたせいかも……」

ひちょりはハムスターめいたつぶらな瞳に、涙を浮かべて、

「ごめんねぇ……みんな……」

すうっ、と半透明になり、ついには蜃気楼《しんきろう》のようにかき消えた。

「ひちょり!?」僕は慌てて周囲を捜したが、もう見つからなかった。「いいんだよ、ひちょり！　ありがとう、ひちょり！」

こうして、ひちょりこと樋地理、アッサリと不戦敗。

9

昼休み——ひとりの男子が、宇良々川《うららかわ》さんのいる三年B組へと向かった。僕ら飛行機部（ひちょりはきっとそこにいる）は、その後をすこし離れてついていく。

随分と、歩きやすかった。ポケットに手を突っ込み、背を丸めて歩く彼を避けて、モーゼさながら、人だかりがサーッと勝手に割れるのである。ガラッ、と彼がB組後方の扉を開けると、キャッと女子の悲鳴があがり、騒がしかった教室がシーンと静まり返った。

イヤホンをつけ、本を読んでいた宇良々川さんも、さすがに異変に気がついて顔を上げ、目を丸くして「ぎょえっ！」と鳴いた。

ガスマスクをつけたロン毛の男が、そこに立っていた。

——中堅、翼《よく》班、兼、有毒物質取扱担当、愛尾豊《あいおゆたか》。人呼んでオユタン。

シュコー、とひとつ呼吸をして、彼は言った。

「ついて来い、宇良々川りんご——」

彼女はものすごく嫌そうな顔をして、それから周囲を見回して、顔を赤くした。そして諦めて従うことにしたようだった。

行き先は、飛行機部の部室だった。彼女は〝あっ、また飛行機部ね！　変なやつらばっかりなんだから！　ぷんぷん！〟みたいなことは全く言わずに、無言で頬《ほお》をひきつらせていた。オユタンはだるそうな動きで窓を開き、扇風機をつけて換気を確保する。

宇良々川さんは、意外にも感心した様子で、作りかけの飛行機を見ていた。

オユタンは別のマスクを無造作に投げ渡し、

「つけろ。有毒ガスが出る」

「はあ……？」顔をしかめつつ、宇良々川さんはしぶしぶと従う。

オユタンはスタイロフォームという青色の断熱材を取り出した。

「こいつを加工して、翼の小骨《リブ》を作るんだ」

そして、手作りの加工台へ。これはミシンのような形状で、垂直に張られた電熱線で素材を焼き切る。その隣にもうひとつ加工台があるが、こちらは素材を斜めの板にすべらせることで、自重によって一定の厚さに切れる電熱線スライサーである。人力飛行機の製作は、こういったツールの自作からすでに始まっている。

――さて、そういった説明もなしに、オユタンはいきなりカットを始めた。小骨《リブ》はでっかくて薄い鮭の切り身のような形状をしている。これを主翼桁《げた》に垂直に、いくつも並べることで翼の断面を形成していくのである。

「ねえ、なんなの、これ？」

「シッ……」オユタンは人差し指を口の前（とおぼしき位置）に立てた。

電熱線がスタイロフォームにじゅわりと食い込み、そして切り進めていく……。じゅじゅじゅと沸騰しながら融けるような音と、ぱちぱちと炭酸の弾《はじ》けるような音が鳴る。

「ああ……」とオユタンはため息を漏らした。「いい音だろう……」

「……はあ？」

「最高だ……。首筋がゾクゾクするのを感じるだろう。この快感を教えたかったんだ……」

「猟奇《りょうき》性しか感じないんだけど……」

物陰から見ていた僕らは、こりゃダメだと顔を覆った。

オユタンは見た目の通り、なかなかの危険人物である。年がら年中重度の花粉症に悩まされていたのだが、ガスマスクを装着した途端にピタリと治まり、以来、風呂《ふろ》のとき以外はずうっと装着して生活するようになった。昼飯もそのためにプロテインだけで済ませるほどである。

その最初期に、こんな事件があった——

古典の時間である。担当の古市《ふるいち》先生は、六十歳を超えられた総白髪の紳士なのだが、授業中にガスマスクをつけているオユタンをたしなめた。

『ちみ、ふざけるのは止《や》めなさい……むにゃむにゃ』

ムニャムニャしているのは、唾液《だえき》がやたらと出るせいであろうか。オユタンは正当な着用理由を理路整然と説明した。しかしそこはガンコな古市先生、

『しかしね、相応《ふさわ》しい授業態度というものがあるでしょ、ちみ、むにゃむにゃ』

『生徒が学業に集中できることこそが、相応しい態度というものでしょう』

『うーん……でもねえ……むにゃむにゃ』

『……わかりました。外せば良いのでしょう。しかしはっきり言っておきましょう。先生は狭量な考えに囚《とら》われ、自分の権力に酔いしれ、ひとりの無垢《むく》な男子生徒の学業を妨害し苦しませ愉《たの》しむ邪悪な人間です。いまから悶《もだ》え苦しんでご覧に入れますから、どうぞお楽しみに』

『あっ、ちみっ！　わわわかった、そのままでよろちい！　はぁ、はぁ……！』

哀れ、心臓の悪い先生はそのまま体調不良となり、保健室へと運ばれていった――

「ほら、もっと耳を近づけてみろ……」

オユタンは宇良々川《うららかわ》さんに手を伸ばした。

「ぎょえっ！」彼女は反射的に振り払った。

――と、そのはずみに、ガスマスクまで弾き飛ばした。

「ぐわあああああっ！」とオユタンは顔を覆い、うずくまった。

「あっ、ごめん！」と宇良々川さんは謝りつつも、ぴゅーっとあっという間に逃げていった。

やはり良い脚力をしている。

「いっ、息がっ！　あああああっ！」

オユタンは呪《のろ》いの仮面に顔の肉を喰《く》われているくらいの勢いでのたうち回っている。僕らは出て行ってオユタンにガスマスクを優しく被せてやり、それから改めて袋叩《だた》きにした。

「バカがよ！」「ニッチすぎるんだよ！」「怖いわジェイソンかお前は！」

こうして中堅の愛尾豊《あいおゆたか》も、アッサリと散った。

10

直後、ふわぁーあ、と大きなあくびが聞こえた。

部室奥のオレンジ色の寝袋がごそごそと動き、そこから女の子が起き上がった。

——電装班、森野薫《もりのかおる》。みんなにはもるちゃんと呼ばれている。

とにかく眠るのが好きで、いつも部室に寝袋を完備し、昼休みはいつもこれに潜り込んでいる。いわゆるロングスリーパーというやつなのだろうか。アインシュタイン博士も、寝室に鍵をかけて毎日たっぷり十時間は眠ったという。もるちゃんはうーんと伸びをして、

「あれ、みんな揃《そろ》って、どうしたの？」

それから眠そうに目をこすった。コロボックルめいたひちょりよりも、さらに背が低い。髪は栗色のふわふわしたショートで、全体的にちんまりとしていて可愛らしい。

「ちょうどいま、スカウトに失敗してね……」

「そうなんだー。いまね、うさぎさんに、宇良々川《うららかわ》さんの攻略法を教えてもらったよ」

僕らは顔を見合わせた。

もるちゃんは夢を見る天才なのだ。

彼女が眠りに落ちると、いつも〝森のなかの赤い屋根のお家〟にたどり着く。そこにはうさぎさんたちが住んでおり、一緒に遊んだり、知恵を授けたりしてくれるのだという。

彼女はテストのとき、いつも問題をざっと流し読みし、それから眠りに落ちる。すると、うさぎさんたちがにんじんを齧《かじ》りながら、ああでもないこうでもないと勝手に問題を解いてくれる。その間、彼女は別のうさぎさんと『大乱闘スマッシュブラザーズ』とか『ストリートファイター』とかのゲームをして遊んでいればいい。三時間ほどしたら、〝赤い屋根のお家〟から出ていく。すると目が覚め、現実世界では十分ほどしか経っておらず、うさぎさんたちの解答をそのまま答案用紙に書くと、九十点以上は取れる。


『そういうことは、あり得んとは言えんのぢゃ……』

と、かつて脳内アインシュタイン博士は言った。

『ラマヌジャンという、インド人のとんでもない天才数学者があってな……。彼は夢のなかでヒンドゥー教の神々に数学の定理や公式を教えてもらっていたそうぢゃ。ワシも、光の速さで光を追いかける夢を見たことが、相対性理論を思いつくきっかけとなった……』

もるちゃんのこの能力は、電装班の仕事にも大いに役立っている。電装班とは、操舵システムや高度計などの電子機器を取り扱う部門である。回路を構築したり、プログラミングをしたりする必要があるのだが、これもうさぎさんがやってくれる。愛らしい手でハンダづけをし、キーボードをカタカタと打ち込む。彼女は目が覚めてからそれを真似《まね》すれば良い。

そんな叡智《えいち》のうさぎさんが、宇良々川《うららかわ》さんの攻略法を編み出したという。

「〝赤い屋根のお家〟の地下に、鍵のかかった扉があってね。絶対に開かないの。だけど、覗《のぞ》き窓があって、そこから血みたいに真っ赤な目をした、大きなうさぎさんと会話できるの」

〝弱みを握れ――――!〟

と、うさぎさんは言った。

〝二十四時間つけ回し、弱みを握って、脅迫するのだ――――!〟

「いや、うさぎさん怖っ――――!」と僕らは思わずさけんだ。

「うーん、やっぱり、ちょっとアレだよねえ」

もるちゃんはほんわかと笑った。ちょっとどころじゃなくアレである。

もるちゃんが再び眠りに戻ると、バンがぼそりと、

「うさぎさんっつっても、所詮《しょせん》は畜生だな」と、ひどいことを言った。

こうして、もるちゃんこと森野薫《もりのかおる》、アッサリと出場辞退。

11

あっという間に、放課後——

「しょうがない、俺が行くか」と五十部《いそべ》が言った。「うっとうしいからついて来るなよ」

僕らは大人しく、しょんぼりして待った。——と、すぐに戻ってきて、

「宇良々川さんが、見学に来てくれたぞ!」

僕らは目を丸くした。彼女はめんどくさそうに、

「つきまとわれると迷惑だから、これっきりにしてよね」

「……は……はい……気をつけマス……こちらへドウゾ……」

バンがギコギコしながら部室へ案内していった。僕はこっそりと訊《き》く。

「いったい、どんな手を使ったんだ?」

「普通にお願いしたんだよ。お前らが邪道すぎるんだ」

五十部はそう言って、やれやれとたくましい肩をすくめた。面目ない……。

こうして副将の五十部龍郎《たつろう》、アッサリと勝利。

部室に入ると、宇良々川さんは翼を見ていた。翼は運搬のため八つに分割して製作されている。面倒そうにしていた割には、目をきらきらさせていた。

「思ってたより五倍くらい本格的……! これ、相当お金かかってるんじゃないの?」

「とんでもないぞ——」と五十部が答える。「予算はなんと四百万」

「ぎょえっ！　四百万円!?」

宇良々川《うららかわ》さんは目を丸くした。がぜん、興味が出てきたようである。横の作業台に目をやったところで、すかさずオユタンが説明する。

「まず型紙を作って、それに沿ってスタイロフォームをカットする。これが快感なんだ。できたらやすりをかけて滑らかにしていく。これも快感だ……」

「快感ベースで説明するのやめてもらえる……？　このでっかい黒いパイプは何？」

宇良々川さんは翼の主翼桁《しゅよくげた》やリアスパー、胴体桁《どうたいけた》を指して訊《き》いた。

「これは飛行機の骨格で、カーボン製なんだ」と僕は答えた。「炭素繊維複合素材《CFRP》ってやつで、炭素繊維に樹脂を染み込ませたやつを、アルミパイプに巻いて積層させて、焼き固めて作るんだ。これがめちゃくちゃ大変でね……。異方性があるから一層ごとに四十五度ずつずらして気泡やシワが入らないように慎重に貼《は》って、温度管理しつつ電熱線で焼くんだ。しかも、常温で劣化するせいで、解凍から焼きまで三十時間くらいかけて一気にやらないといけない」

「ふーん、大変なんだね」

宇良々川さんはあんまり興味がなさそうだった。『異方性』のあたりから、僕のテンションは高まり、彼女の興味は薄れたようである。本当は、曲げ荷重に応じた擬似楕円《だえん》構造とか、焼きの温度管理プログラムとかの話もしたかったのだけれども。

それから宇良々川さんは、ユージンのプロペラや、バンのフェアリング、もるちゃんの電装などの説明をちゃんと興味深そうに受けた。――と、ひちょりが急に現れて話しかけたので、彼女はちょっと飛び上がった。

「ご……ごめんなさい……けっこう前から……話しかけてたんですけど……」

ひちょりはうるうると目に涙をためた。

「あ、そうなんだ。こっちこそごめんね……」

「い、いえ……えっと、駆動系なんですけど……ドライブシャフト方式で……ペダルを漕いで生まれる縦回転を……アルミニウムの歯車で横回転に変換して……効率が……」

ふむふむ、と宇良々川さんはうなずきながら聴いている。五十部《いそべ》が耳打ちしてくる。

「なかなか良い子じゃないか」

それから宇良々川さんは、僕がつけていたノートを見つけた。ペダルを漕いだときの出力や持続時間、体重、トレーニングメニューなどがびっしりと書かれ、ボロボロになっている。パイロットはとにかく過酷なのだ。一般人なら三分ともたないような負荷で、二時間以上も飛びつづけるだけの体力をつけるため、訓練を地道に積み重ねなければならない。

「こんなにがんばってたんだね……」宇良々川さんは悲しそうな顔をして、それから僕の右足首を見た。「なんて言ったらいいか……」

僕は正直、ちょっとグッときて、強がって、

「過ぎたことはしょうがないよ。それに〝禍福《かふく》は糾《あざな》える縄のごとし〟」

うっかり親父と同じことを言ってしまい、うげーっとなった。

——そんなこんなで、宇良々川《うららかわ》さんは一通り見学を終えた。

「どうもありがとう。意外と楽しかった……。みんな、すごいね」

褒められてみんな照れくさくなったようだった。五十部《いそべ》が僕の背中を押して、「決めてこい大将」と耳打ちした。それで僕は親指を立て、宇良々川さんを見送りに出た。

「別にいいのに……大変でしょ、松葉杖」

「いや、むしろ普通に歩くより楽だよ。そのうち健常人もみんな使うようになるね。キックボードみたいに。公道も走れるようになるし、ヘルメット着用も義務化される」

「絶対ウソでしょ」

宇良々川さんはからからと笑った。夕陽がその横顔を照らしていた。風が吹くと、彼女のほうから甘い匂《にお》いが漂った。林檎《りんご》の匂い——この匂いを、なんて呼ぶんだっけ？

「ねえ、なんでわたしなの？　他の誰かじゃなくて」と、宇良々川さんは訊《き》いた。

そうだ、林檎の匂いは——

『酢酸エチル』だ。

「だって、宇良々川さん、浮いてるから……」

彼女はぽかんとして、それからひどく苦い顔になった。

「……はあ？　わたしのことバカにしてる？」

「いや、そんなことないよ！　浮いてるってめちゃくちゃ有利なんだよ。遠くまで飛べる」

「何それ、ポエム？　孤独の力みたいな？」

「孤独の力……？」

「え？」

「え？」

「え？」

「……もしかして、気づいてない？　自分が浮いてることに」

「いや別に、わたし浮いてないし。人間関係にあんま興味ないだけ」

「いやそうじゃなくて。……宇良々川さん、物理的に浮いてるよ」

しばし怪訝《けげん》な顔をしていた宇良々川さんは、やがて、ハッと鼻で笑って、

「人間が、浮くわけないじゃん」

いや、僕もそう思うんですけどね……？


——結局、宇良々川さんのスカウトには失敗してしまい、しょんぼりして部室に戻ると、

「バカがよ！」「何が大将だ！」「親指立ててカッコつけておいて！」

みたいなことは一切言われず、みんながっかりしてしまって、僕はむしろ袋叩《だた》きにしてほしかった。そのまま解散となり、僕はその夜、ベッドでうなされた。

『人間が、浮くわけないじゃん』

宇良々川《うららかわ》さんは夢のなかで軽蔑《けいべつ》しきった邪悪な表情をした。〝ハッ、愚か者め、死ぬがいい……！〟という感じで。現実ではそんなひどい顔はしていなかったのだけれど。

翌日の土曜日も、日曜日も、同じようにうなされた。それで月曜はだいぶ早起きしてしまい、始発のバスで学校へ行った。

朝の温度の机にほっぺをつけ、まだ火照った感じのする額《ひたい》を冷やす……。

――と、ドタドタと足音がして、教室のドアが開いた。

顔を上げると、宇良々川さんがそこにいた。彼女は目を見開いて、ぜいぜいと肩で息をしていた。きれいな黒髪には、ちょっと寝癖がついている。そして彼女は、言った。

「やっぱ、浮いてたわ！」

12

放課後――うなだれる宇良々川さんを、飛行機部の面々が取り囲んでいた。五十部《いそべ》はパイプ椅子《いす》にでんと座り、腕を組みつつ無精髭《ひげ》を撫《な》でて言う。

「信じられん……人間が浮く……？」

　宇良々川さんが浮遊に気がついたのは、今朝だった。乗っている飛行機が墜落する悪夢を見て、ハッと目覚めると、宙を漂っていた。そして次の瞬間には、ベッドに叩き落とされた。

「え、これ……他に誰が知ってるの？」と、宇良々川さんが訊《き》いた。

「宇良々川さんのクラスの男子二名が目撃してたよ」と、僕は答えた。「でも、騒ぎにもなってないし、見間違いだと思ったんじゃない？　もしくは話しても誰も信じなかったか」

　ポロロン、とユージンがハープを鳴らし、無駄に歌うような調子で言う。

「ちょ〜っとちょっと〜ボクら置いてけぼりなんだけど〜」

「やっぱ、この目で見ないことには信じられないな」

　オユタンがコツコツとガスマスクのゴーグル部分を叩く。

「でも、うちでイチバン信じそうにないハカセが言ってるんだぞ？」と、五十部。

「えー、わたしは信じたよー」と、もるちゃんは相変わらずほんわか。

「よっしゃ！　ここは一丁、目の前で浮いてもらおう！」

　バンが手を打ち鳴らした。宇良々川さんが顔をしかめる。

「いや、そんな自由自在に浮けないけど……」

「すんませんっしたァッ!!」

バンは腰をギコッと九十度に折った。僕はすこし考えて、言う。

「どうやら、浮くためには条件があるみたいだね」

「条件？」

「〝睡眠〟だよ。僕が見た二回とも、教室で居眠りしてた。そして今朝は寝起き直後だった」

なるほど、とみんなはうなずいて、宇良々川《うららかわ》さんを見た。とても嫌そうな顔をしていた。

――かくして、宇良々川さんはジャージに着替え、部室の片隅でもるちゃんの寝袋に潜り込んだ。僕らはミノムシ状態になったその姿を、息をつめて見守る……。

と、宇良々川さんの目がバチッと開いて、

「いや、眠れるか！　こんな状況で！」

ですよねー、と思っていると、ふいにユージンがポロポロとハープを鳴らす。

「……ねぇ～んねぇ～んころぉ～り……」まさかのネットリ子守唄。

「歌うな」宇良々川さんは冷たく言った。ユージンはスッ……と静かになった。「あと、寝顔とか見られたくないんだけど、普通に」

「大丈夫だよ。宇良々川さん、寝顔きれいだから」と僕は言った。

「はあっ――!?」

宇良々川さんはみるみるうちに真っ赤になり、ぷいっと横を向いてしまった。

「ハカセ、お前ってやつはホントに……」

五十部《いそべ》はため息まじりに言って、僕の肩に手を置いた。どうやら僕は失敗したらしい。

するともるちゃんが小さいスプレーをポケットから出して、シュッシュッと吹きかけた。

「ラベンダーの香りだよ～。安眠効果バツグン！」

「わー、ありがとう、眠れるかも……」

宇良々川さんはイヤホンをつけて目を閉じた。

「よし、見ててもしょうがない、みんな作業に戻れ！」

五十部が号令をかけ、みんなそれぞれの持ち場に散った。僕はやすりがけの作業を手伝う。

しかしやっぱり気もそぞろで、寝袋のほうをチラチラと見てしまうのだった。

——三十分ほどして、あっと声があがった。

「……み……みんな……！　浮いてない……!?」

ひちょりだった。驚きのあまり、姿を現したらしい。

見れば、確かに寝袋がこんもりと不自然に盛り上がっている。僕らは顔を見合わせた。もるちゃんがそろーりそろり近づいていって、ファスナーを開けた。

果たして、宇良々川さんはぷかぷか浮きながら、すやすやと眠っていた。

13

愕然《がくぜん》とした僕らは、宇良々川《うららかわ》さんをぷかぷかさせたまま、緊急会議へと突入した。こうなるともう飛行機そっちのけで、『なぜ浮いているのか?』というのが中心である。

「ホバリングしてるんじゃねえのか?」と、バンが言った。

「どうやって浮力を発生させてるの?」

「ものすごい屁《へ》とか」

「日本昔話じゃないんだから……」

しかし一応検証してみる。なんらかの斥力《せきりょく》を地面に対して発生させ、その反作用によって浮いているとしたら、体と床のあいだに体重計を差し込んだとき、反応があるはずである。

僕らは電子体重計の数字を覗《のぞ》き込んだ。

——ゼロキログラム。

僕はほっとした。もしも斥力で浮いているとしたら、飛行機に乗ったとき、結局、体重分の力を機体が受けることになってしまうからである。

「屁ではない」と、バンが言った。

「屁ではない」と、僕は繰り返した。

もしそうだったとしたら、部室には屁の嵐《あらし》が荒れ狂い、あらゆるものをふっ飛ばしていたであろう。宇良々川さんの尊厳をはじめとして。

「他に考えのある人は？」

するとと、もるちゃんが元気にハイッと手を挙げて、

「質量がゼロになった！」


『バッカモーン！　〝質量保存の法則〟はどうなったんぢゃ！』

アインシュタイン博士は大激怒して、真っ白な部屋のなかで、顔を真っ赤にした。それから、同じくらい赤い林檎《りんご》を取り出した。それをガラスの箱に封じ込め、林檎のみの重さを測ると、ちょうど三百グラム。博士はそれを、カートゥーンアニメみたいな勢いでグルグルとシェイク、箱のなかで林檎はジュースになった。そして重さを測ると、それも三百グラム。

『〝閉鎖系内で状態変化や化学反応が起こっても、物質の総質量は保たれる〟――例えば、この林檎ジュースを沸騰させて気体にしても、箱全体の重さは変わらない。しかし蓋《ふた》を開けたとたんに軽くなる。気体となった水分子その他もろもろが出ていくせいぢゃ』

それから、博士はもうひとつ別の林檎を取り出した。そしてそれを、パカッと開いた。なかには秘密のダイヤルがあり、彼はそれを回して、林檎の質量を一万分の一に調整した。

「これを〝ふわりんご〟と名付ける」

それから、パチンと指を鳴らすと、壁に窓が現れ、そのむこうに宇宙空間が広がった。博士

とふわりんごは無重力となって、ぷかぷかと浮かぶ。それから博士はイソイソと宇宙服を着て、窓を開けた。すると空気はものすごい勢いで、そこから宇宙空間へと逃げ、部屋はたちまち真空になった。

『この状態で、ふつうの林檎《りんご》を投げ、ふわりんごと空中でぶつけると、どうなるか?』

真空中では音は伝わらないので、博士は不思議な無線機を通してそう言った。それから、実際にやって見せた。林檎は、ふわりんごにぶつかり、その場にピタッと静止した。ふわりんごはその途端、とんでもない速度に急加速して、部屋中を赤い光線のように跳ね回った。

『運動量保存の法則ぢゃ!』と、博士は言った。『〝質量と速度の積を運動量と呼び、外力が働かないとき、ふたつの物体の衝突前後ですべての運動量の総和は保存される〟――ふつうの林檎が衝突後に停止したのだから、すべての運動量がふわりんごに移ったと言える。ふわりんごの質量は通常の一万分の一なのだから、速度は逆に一万倍となって飛び回ったのぢゃ!』

すると博士のヘルメットに、パチュンとふわりんごが跳ね返ったが、気にも留めていない。卓球ボールの百分の一の質量なんて、痛くも痒《かゆ》くもないのだ。

僕はぷかぷかしている宇良々川《うららかわ》さんを遠慮がちに押したり引いたりして、部室中央に移動させる。そこには〝重さ〟はないが、たしかに〝質量〟はあった。女の子ひとりぶんの手応えだ。

「質量はどうやら変化していない――」

と僕は言って、それからホワイトボードに『$E=mc^2$』と書いた。

「これは、アインシュタイン博士が発表した、エネルギーと質量の等価性を示す、有名な式だ。エネルギーは、質量と光速の二乗の積に等しい。光速の二乗とかいうものすごい数値を掛け算するわけだから、ほんのちょっとの質量が変化されただけで、とんでもないエネルギーになる。もしも宇良々川さんの質量がぜんぶエネルギーに変換されたとしたら、これはもう、大爆発だね。——他に、別の考えがある人はいる？」

「謎の磁力によって浮いてる！」と、どこからともなく声がした。

たぶん、ひちょりだろう。磁力もひちょりも、たしかにそこにあるが見えない。地球には地磁気と呼ばれる磁場があり、それによって方位磁針は北を指す。

「いや、人間が浮くレベルの磁力はヤバいよ」と、僕は言った。「人体の六割は水で、水は反磁性体だから、強力な磁場に置かれると浮く可能性はあると思うんだけれど。でも確か、ＭＲＩに使われてる磁場の強さが十テスラくらいで、鶏卵ひとつ浮かすのにその倍くらい必要だったはず。金属は弾丸と化すし、スマホなんかとっくにぶっ壊れてる」

「なるほどなあ、なんでも知ってるな、ハカセ……」

五十部《いそべ》は感心した様子で無精髭《ひげ》を撫《な》でた。

それからさらに意見を募ったが、何も出てこないので、実験をすることにした。僕は通学用のリュックサックから線香とライターを出し、火をつける。

「なんでそんなもの持ってるの？」と、ユージンが訊《き》いた。

「たまに使うんだよね。実家が寺だし」

適当に嘘をついて煙に巻いておいた。線香だけに。それから、宇良々川《うららかわ》さんの位置をそっと目線の高さまで上げ、煙を下からくゆらせる。

——あっ、と声があがった。

不思議な現象が起きていた。煙は宇良々川さんの周囲に、不自然に滞留しだしたのである。まるで厚さ一センチほどの妖《あや》しいオーラみたいに。うーん、と宇良々川さんはうなった。何やら悪夢を見ているようである。僕はごくりと唾《つば》を飲み、

「煙が立ちのぼるのは、火によって空気が温められて軽くなり、上昇気流を生み出すせいだ。けれど無重力ではそれが起きない。なぜなら、空気の軽重自体がなくなってしまうから。つまりこれは、無重力空間をベールみたいに纏《まと》っているんじゃないだろうか……」

「なるほど……！」五十部《いそべ》はぽんと手を打った。

僕はアルミホイルをスタイロフォームに貼《は》り付け、簡易耐熱シートを作る。前者は遮熱材で、後者は断熱材。それから蝋燭《ろうそく》に火をつけ、シート越しに宇良々川さんに近づける……。

たちまち、火は小さく丸くなった。

これも無重力で上昇気流が発生しないために起こる現象である。

「おお〜……！」と、みんなは拍手した。

すると、宇良々川さんはまたうーんと唸《うな》ってもぞもぞして、じわっと目を開けた。

「んん……うわ……線香クサっ……」それから彼女はごしごしと目をこすり、「ぎょえっ……やっぱ浮いてる……てか、何やってんの……？」

「蝋燭で炙《あぶ》ってる」と、僕は答えた。

「……なんで？？？」

14

宇良々川さんがゆっくりと重さを取り戻し、着地すると、そのまま緊急会議へと突入した。彼女はため息をついて、顔を覆った。まるで浮かんでしまうことを恥じているみたいに。

僕が先ほどの実験について説明すると、

「それってつまり、簡単に言うとどういうことなの？」

「原因不明」

「身も蓋《ふた》もない」

「逆にこっちが聞きたいんだけど、何か心当たりないの？」

「心当たりって、浮かび始めた心当たり？　例えばどんな？」

「何か変なもの食べたとか」

「何食べると浮くのよ」

「反重力物質とか？」

「そんなもん食べないし！　未だにピーマンだって上手く食べられないのに！」

「お母さんのハンバーグが、うっかり反重力物質に」

「なるか！　ないわ、そんな異次元レベルの料理下手！　うちの母親、料理しないし！」

「冗談だよ。ちなみに反重力物質が存在しないことは実験で証明されてる」

「あんたの冗談わかりにくすぎ！」

「あはは～ふたり漫才師みたいで面白い～」

もるちゃんがほわほわと笑って、ぱちぱちと手をたたいた。それで気勢を削がれたのか、宇《う》良々川《ららかわ》さんはぐったりした様子で、

「なんか、頭痛くなってきたから帰る……」

「ちょっと待って、連絡先を交換しとこう」

宇良々川さんは心底嫌そうに僕を見たが、最後には応じてくれた。それから背を向けて帰っていった。満員電車で揉《も》まれた後のような背中だった。

「……で、どうするよハカセ、これから」と、バンが訊《き》いた。

「とりあえずスカウト続行かな。起きてる間も浮くようになってくれたらいいなあ……」

すると、みんながじとーっと僕を見つめていることに気がついた。

「……マッドサイエンティストだな、ハカセ」と、五十部《いそべ》が言った。


——僕はえっちらおっちら松葉杖をつき、バスを乗り継いで、家へと帰る。乗車用のＩＣカードも作ったし、もう慣れたものである。

途中で降りて、桜ケ丘《さくらがおか》の南の外れにあるうちの寺——柳心寺《りゅうしんじ》へと向かった。

長い石段がまっすぐに伸びている。境内を見上げると、茜《あかね》色に染まったすじ雲を背景に、みっしりと咲いた枝垂《しだ》れ桜がほろほろと、雪か光のように散っていた。

階段は素通りして、墓地区画へと向かう。

古い墓があり、新しい墓があり、さみしい墓があり、花の添えられた墓があった……が、それらの影の見分けはつかない。夕暮れ時にここへ来ると、いつもそういう、ふしぎに均質な、静かな林のなかへ分け入っていくような気持ちになる。

『伊藤《いとう》家之墓』と彫られた竿石《さおいし》の前に立った。

——雪姉《ゆきねえ》の墓だ。

僕はリュックから線香を出して火をつけ、供えた。煙がゆるゆるとのぼっていく。手は合わせなかった。死者に祈るのは無意味だ。魂なんてどこにもないのだから。そう言うと、親父はいつも『浅いねぇ～』とぼやいて、ぼりぼりと背中をかく。なぜだか、かゆくなるらしい。

でも僕は、しょっちゅう墓参りに来ている。リュックに常に線香を忍ばせて。

矛盾している――。僕の部屋にある雪姉《ゆきねえ》の遺灰も、その矛盾の一部だ。

子供のころ雪姉が死んでしまってから、毎晩のようにここへ来て、暗闇のなかで立ち尽くし、ついに耐えきれなくなって遺灰を盗み出したのだ。それを月へと撒《ま》くために。

線香はゆっくりと、アインシュタイン博士の言った相対性の時間のなかで燃えていく。

やがてあたりは暗くなり、その夕暮れの名残《なごり》を集めたような火も、燃え尽きた。

15

翌日、宇良々川《うららかわ》さんは学校を休んだ。理由は誰も知らないようだった。

『どうかした？　大丈夫？』

と、メッセージを送ろうとして、ためらった。どうやら僕はコミュニケーションがよくわかっていないようで、『わかっていない』とだけメタ的に学習していた。そういうわけで、たったこれだけでも出来損ないのAIみたいな挙動をしてしまうのだった。哀しいことに。

「まあいいや……」送った。人間の心がややこしいのが悪い。

そんなこんなで、ギプスを巻いた足のかゆみなんかに気を取られつつ授業を受けているうちに、送信したこともすっかり忘れてしまっていたのだけれど、昼休みに返事が届いた。

『ヤバいかも』

これだから女子高生は嫌いである。何がヤバいのかちゃんと書きなさい。できれば序論・本論・結論の三部構成で。とまでは言わないけれども……。

『何が?』

からの、既読無視。こうなるともう気になってしょうがない。ツァイガルニク効果というやつだ。歯痒《がゆ》いし足もかゆい。思わず休み時間に電話をかけた。ふつうに無視された。

——宇良々川さんから電話がかかってきたのは、真夜中近くなってからだった。

僕はすぐに出た。しばらく何も聞こえなかった。

「……宇良々川さん?」

電波が悪いのかとも考えて、いったん切ろうとして、思いとどまった。慎重にならなくてはならない。僕はコミュニケーションがわかっていないのだから。

僕は待った。五分くらいかもしれないし、一分くらいかもしれない。これも相対時間。

はあ……と出し抜けにため息が聞こえた。

「……どうしたの?　何かあった?」

『……うん』沈痛な声が聞こえてきた。『重力がヤバい』

おい女子高生、どうヤバいのかちゃんと言いなさい!

『今朝から浮いたり浮かなかったりしてるの……』

「落ち着いて、順序立てて話して」

『朝起きたら浮いてて、ぜんぜん落ちないのね、バッチリ目覚めてるのに。で、結局、一時間くらいしたらおさまって。そのまま学校休んで。そしたら昼ごろに、今度は眠ってないのにぷかぷかと……。それから浮いたり浮かなかったりして、夕方ごろからはずっと落ち着いてる』

「ヤバいね」これはヤバい。

『めちゃくちゃ怖いんだけど。上も下もわかんなくなるし』

「親御さんとかには？　バレてないの？」

『うちの家庭、終わってるから』

「終わってる？」

『そこあんまツッコまないで』

「ごめん」

それから、長い沈黙があった。

『……ねえ、今から会えないかな？』

絞り出すような声だった。

「え、なんで？」

と反射的に言ってしまって、迂闊《うかつ》だったと思った。時計を見ると、二十三時半――。返事はない。やっぱり僕はコミュニケーションがわかっていないのだ。

「わかった会おう。住所教えて」

『ごめん、ありがと』なんだか、おばけを怖がっているちいさな女の子のような声だった。『悪いから、わたしがそっちに行くね。自転車で行くから、三十分くらいで着くと思う』

「うん、わかった——」僕らはお互いの住所を教えあい、電話を切った。

ふう、と深く息を吐いた。それから、いたたまれなくて、散歩に出ることにした。すでに寝ている両親を起こさないように、そっと家を抜け出す——

春の甘い夜気を呼吸しながら、桜ヶ丘《さくらがおか》をぶらついた。ニュータウンなので、住宅は比較的新しく、街路はきれいに整備されている。時間が時間だけに、人通りはまったくなかった。ときどき大通りを車が過ぎていくだけだ。夜の深さのせいか、なんとなく僕の身体もすこし浮かぶような、どこかへゆるやかに落下していく途中のような感じがする。

ふいに、電話が鳴った。宇良々川《うららかわ》さんからだった。

「どうし——」『ヤバい！』食い気味にさけび声がした。『また浮いてきた！』

「えっ、いまどこ!?」

『よくわかんない……。田んぼに挟まれた道。わわわわわ……っ！』

ガッチャン——！　という音。

「どうしたの!?」

『やっぱい、動けなくなっちゃった！　どうしよう!?』

僕は思わず頭を抱《かか》えて、

「靴とか投げると、作用反作用の法則でちょっと動けるかも」

『わ、わかった……！　よっ……！　あっ……！　ほいっ……！　わ、ぎょえっ……』

「どうなった？」

『詰んだ……』

「……」

あちゃ～。

16

スマートフォンの地図アプリで目星をつけてから、大急ぎで向かう。松葉杖の三本足なので大変である。汗をかき、脇《わき》の痛みをこらえる。桜《さくら》ヶ丘《がおか》から出る長い下り坂でこけて、手のひらを擦りむいた。橋を渡る。鬱蒼《うっそう》とした木立と暗闇のなかを通り抜ける――

ふいに、両脇が開けた。

乾田が、月明かりのなかに、荒野のように広がっていた。

街灯がぽつりぽつりと等間隔で、吸い込まれそうなほど、ずうっとつづいている。

前にも、ここに来たことがあるような気がする――

眩暈《めまい》がした。

三つ目の街灯のしたに、女の子が立っていた。

真っ白な女の子だった。ショートカットの髪の毛も、肌も、着ているワンピースも、すべてが雪のように白い。それがスポットライトのような灯りに、ぼうっと光って見えた。

彼女はこちらを振り返ると、手を腰の後ろで組んだまま、

『ハカセくん、影踏み鬼、しよっか』――と言って、悪戯《いたずら》っぽく笑った。

「雪姉《ゆきねえ》……」

と、僕はつぶやいた。声変わりする前の、悲しいほど幼い声だった。あの冬の日のように白い息が、暗闇へとのぼるような気がした。

――次の瞬間には、彼女はいなくなっていた。

白昼夢のような記憶だった。かつて雪姉と真夜中にあてどもなく散歩して、ここに来たのだ。夜の奥へとつづく道が永遠に終わらずに、もう帰れなくなるような気がしていた。

雪姉の髪は黒かったはずだ。それがどうしてか、記憶のなかでは雪のように真っ白い色をしている。それは名前のせいかもしれないし、彼女が雪の舞う季節に死んだせいかもしれなかっ

た。彼女は十五歳にはならなかったはずだから、僕のほうがもう、歳上になった。けれどいつまで経っても、彼女は雪姉《ゆきねえ》のままだった。僕は月を見上げた。歩きだすと、月は逃げた。

身体の輪郭が淡くほどけていくような、春のぬくい、土の匂《にお》いのする暗闇だった。

ふいに、昔、アインシュタイン博士が発した問いがよみがえった。

『誰も見ていないとき、月は存在するか――?』

それまでの物理学の常識に反する、量子力学が出てきたときに、どうしても疑わしくてそう言ったのだ。原子・電子・光子などの極小の物体は、波でありながら粒子でもあるという二重性を持ち、観測していないときは波としてふるまい、観測すると粒子としてふるまうという、直感に反する不可思議な性質を持つ。博士は人間を超越した、客観的な事実というものがあるはずだと考えていたのだ。

四つ目の街灯のしたに立った。

曖昧《あいまい》な意識の雲でしかなかった自分が収束し、身体の輪郭を取り戻すような気がした。

……いったい、僕は何を考えているのだろう? ふわふわした感覚だった。夢のなかで恐ろしいものから逃げるのに、ぜんぜん上手く走れないときみたいに。それからまたいくつかの暗闇と明かりを過ぎると、さらに夢幻めいた光景がそこにあった。

――街灯のしたに、宇良々川《うららかわ》さんが浮かんでいた。

ぽつん、とさみしい影が、地面に落ちていた。彼女は目を閉じて、胎児のように身体を丸めていた。それはメランコリックでありつつも、どこか安らいだ姿だった。まるで、昼下がりのからっぽの部屋の隅に、ちいさく座るときみたいに。

彼女はポンチョのような、ふしぎな形の赤いパーカーを着て、黒のショートパンツに、裸足《はだし》だった。ナイキのスニーカーと、まるめた靴下が地面に転がっている。自転車の前輪が、針を上げたレコードのように音もなく回っていた。赤い服のやたらと長い裾《すそ》が、優雅な金魚のひれみたいにそよぐ。なんだかすべてがライトアップされたボトルアクアリウムみたいで、微炭酸めいた泡沫《あぶく》が夜の底からしょわしょわと、ゆらめきながらのぼるように幻覚した。

街灯のうえの暗がりで、ホーホーとフクロウが鳴いた。

僕は、しびれたように動けなくなった。このふしぎな、無重力のふわふわとした光景が、なぜだか心の深い部分でずっしりと重みを持った。相対的に世界のほうが軽くなって、大きな河みたいに、彼女の周囲でゆるやかに流れていった。

宇良々川さんは微睡《まどろみ》から覚めるみたいに、ゆっくりと目を開けた。

そして僕を見つけると、こちらに手を伸ばした。僕は近づいていって、その手を取った。

やわらかい雪のような手だった。

17

僕は片足だけで屈伸して、靴下をサッと拾った。鍛えた脚が役に立った。

「靴下まで投げたの？」

「ううん、なんか、脱いだら気持ちいいかと思って」

「意外と余裕じゃん」

「違うんだって。詰むと逆に開き直るんだって、人間」

宇良々川《うららかわ》さんはまるめた靴下をほどくと、空中で苦戦しつつも、器用に履いた。運動神経がいいなあ、と僕はスニーカーを拾いながら思った。

「車が来るかもしれないし、とりあえず移動しよう」

うちの寺に行くことになった。自転車は置いていくことにして、さて、彼女をどうやって運ぼう？　とりあえず命綱は必要だろう。最悪、空に落っことすことになりかねない。彼女のパーカーの紐《ひも》がだいぶ長かったので、それを借りて、お互いの手首に結んだ。

「よし出発——！」彼女は僕の肩に指でしがみついた。「あはは、スーパーマンみたい」

「楽しそうでいいね」これは皮肉である。

「……あ、これ酔うかも。もうちょっと揺れ抑えられない？」

「無理だって」

　すると宇良々川さんは両手で僕の首をつかんで締め始めた。

「ぐえ〜っ！　ぐるじい！」

「あはは、こっちのほうが掴《つか》まりやすい〜」

　おい女子高生、遊んでる場合か！

　なんやかんやあって、最終的にはおんぶする形で安定した。奇妙な感覚だった。重さのない女の子は、肌にくるまれた春に似ていた。『酢酸エチル』みたいな甘い匂《にお》いがした。

　柳心寺《りゆうしんじ》に着くと、長い石段に腰掛けた。宇良々川さんは隣に浮かんだ。はあ、と僕は息を吐いた。なんだかぐっと疲れてしまった。彼女は右手首に巻いていた紐を外してしまった。

「危ないからつけてたほうがいいよ」

「大丈夫でしょ」

　仕方がないので、僕も外した。宇良々川さんはさっきまで陽気だったのに、急に黙り込んでしまった。見上げると、冴《さ》え返るような上弦の月だった。

「……で、なんか話したいこととか、あるの？」と、僕は訊《き》いた。

「え、別にないけど」

「え、ないの？」

「不安だっただけ」

　やっぱり、女の子の考えることはよくわからない。宇良々川さんは訊く。

「……そもそもさ、重力ってなんなの?」

「万有引力と、地球の自転による遠心力の合力だよ」

「……あのさ、ウィキペディアみたいに答えるのやめてくれる?」

「え、百点の解答じゃん」

「そうじゃなくて」

……?　?　?　なんだこれ、禅問答か……?　苦しまぎれに、僕はさらに深掘りする。

「万有引力の正体は、時空の歪《ゆが》みなんだ。すべての物質は時空を歪ませて、お互いに引き合う力を生む。たとえば、ここにトランポリンがあるとするね。そのうえにボウリング玉を置くと、重さによってボヨンと沈み込む。ここにさらにビー玉を置くと、当然、ボウリング玉にむかってころころと転がっていく。トランポリンが時空で、ボウリング玉は地球、ビー玉が人間。——まあ、根源的なところは、実はまだ現代でもよくわかってないんだけどね」

「ふーん」

関心があるんだかないんだかわからない。しかし一応、回答には満足したらしかった。

「ということは、時空的ぼっちか、わたし」

時空的ぼっち——?　たしかに、万物に働くはずの力から仲間はずれにされているわけだから、そう言ってもいいかもしれない。ぷっ、と僕は思わず吹き出した。

「いま笑った?　笑い事じゃないんだけど?」

「そのワードは面白すぎるよ」

じわじわ効いてきて、僕はついに声を出して笑った。

「人間みたいに笑うじゃん」

「人間だよ。なんだと思ってたんだよ」

宇良々川《うららかわ》さんも笑い出して、ふたりでげらげら笑った。

彼女は笑い終わると、涙をぬぐって「あーあ」と声を吐き、気持ち良さそうにぷかぷか浮かびながら、半月を眺めた。それから、ぽつりと言った。

「飛行機部のメンバー、みんな良い人だね。みんな変人だけど」

「そうなんだよ。みんな最高なんだ。みんな変人だけど」

それから僕は、飛行機部の来歴を話した。中学校まではサッカー部でキーパーをやっていた幼馴染の五十部《いそべ》が、僕の夢に共感して仲間になってくれた。それからふたりでメンバーをすこしずつ集めていったのだ。まさかこんな曲者揃《くせものぞろ》いになるとは夢にも思わずに。

「なんか、青春だね」と宇良々川さんは言った。

青春か……と僕は思った。いままで、そんなふうに考えたことはなかった。

僕はスマートフォンを宇良々川さんに渡した。飛行機部の思い出を映した写真が、そこにぎっしりと詰まっている。みんなで模型飛行機を飛ばして大騒ぎしているところや、水の入ったペットボトルを主翼桁《げた》に何本も吊《つ》り下げて強度試験をしているところ……。

宇良々川《うららかわ》さんは何枚かじっくりと見て、ふいに、

「うちの家庭、終わってるって言ったじゃん？」

「ん？　うん……」

「ふたりともバリバリ仕事してて、あんまり家にいなくて、夫婦仲冷めきってて、お父さんゴルフ行くフリして不倫してるんだよね」

「……」

「割とさあ、ありがちっちゃありがちな家庭環境じゃん？　暴力を振るわれてるわけでもないし、大学も行かせてもらえるみたいだし。でもさあ……普通にしんどいんだよね」

僕は何も言えなかった。急な告白という感じはしなかった。それは何かしら、核心へと至る筋のうえにあるような気がする。彼女は口を閉ざして、また写真鑑賞に戻った。

「……あ」と、ふいに宇良々川さんは声を漏らした。

からん、とスマホが石段に落ちた。

ハッとして見ると、宇良々川さんが消えていた。

「ぎょえっ――！」

見上げると、彼女はフワリと舞い上がっていた。こちらに伸ばされた手を、「あっ！」と慌てて立ち上がって掴《つか》もうとする――が、すんでのところですり抜けていった。彼女はそのまま、石段を吹き上がる風に煽《あお》られて、すうっと闇の奥へ吸い込まれていく。

「やばいやばい、助けてっ……！」

宇良々川さんが叫ぶ。僕は頭が真っ白になって、松葉杖も拾わずにけんけん跳び、それから両手をついて三足歩行になって、必死に追いかける。

どうやら彼女は風のせいで飛んで行っているわけではない。

彼女は、空に落ちていく――！

境内では枝垂《しだ》れ桜が朧《おぼろ》にひかっていた。宇良々川さんはその枝を掴み、かろうじて留《とど》まっていた。その夢幻的な光景を見た瞬間、とある文句が不気味な泡のようにのぼってきた。

『桜の樹の下には屍体《したい》が埋まってゐる！』――

梶井基次郎《かじいもとじろう》の『桜の樹の下には』の冒頭文。これは文学かぶれの親父のせいだった。まだ子供の僕に、そんな恐ろしい考えを吹き込んだのだった。

〝桜の樹の下にはいろんな屍体が埋まって腐乱し、水晶のような液をたらたらとたらしている。それが根から吸い上げられて、維管束のなかを夢のようにのぼってゆく〟――

そんなイメージが、目の前の現実と混じり合った。

桜の幹は透明な水晶と化して、万華鏡めいて虹色に光っている。花は生命の盛りで、よくまわった独楽《こま》の澄むような静けさで、月の光を滴《したた》らせていた。

「怖い怖い――！」

宇良々川さんがさけんで、僕は我に返った。

「しっかり！」

僕は枝垂《しだ》れ桜に飛びついた。右足をかばいながら、なんとかよじ登っていく。枝が揺れる。

宇良々川《うららかわ》さんが声をあげる。これ以上は進めない。

「手を伸ばして！」

あとほんのすこし、届かない。

宇良々川さんはパーカーの紐《ひも》を投げる。

直後、彼女の枝を握る手がザッと滑り、花びらが散った。

花びらはひらひらと、儚《はかな》く半月へと吸い込まれていった。

間一髪、僕はその赤い紐を掴《つか》んでいた。宇良々川さんは泣き出しそうな瞳をして、逆さまの振り子のように揺れていた。僕はゆっくりと、慎重に、紐をたぐっていく——

そしてついに、彼女を引き寄せた。

春霞みたいな身体だった。

二章

1

空に落ちる現象が収まると、僕らはほっと息をつき、拝殿の前で話をした。僕は階段に座り、宇良々川《うららかわ》さんは浮かんでいた。彼女は浮遊を世間には知られずに生活したいらしかった。

「……なんか、悪の科学者とかに捕まって、ハムスターにされるかもしれないじゃん」

「モルモットね。そんな悪の科学者とかいないでしょたぶん」

「ネットで晒《さら》し者にされるかもしれないし」

「それはたぶんされるね」

「じゃあヤダ」

「う〜ん……」

とりあえず、重しを使ってみる。大きな石を持たせると、彼女は一時的に着地した。

「おお〜、いいじゃん。その状態で過ごしたら？」

「めちゃくちゃイヤなんだけど。もっと可愛いやつがいい」

「でかいモルモットとか？」

などと言っているうちに、彼女はまたフワフワと浮き始めた。

「ぎょえっ、ぜんぜん重たくなくなっちゃった」

……これは、飛行機部のみんなの知恵を借りる必要がありそうだ。そこで、人目のない夜のうちに学校へ移動して部室で翌朝まで過ごし、授業開始前にみんなと会議することにした。さっそく、みんなにメッセージグループで招集をかける。すでに寝ているメンバーは、早朝に電話をかけて起こすことにした。作業を終えて、僕は宇良々川さんに言う。

「じゃあ僕、いったん制服に着替えてくるから、ここで待ってて」

「え〜、ムリムリ、真夜中のお寺とか怖いからヤダ！」

ワガママだな女子高生……。仕方がないので、一緒に連れていくことにする。

すると彼女はおずおずと、

「……手、にぎってもらっていい？」

僕はためらいつつ、その手をにぎった。

「なんか、空に落ちるの、トラウマみたいになっちゃって……。やばっ、ごめん、手のひらにめっちゃ汗かくかも……」

彼女は空中で恥ずかしそうに丸くなって、ひざで顔をはんぶん隠した。

「……いや、あの……言いにくいんだけど……僕、松葉杖だから……」

「……」

宇良々川さんはそっと手を引っ込めた。なんの意味もなく手を繋いだだけになった僕らだった。気まずいなか、それでも彼女をおんぶして家へと向かった。

玄関前に着くと、庭の植木と宇良々川《うららかわ》さんを赤い紐《ひも》で繋いだ。

「……なんか、犬みたい」

「ごめん、すぐ戻ってくるね――」僕は急いで制服に着替えてきた。「大丈夫だった?」

「わんわん」

「……なんか、楽しくなってきてない?」

「変なテンションになってきちゃった」

それから長いロープを探してきて、お互いの腰をそれで繋いで、また歩きだした。おんぶ状態から解放されて、宇良々川さんはふよふよと楽しげに浮かぶ。

「あー、これ、慣れると楽チンかも」などと言っているそばから、糸が絡まった凧《たこ》みたいにくるくる回りだして、「ぎょえええ、助けて~!」

やれやれ……。しかし十分もするとすっかり慣れて、命綱の範囲内で自由自在に移動し始め、街路樹や塀のあいだをひゅんひゅん跳び回る。やっぱり運動神経が良い。

「見て見て、スパイダーマンみたいじゃない?」

「正体がバレるよ、スパイダーマン」

無重力と深夜徘徊《はいかい》が合わさるとこんなにハイになるのだろうか……?

そうこうしているうちに、中継地点の宇良々川さんの家に着いた。普通の一戸建てだった。ただ、庭はまったく手入れされずに雑草が生い茂り、色褪《あ》せた三輪車がうずくまっていた。

「じゃあ、ちょっと行ってくるね」

彼女は命綱をほどき、すいーっと暗い家のなかへと入っていった。まるで沈没船を探索するダイバーみたいに。やがて二階の窓に明かりがついた。バン、とその窓が鳴った。ぶつかったのかもしれない。無重力では着替えも一苦労だろう。それから十分くらいして、戻ってきた。制服のスカートのしたに、学校指定のジャージの長ズボン。

「めちゃくちゃパンツ見えるから」と、彼女は言った。

それから、なるべく人通りがなさそうなところを選んで翠扇《すいせん》高校まで向かった。普通なら郡山《こおりやま》駅前を経由してさくら通りを行くところを、通ったこともない細い路地を進んだ。

途中で、開成山《かいせいざん》公園を通る。もう一時間弱は歩いていたので、休憩を取ることにした。『開拓者の群像』のそばに腰掛ける。日本三大疏水のひとつである『安積疏水《あさかそすい》』を顕彰するモニュメント。郡山市はもともと不毛の大地だったが、明治時代に八十五万人が三年の月日をかけて猪苗代湖《いなわしろこ》から水を引いてきた歴史がある。それが石塔と、開拓者たちのブロンズ彫刻、小さな水路によって象徴されていた。

僕は下方にある動物たちのレリーフのなかにうさぎさんを見つけ、それから目線を上げた。地に足ついた〝開拓者たち〟の横に、宇良々川さんがふわりと浮いている。

さらに、街頭に照らされた石塔の頂上、郡山市の鳥であるカッコウの像を見上げた。

すると、古代ギリシャの哲人アリストテレスが思い浮かんだ。彼はかつて、カッコウは季節によってタカが変身した姿だと思っていたらしい。重力については、世界は火・風・水・土の四元素から成り、土元素を含むものが大地に還ろうと落下するのだと考えていたそうな。

〝開拓者たち〟と宇良々川《うららかわ》さんの対比が、そんなことを思い出させたのかもしれなかった。両者のあいだには、なんらかの断絶がある感じがする。ピーター・パーカーとスパイダーマンとのあいだに断絶があるみたいに。

「……なんか、気持ち悪いかも」宇良々川さんが急に言い出して、僕の思考は断絶された。「車酔いみたいな。ちょっと頭痛もする……」

「え、なんで急に？」と言ってから、思い当たった。「あ、宇宙酔いってやつかも」

「何それ？」

「人間は視覚と前庭系と体性感覚を総合して――」

「ウィキペディア禁止！」

「車酔いの宇宙版」

「なるほどね。ちょっと調子に乗りすぎたかも……。休めば良くなるかな？」

「車に乗った状態が続いてるわけだから、すぐには治んないんじゃない？」

そういうわけで、宇良々川さんを物陰に隠して命綱を木に結びつけておき、ひとりでコンビニに行って酔い止めを買ってきた。一応、高校生だとバレないように校章つきのブレザーは脱いで。彼女はそれを飲むと、体力を温存しようとする漂流者のように黙って宙に浮いた。そのまま一時間ほどして、ようやく落ち着いてきた。

「ごめん、どうもありがとう」

「いいよ、ゆっくり行こう」

時計を見ると、午前四時だった。夜明けまでまだ時間はある。

2

午前七時――部室に集まった飛行機部の面々は、ぷかぷか浮いた宇良々川さんを前に、なんとも言えない表情をしていた。

「この状態で、周囲には気づかれずに生活したい……？」

五十部《いそべ》が無精髭《ひげ》を撫《な》でながら言った。まだ悪夢のつづきを見ているといった顔である。

「大騒ぎになっちゃうからね。そうなると、コンテスト出場も危うくなるかもしれない」

僕が言うと、五十部は宇良々川さんに目を向けた。彼女はうなずいて、

「助けてもらえるなら、飛行機部に入る」

一限は九時からで、八時五十分にはホームルームが始まる。それまでにはなんとかしたい。

「つってもなあ……」バンが腕組みをして言った。「こんなんオレらにどうにかできんのか？　うさぎさん案件なんじゃねえの？　――あれっ、もるちゃんは？」

「もるちゃんはたぶんまだ寝てる」

と僕は言った。彼女は電話程度じゃ起きないのだ。

それから、重しを使った場合のふるまいを実演して見せた。部室の外から一キロくらいの重さの石をとってきて、宇良々川《うららかわ》さんに持ってもらう。——と、やっぱり一時的に着地はするのだけれど、またすぐに浮かび上がってしまう。

「重しはダメか」とオユタンは言うと、ガスコンロ用のカセットボンベを取り、「こういうガスとかを噴射して、うまいこと移動できないか。宇宙飛行士みたいに」

「それは無理だね。宇宙飛行士のアレは、十数キロもある冷却高圧窒素ガスなんだよ」

と僕は返答し、ツィオルコフスキーの公式をホワイトボードに書いた。

「推進力は、推進剤の質量とその噴射速度によって生み出される。宇良々川さんの体重を五十キロと仮定すると、カセットボンベの気体重量が二百五十グラムだから、二百倍の質量差があることになる。だから、運動量保存則から概算すると、ボンベのガス全量が暴風レベルの毎秒二十メートルで噴射されたとしても、毎秒十センチ程度の速度しか得られないことになる」

「こんなんじゃ全然ダメか……。じゃあ高圧窒素のボンベとか買って使ったら?」

「高圧ガス保安法ってのに引っかかるから、おいそれと使えないよ。バカでかくてクソうるさいブロワーとかのほうがまだ実用的だね」

「ほんとにハカセ、よく知ってるな……」

「昔、ロケットを自作してね」

「そんなのふつう、作ったりする？」と、宇良々川さんが口を挟んだ。「せいぜい、りんごタルトくらいじゃない？」

「そういえばさ、ここまでどうやって来たの？」

とユージンが訊《き》いた。細かいところによく気が付く男である。急に叩《たた》き起こしたのに、なぜかヘアセットも完璧《かんぺき》。

「最初はおんぶして、途中から命綱をつけて来たんだ」

「それっておかしくない？　なんでハカセは浮かなかったの？」

「あ」と僕は思わず言った。「たしかにおかしい。なんで気が付かなかったんだ……」

「そもそも、どうして石は浮かぶんだろう？」

「実験してみようか」

宇良々川さんに石を持ってもらい、線香の煙をくゆらせた。煙は石に薄い膜を張るように滞留した。無重力のオーラめいたものが、石までもすっぽりと包んでしまっているのである。

「ここまでは予想通り——」

その状態で、石からわずかに手を離してもらう。依然としてぷかぷか浮いたままだった。そこからさらに、すこしずつ離れてもらった。すると、不可思議な現象が起こった。オーラめいたものが、スライムみたいに、石と宇良々川さんのあいだにニューンと伸びたのである。そして、二十センチほど離れたところでオーラは石から速やかに退《しりぞ》き、石は落下した。僕らは思わず、悲鳴とも歓声ともつかない声をあげた。

「うわーすごい！」

と、どこからともなくひちょりの声が聞こえた。ちゃんといてくれているらしい。

それから僕らはすっかり興奮して議論した。どうやら無重力ゾーンには肉体から二十センチほどの限界範囲があるようである。そういえば、宇良々川《うららかわ》さんをおぶっているときに身体が軽くなっていたような気がする。彼女の軽さが生んだ錯覚かと思っていたが、今思うと、あのとき僕の上半身は無重力ゾーンにすっぽり包まれていたのだ。ポン、とバンが手を打ち、

「てことは、一日中、石を投げ上げながら生活すりゃいいじゃねえか！」

「力技すぎるだろ……」

五十部《いそべ》が呆《あき》れたように言った。そこで僕は、

「なんかこう、レールみたいなやつを背負って、そこを自動で錘《おもり》が上下するようにしたらいいんじゃない？　でかいプロペラみたいにして、モーターで回転させる機構とか面白いかも」

「あー、面白いじゃん。ロマンある。めちゃくちゃ邪魔だし、普通にでかい天使の翼みたいなやつ背負ったほうが早いけどな」

オユタンが言って、僕らはゲラゲラ笑った。

「お〜い」と宇良々川さんがツッコんだ。「飛行機部の悪いとこ、出てるよ」

「そんな複雑なことしなくてもさ、アレでよくない？」

ユージンはそう言って、保健室からアレを持って来た。

——車椅子《いす》である。

形状からして、ふつうに座っているだけで下部のほうは無重力ゾーンの範囲から外れる。宇良々川さんに座ってもらって、座椅子にナイロンベルトで体を固定すると、それだけで安定した。あとは錘を足して調節すればいいだけだ。

「なんか、普通すぎて面白くないな〜」と、オユタンは言った。「でも実用性って得てしてこういうもんだよなあ……」

「面白くなくて結構」宇良々川さんはほっと息をついた。「ギックリ腰ってことにしよ。なんとかなりそうで良かった……」

すると、ぐううう、と音がした。お腹が鳴る音だった。彼女は顔を赤くした。

「一晩中、歩き通しだったからね」

と僕はフォローした。宇良々川さんは歩いていないけれども。

「そんなこともあろうかと、準備してきたぞ」

五十部はそう言って、部室にあったガスコンロと、自前のミニフライパンを使って、焼きおにぎりを作ってくれた。味噌《みそ》を塗ると、香ばしい匂《にお》いがひろがり、歓声があがった。

宇良々川さんはそれを遠慮がちに両手でとり、一口食べて、ほっこりと笑った。

「美味《おい》しい……ありがとう」

「どういたしまして」と、五十部《いそべ》はおおらかな笑顔で言った。「みんなのぶんもあるぞ！」

「おおおお、ありがとう五十部ママァ〜！」と、バンがさけんだ。

「誰がママだ！」

五十部がツッコむと、爆笑が起こった。宇良々川《うららかわ》さんも楽しげに笑っていた。

3

ぜんぜん授業に集中できなかった。いつ宇良々川さんの無重力がバレて騒ぎが起こってもおかしくない。それに、数十分の仮眠しかとれていなかったので、思わず居眠りしてしまった。

——夢のなかで僕は、時計を持ったうさぎさんを追いかけていた。まるで『不思議の国のアリス』みたいに。そして、木立の奥にある、見知らぬ家の庭先に迷い込んだ。

夏だった。溶けるように暑かった。蝉《せみ》の声が透明な雨のように降り注いでいた。

真っ白な紫陽花《あじさい》が咲いている。僕は四つん這《ば》いになり、その葉叢《はむら》のしたに潜り込んだ。濃厚な草と土の匂《にお》い——。そして、そこにうずくまっていた真っ白なうさぎさんを抱き上げた。

僕はほっと息をついて額《ひたい》の汗をぬぐい、膝《ひざ》小僧についた土を払った。

そのとき、その声は落ちてきた。

「不法侵入だよ――」

はっと見上げると、女の子がそこにいた。二階の大きな窓枠に片膝をたてて腰掛け、悪戯《いたずら》っぽく笑っている。美しい女の子だった。すべてが紫陽花の色がうつったように白かった。細くとがった肩も、白いワンピースの裾《すそ》からすらりと伸びる脚も、髪の毛さえも――

「……すみません、飛行機が迷子になっちゃって」

　気がつくと、僕の手のなかのうさぎさんは、模型飛行機へと変わっていた。

　そして僕はいつの間にか、がきんちょ半ズボンの小学四年生に戻っていた。それで、歳上のお姉さんにどぎまぎしていた。彼女はふっと微笑《ほほえ》んで、こちらへ手を伸ばした。

「それ、見せてもらってもいい？」

　僕はすこし戸惑ったのち、飛行機を投げた。それはすうっと二階の窓まで真っすぐに飛んでいき、彼女の手に収まった。

「うわあ、良くできてるね」彼女は大きな目をきらきらさせながら、ゴム動力のプロペラを人差し指で回した。「これ、どこに売ってるの？」

「自分で作ったんだよ」

「えっ、すごいね！」彼女は目を丸くした。とても素直に感情を映す目だった。「器用なんだね。てっきり、野球少年がボールを飛ばしてきたのかと思った」

「野球にはぜんぜん興味ない」

「野球帽をかぶってるのに？」

ヤクルトスワローズの青い帽子だった。家族のだれも野球を観《み》ないのに、なぜか家にあったやつ。知っていることといえば、マスコットが小生意気なツバメであることくらいだ。

「紫外線を防げればなんでもいいんだ。シャンプーハットでもなんでも」

「きみ、シャンプーハット使ったことないでしょ」

女の子はくすくすと可愛らしく笑った。子供みたいな笑い方だと、子供ながらに思った。肩に入っていた力がすうっと抜けた。

「ねえ、きみ、名前なんていうの？」

「菊地《きくち》一成《いっせい》。みんなからはハカセって呼ばれてる」

「ハカセくん」彼女は飴《あめ》玉を口にふくむみたいに言った。「たしかに、そんな感じするね。わたしは、伊藤《いとう》雪《ゆき》。冬になると、空から降ってくる雪」

いまにも解《と》けて消えてしまいそうな名前だと思った。

「ねえ、飛ばしてみてもいい？」

僕はうなずいた。彼女はそっと投げた。飛行機はふわりと優雅に飛んだ。

わあっ、と彼女は声をあげ、そのまま落ちてしまいそうなくらい、窓枠から身を乗り出した。

僕は飛行機ではなくて、彼女のほうに見惚《みと》れていた。まるで生まれて初めて鳥を見たような喜び方だった。いっぱいに見開かれた目に、夏の光線が輝いていた。

僕は飛行機を追った。胸が高鳴っていた。自分の作ったものが、こんなふうに人を喜ばせるのが嬉《うれ》しかった。それから、だんだん悲しくなってきた。

これは夢なのだ、と心のどこかでわかっていた。雪姉《ゆきねえ》に初めて出会った日の夢――。僕はこの幸福な出会いの、悲しい結末を知っているのだ。

飛行機は、誰かの足元に落ちた。ナイキのスニーカーだった。その人物は、飛行機をゆっくりと拾いあげた。黒檀《こくたん》のように美しい黒髪が、夏の風にゆれる――

「……宇良々川《うららかわ》さん？」

彼女は目を見開いた。

「……ハカセ？」

そこで目が覚めた。

その日の放課後――

僕らは飛行機部の部室に集まった。

「バレなかった？」と、僕は宇良々川さんに訊《き》いた。

「意外と大丈夫だったよ」と、彼女は答えた。「ちょっと危ないシーンもあったけど。授業中に居眠りしちゃって、起きたらペンがおでこにくっついてたの」

僕は思わず笑った。みんなも歓声をあげて、バンとユージンはハイタッチまでした。

「ってか、ひょっとしてボールペンって無重力だと書けない？」

と、宇良々川《うららかわ》さんが訊《き》いた。僕は記憶を探って、

「そういえばそうだね。宇宙でも書けるやつは、たしか窒素ガスの圧力を利用してる」

「ふーん、面白いね」と彼女は笑った。それからふと、「夢も影響を受ける？」

「夢――？　夢は専門外だなあ」

「たぶん受けるよ～」と、横からもるちゃんが言った。「わたしも風邪ひいたときとか変な夢を見るもん。金平糖のゾウさんとか、わたあめのユニコーンとか」

「いや、そんなファンシーな感じではなかったけれども……」

「そういえば、僕も変な夢見たなあ。宇良々川さんが出てくるやつ」

「あー、わたしも夢にハカセ出てきた。子供のハカセ」

「あはは、奇遇だね。疲れてたんだね、きっと」

僕たちは笑いあった。

4

それからすぐに解散になり、僕が宇良々川さんを家まで送ることとなった。

「なんか、顔がむくんできた気がする」

「あー、無重力のせいだね。ふだん血液は足のほうに引っ張られて、ふくらはぎのポンプで全身に送られてるんだけど、それが顔に行っちゃってるんだと思う。……やっぱ気になる？」

「顔がむくんで嬉《うれ》しい女子はいないよね」

宇良々川さんはすっかり車椅子《いす》に慣れたみたいで、すいすい進んでいく。僕は追いかけるのでやっとだった。坂をすーっと下っていった先で待っていた宇良々川さんが、

「坂道、あんまスピード出ないんだけど、なんで？」

とっさに答えられなかった。昨夜からの疲れが祟《たた》って、ぜんぜん頭が回っていない。

「体重がないぶん、坂道を下る方向の力が弱くなって、相対的に空気抵抗が大きくなるんだよ。原理的には羽根がゆっくり地面に落ちるのと同じだね」

「なるほどね」と、宇良々川さんはうなずいた。

そんな調子で、道中は疑問を解決し、無重力生活における注意点を考察した。

「飲み物とか、どうすればいいんだろう？」

「宇宙ではパックに入ったやつを飲んでるね」と、僕は答えた。「無重力でも使えるマグカップは、毛細管現象で液体が飲み口まであがってくるようになってるんだ。牛乳パックとかは、〝注ぐ〟ってこと自体ができなくなるから、とりあえずストローで飲むことになるかな」

「寝るときは？」

「あっちこっち飛んでいかないように、体を固定しておくといいかも」

宇良々川《うららかわ》さんの家は、昼に見るとなかなか特徴的だった。赤い屋根に白い壁の、童話に出てきそうな雰囲気だった。玄関まで車椅子《いす》を運ぶと、彼女はお礼を言って、

「あとは自分でなんとかするね。今日は疲れた〜。シャワー浴びてすぐに寝よっと」

「お疲れさま。何かあったらすぐ連絡して」

僕が門から出ると、彼女は微笑《ほほえ》んで、ちいさく手を振った。僕も手を振り返した。

ひとりになると、ほっとして体から力が抜けた。昨夜から大変だったけれども、なんだか遠足みたいで楽しかったな、と思った。僕も帰ったらシャワーを浴びて寝よう。濡《ぬ》れないようにギプスカバーをつけるのが面倒だけれども。宇良々川さんもきっと苦労——

『バッカモーン！　苦労どころではないぢゃろう！』

あっ！　と僕は声をあげ、すぐさま電話をかけた——が、繋がらなかった。

全速力で来た道を引き返す。脳裏を最悪の想像が駆け巡った。

無重力ではシャワーを浴びられない。

命に関わるほど危険だからだ。

インターホンを鳴らした。返事はない。敷地へ入り、家の裏手に回ると、水音がした。

「宇良々川さん！」

窓をバンバン叩《たた》くが、反応がない。僕は松葉杖を振りあげ――

――バン！

と不気味に白い手のひらが、曇りガラスに張りついた。僕は思わずのけぞった。その手はのたうつように動き、クレセント錠を開けた。僕は窓を開け、片足で跳びあがって、窓枠に腹をのせる。浴室内が見えた。宙に浮く宇良々川さんを、透明なジェリーが呑み込んでいる。水だ。無重力だと流れ落ちず、くっついてしまうのだ。ごぼっ、と彼女はあぶくを吐いた。

「宇良々川さん！」

バランスを崩し頭から転がり込み、背中を強打、鼻から水が入って咳《せ》き込む。グチャグチャになりながら、宇良々川さんの腕を引き寄せ、水を除《の》けようとする――が、無駄だ、海を部分的に取り除けないのと同じことだ。すぐにブヨブヨと穴は塞がってしまう。僕はシャワーを止めて浴室から這《は》い出ると、棚からバスタオルをありったけ取って、彼女にぶちまけた。ひざまずき、無我夢中でタオルに水を吸い取る――

「宇良々川さん！」

また名前を呼びながら、その頬《ほお》を叩いた。反応がない。心肺蘇生《そせい》しないと、と思ったそのとき、ごぶっと水を吐いた。しかし無重力のせいで滞留している。すかさず乾いたタオルを口に突っ込んで吸い取ると、おえっと彼女はえずき、それから咳《せき》をした。

僕はほっと息をついた。とりあえず、一命は取り留めたのだ。

5

宇良々川《うららかわ》さんの部屋は二階、南東の隅にあった。似た扉が隣にもうひとつあり、そちらは雑然とした物置のようになっていた。

女の子の部屋に扉から入るのは初めてだった。いつも、窓から忍び込んでいたから。その雪《ゆき》姉《ねえ》の部屋は、少女趣味的なものに溢《あふ》れていた。ボタニカル柄のティファニーブルーの壁紙、フリルのついたレースのカーテン、蓋《ふた》を開くと歌うオルゴールの鳥……。母親が買い与えたものだった。彼女を幸せに閉じ込めておくために。

一方で、宇良々川さんの部屋は、殺風景といってよかった。ベッドがあり、本棚があり、机があり、クローゼットがあった。机の横にはアコースティックギター。素朴な木製のベッドの端に、ぬいぐるみの黒猫が一匹――。仮の宿、という言葉が浮かぶ。明日の昼前にはチェックアウトして、ギターと黒猫を抱《かか》えてどこかへ行ってしまいそうだった。

本棚には、絵本がたくさんあった。定番のものから、よく知らない海外作家のものまで。活字の本はごく少数で、流行りのものを何冊か買ってみただけ、という感じ。僕はあんまり絵本を読んだ記憶がない。『のりものずかん』とかのほうが好きだったのだ。

ふと、机のうえの、箱に詰まったカラフルなパステルが目に留まった。画用紙に絵が描《か》きかけだった。温かみのある、とても可愛らしい絵だった。ゴーグルとキャップをかぶった、茶色いジャケットに緑色のスカーフの女性が、ギターを鳴らしている。それを、耳をピンと立てたうさぎさんたちが聴いていた。

「アメリア・イアハートじゃん……」

女性として初めて大西洋単独横断飛行に成功した飛行士。僕は宇良々川さんと出会ったころに交わした会話を思い出した。

『アメリアは未知の島に不時着したの。そこには音楽で心を伝えあう人々が住んでいた』──きっとこれは、アメリアが〝空の心〟を伝えるシーンなのだろう。島に住んでいたのは人間ではなくて、うさぎさんだったのだ。絵を見ていると、自然と頬《ほお》がゆるんだ。そして、この部屋にはちゃんとひとりの女の子が住んでいるんだという感じがした。段ボール箱の隅に、みずみずしい林檎《りんご》がひとつ隠れているみたいに。

そのとき、ガチャリと部屋の扉が開いた。

僕の身体はこわばった。

宇良々川さんは、泣いていた。

彼女はすぃーっと部屋に入ってきて、壁をしょんぼりと蹴《け》り、ベッドの上方で止まった。それから黒猫のぬいぐるみを拾いあげ、きゅっと抱きしめて、こちらに背をむけて空中で丸くなった。まだ乾ききっていない髪の毛が、烏《からす》の濡羽《ぬれば》色だった。せわしなく顔をぬぐっている。たぶん涙が重力で流れていかないせいだろう。棒のように突っ立っているのもしんどいので、僕は床に座った。

……めちゃくちゃ気まずい。

彼女がなぜ泣いているのか、いまひとつ掴《つか》み切れていないのだった。僕は何かしら慰めになるような言葉をかけるべきなんだろうか？　『ヘイ、裸を見られて気まずいかもしれないけど、ノープロブレム、僕は女の子のことは糞《くそ》の詰まった袋だとしか思っていないんだ』

いや、これは最悪だな……。

「ごめんね」と宇良々川《うららかわ》さんは唐突に言った。「自分でもよくわかんなくって……」

「大丈夫だよ」

それから、じっと黙っていた。彼女はだんだんと落ち着いてきたようだった。やがて僕は、軽い会話でもすれば気が楽になるんじゃないかと思って、

「絵本、好きなの？」と訊《き》いた。

「……うん、好き。読んでると、なんだかほっとする」

僕は微笑《ほほえ》んだ。すこし間があってから、

「小さいころにね、お母さんがいっぱい買ってくれたの。毎晩、寝る前に読んでもらってた。でも、ある日、ぱったりとやめちゃった。……たぶん、飽きたんだと思う」

「……飽きた？」

「そう、飽きたの……」と、彼女は冷たい石のような声で言った。「四歳のとき、幼稚園からの帰り道、わたしとお母さんは手を繋いで歩いてた。夕暮れの真っ赤な光のなかに、わたしたちの影が長く伸びてた。今日の晩御飯どうしよっかなんて、いつも通りのことを喋ってた。そのでれからお母さんが、いつもと違う道から帰ろうかって、細い路地に入ったの。なんだか怖い場所で、わたしはお母さんにくっついた」

宇良々川さんは、ふしぎな表情をしていた。見覚えのある表情だった。初めてバス停で待っている彼女を見たときと同じ表情――

『彼女はイヤホンをつけて、物憂げな眼差《まなざ》しを道路の破線に落としていた。どこか神秘的な表情だった。まるで占い師が、その破線のひび割れから、未来に横たわる悲しい影を読み取った、というような感じで』――

僕はいつの間にか手のひらに汗をかいていた。彼女はつづける。

「そしたら急に、立ち止まった。そしてぜんぜん動かなくなった。まるで、いきなり人形になっちゃったみたいに。……お母さん？　って呼びかけたら、ゆっくりとこっちを見た。あのときの顔、たぶん一生、忘れられない。わたしの手を振り払って、ひとりで帰っちゃった。わたしはわけがわかんなくて、怖くて、泣きべそかきながら闇雲に歩きまわって……。ようやく家に着いたのは、すっかり暗くなってからだった。お母さんは、寝てた。着替えもせずに、ベッドのなかで丸くなってた。そして、翌朝には、別人みたいになってた……」

宇良々川《うららかわ》さんはたぶん詳しく言おうとして、言えなくて、

「……わたしに飽きたの」

と、もう一度言った。それ以上は語らなかった。僕は座ったまま手のひらを擦り合わせ、それを見るともなく見た。それから、宇良々川さんを見た。彼女は再びこちらに背をむけていた。夕暮れの光のなかにぷかぷか浮かぶその姿が、むきかけの林檎《りんご》みたいに哀しかった。

「ごめん、変な話しちゃったね……。助けてくれてありがとう」

「どういたしまして」

「きっとまた、助けてもらうと思う」

「何回でも助けるよ」

すると宇良々川さんはくすぐったそうに笑って、

「なんか、プロポーズみたい」

「業務連絡だよ」

「何それ」

彼女はお腹をかかえて笑った。僕もつられて笑った。

それから頃合いを見て、帰ることにした。

「大変だろうから、見送りはしなくていいよ」

「うん、ありがとう。なんだか一日で色んなことが起こりすぎて、疲れちゃった」

僕が部屋を出て振り返ると、宇良々川さんはちょっと恥ずかしそうに微笑《ほほえ》んだ。僕は微笑み返し、扉を閉じた。そして階段を下りて、玄関で靴を履いて、外へと出た。

空はすっかり真っ赤になっていた。筆で思い切りよく引いたふたつの線のような雲が交差して、複雑な影をつくっていた。よくわからない感情が胸にわだかまり、落ち着かなかった。心のスクリーンには、夕暮れの迷路のような路地を泣きながら歩きまわる、ちいさな宇良々川さんの悲しい姿が映し出されていた。

――ふいに、カァ、と鳴き声がした。

振り返って、ぞっとした。

異様な数のカラスが群れて、宇良々川さんの家の赤い屋根を黒く染めていたのだった。

――と、一羽のカラスがこちらをじっと見つめているのに気がついた。

背筋を冷たいものが走った。

そのカラスには、足が三本あった。

夕陽で逆光になっているせいで、その姿はまるで影絵のように見えた。赤い光はその三本足のあいだを通り抜け、たしかに、ローマ数字の『Ⅲ』を形作っていた。

僕とカラスは三本足同士で見つめ合い、異様な時間が流れた。

次の瞬間、カラスたちはいっせいに飛び立ち、暮れなずむ空へと消えていった。

きっと見間違いだ、と僕は思った。

6

朝起きてすぐ、枕元《まくら》のスマートフォンに飛びついた。着信がなくて、ほっとした。宇良々《うらら》川《かわ》さんは何事もなく無事、一夜を越えることができたようだ。

洗面所に行くと、親父が頭髪を剃っていた。顔を洗いたいのにジャマである。

「永久脱毛すればいいのに」

「ヤダよ～ハゲたくないもん」

「……」

急いで準備を済ませ、家を出る。清々《すがすが》しい陽気だった。

バスに乗り、郡山《こおりやま》駅を経由して宇良々川さんの家の近くで降り、彼女を迎えに行った。家の駐車場はすでに空だった。ドアチャイムを押すと、すこしして返事があった。

「外開きの扉、無重力だと難しいから、開けてもらえない？」

玄関扉を開けると、彼女が車椅子《いす》で出てきた。前日と同じようにスカートの下にジャージをはき、その組み合わせの違和感をひざ掛けで打ち消している。

「おはよう。……あんまりよく眠れなかった？」

「おはよう。ううん、昨日はスコーンと寝ちゃったんだけど。まだ身体がだるくて……。あと顔がむくんでるのもテンション下がる……」

「顔なんてどうでもよくない？」あと髪とかも。

やれやれ、というふうに彼女は肩をすくめた。それから、まったく話を変えて、

「そういえば、ドライヤーで髪がぜんぜん乾かないんだけど、なんで？」

髪が乾かない——？　そういえば、昨日も宇良々川さんの髪がぜんぜん乾いていなかったことを思い出した。僕は一緒に登校しつつ考える。


『実験を始めよう！』

アインシュタイン博士はブルーの液体が入った水槽を取り出した。そして、ガラス管を突っ込むと、液面がそのなかをすうっとのぼっていき、止まった。

『これが〝毛細管現象〟ぢゃ！　この高さは、〝表面張力〟と〝壁面の濡《ぬ》れやすさ〟と〝液体の密度〟によって決まる。液体を持ち上げる力と、重力とが、釣り合う高さまでのぼるのぢゃな。つまり、重力がなくなったとしたら——』

博士は『無重力』とラベルのついた馬鹿でかい赤いスイッチを拳で叩《たた》いた。すると、博士はフワフワと浮かびあがり、ブルーの液面は管のてっぺんまでのぼった。

『これが髪の毛のあいだでも起こり、ヒジョーに濡れやすくなる。おまけに熱による空気の対流もないために、乾燥も起こりにくくなってしまう！』

博士は再び〝無重力〟スイッチをガンとやった。そしてべしゃりと地面に落ちた。それからイソイソと立ち上がって、べっと舌を出してごまかした。

「なるほどね」と宇良々川《うららかわ》さんは言った。「で、どうすれば髪を乾かせるの?」

「対流がないのが原因なわけだから、作り出せばいいんじゃないかな。エアコンとか空調機とかで。だから髪を洗ったら、そのまま浴室乾燥機をかける。それが最適解」

「はあ……」と彼女はため息をついた。「洗濯物になった気分。わたしって、これまで洗濯物にひどいことをしてきたのかも」

「洗濯物に情けは無用だよ」

――と、彼女のほうを見て、ぎょっとした。一羽のスズメが、頭のてっぺんにとまっていたのだった。というより、もはやくつろいでいる。気持ちよさそうに目を閉じ、むにっとおもちみたいにつぶれて、とろとろと羽づくろい。ウーム……と思っていたら、二羽に増えた。気がつくと三羽になり、ちゅんちゅんと鳴く。

「ぎょえっ!」

ようやく気がついて、反射的に手で払った。スズメたちは大縄跳びみたいに余裕でそれをかわし、また頭のうえでちゅんちゅんちゅん。楽しそうである。

「何これ〜〜〜」彼女は首をすくめて怯《おび》えている。

僕はこれまでのことを思い出した。最初に彼女の浮遊を目撃したとき、春告鳥《うぐいす》が頭のうえでホーホケキョとやって、昨日は赤い屋根にカラスが群れていた。

「鳥を集める謎の電波でも出てるのかな……？」

「謎の電波塔になった覚えはないんだけど……」

「鳥たちは磁場を見る能力を使って、巣に帰るらしいよ」

「巣になった覚えもないんだけど……」

するとと、一羽のスズメが、宇良々川さんの人差し指にとまった。

「ディズニープリンセスみたいだね」と僕は言った。

彼女はぎょっとしつつ、顔に近づけて見て、

「可愛いかも……」とほわっと笑った。

次の瞬間、頭のうえのスズメたちが、いっせいにフンをした。

「あ」

「あ」

ちゅんちゅんちゅんちゅん、とスズメたちが楽しそうに鳴いた。

「浴室乾燥機の出番かも」

と、宇良々川さんは言った。

7

結局、僕らは二限から授業に参加することになった。乾燥はもちろん、また溺れないよう慎重に洗髪したのにも、時間がかかったのである。

放課後、部室に行くと、バンが血眼《ちまなこ》で詰め寄ってきて、

「どういうことだよハカセ、宇良々川《うららかわ》さんと朝帰りみたいな雰囲気出して!?」

「いやいや、むしろ病院帰りって感じじゃん、車椅子《いす》と松葉杖で」

「それはたしかに」

それから、鳥の件をみんなに話した。へえ〜……うわぁ……みたいな反応だった。

「もっと驚くかと思った」

「なんかもう、不思議なことが起こりすぎて〜」と、もるちゃんがふわふわ言った。

やがて、宇良々川さんがやってきた。鳥はいない。気まぐれに集まったり散ったりするのだ。

彼女は車椅子に固定しているベルトを外し、ふわりと浮きあがって言う。

「痛たた……このベルト、長時間つけてると擦れちゃって……」

すると、どこからともなくひちょりが現れて、

「よかったら……ぼくがパッドをつけておくよ……！」

「わあ、ひちょりくん、ありがとう！」

彼は微笑《ほほえ》むと、すうっと消えた。なんだかおばけが未練を晴らして成仏した、みたいな絵面である。それから宇良々川さんは壁際へと移動して、

「ちょっと見ててね……」

フィギュアスケートのようにものすごい勢いで回転を始めた。僕は思わず五十部《いそべ》と目を見合わせる。彼はぽかんと口を開けていた。彼女はピタリと止まってみせ、

「見て、ぜんぜん目が回らないの！」

みんなはびっくりすると、次に僕に目線を集中させる。

「……ウィキペディアみたいに説明してもいい？」

「ウィキペディア？　最高じゃないか。なるべく詳しく頼む」

と、五十部が言った。人の好みは様々だなあ、と僕は思った。

僕はホワイトボードに図を描《か》いて説明する。

人間の平衡感覚を司っているのは内耳の三半規管で、その根元にくっついている耳石というカルシウムの粒が重力や加速度を検知している。無重力になると、この耳石が浮いてしまうことで機能が狂い、このあいだの宇良々川さんみたいに宇宙酔いを引き起こす。身体はこれを、内耳機能を鈍感にすることで治め、代わりに視覚情報で補おうとするようになる。

「——というわけで、宇良々川さんはいくらグルグル回っても平気。たぶん」

おおお〜と、謎の拍手が起こった。シュコー、と音を立ててオユタンが言う。

「よくできてるな……人体。バグもけっこうあるが」

「花粉症とかね」と、ユージンが言った。

「花粉症とかな」と、オユタンは返した。

　せっかくホワイトボードを使ったので、僕はそのまま宇良々川《うららかわ》さんに人力飛行機の原理について非ウィキペディア的に、ベルヌーイの定理とかモーメントとかを省いて説明する。

「これが飛行機だとすると、当然、放っておくと重力で落ちる。ではなぜ飛ぶかというと、翼が揚力という上向きの力を生むからなんだ。この力は、翼の上下で空気の流速が違うことで生じる。翼の上側のほうが低圧のため、押しあげるように働くんだ」

「ふむふむ」と彼女は相槌《あいづち》を打った。理解が早くて助かる。

「つまり、飛ぶためには前に進まなくてはならない。そのためにプロペラが生み出すのが推力、このとき逆方向に受ける力を抗力と呼ぶ。飛行機で最も重要なのはこの四つの力だ。機体が重くなると、それだけ揚力を必要とするから、体重が軽ければ軽いほど有利になる」

「それってどれくらい？」

　ものすごく、と僕は言って、リュックからノートPCを出し、設計段階のエクセルデータを開いた。迎角、アスペクト比、揚力係数など、種々のパラメータが表になっている。全機重量の項目は九十八キログラム、必要パワーは二百四十ワット。僕の目標体重であった五十五キログラムを引いて、全機重量を四十三キログラムに打ち直す。すると即座に、必要パワーは約七十ワットと出た。飛行機部の面々が盛り上がる。

「すごい、世界記録だって狙える！」

——が、しかし、宇良々川さんはいまいちピンときていないようだったので、部室の隅に設置されているエアロバイクに実際に乗ってもらうことにした。リカベントタイプの上体を倒して使用するものなので、無重力でも問題ない。

「じゃあ、まずは七十ワットで」

宇良々川さんは、おっけーと言って、ゆるゆると漕ぎ始めた。あっという間に八十ワット。

「めちゃくちゃ楽勝〜」と、彼女はにこにこして言った。

「じゃあ、頑張って二百四十ワットまで上げようか」

宇良々川さんは一気にスピードを上げる。ペダルがぎゅんぎゅん回り、モニターのワット数が跳ね上がる。さすが、元長距離走選手だけあっていい漕ぎっぷりだ。——が、しかし、

「これ、きっつい！」

宇良々川さんは早くも音《ね》をあげた。モニターの数値は二百ワットを示している。すぐにペースが落ちて、百八十ワットまで下がった。

「オーケー。初めてにしては上出来だね」

「二百四十なんて出なくない？」

「二百四十を二時間以上つづける予定だったんだよ。すごいチームになると、長時間かけて七

十キロくらい飛ぶんだから」

「ぎょえっ！　そんなに!?」

ははは、と宇良々川《うららかわ》さんは息を切らしつつ、乾いた笑いをもらした。

「代わりが見つからないわけね」

「トレーニングに丸二年以上かかったからね」

淡々とやるのは性に合っていたものの、それでも苦労しなかったと言ったら嘘になる。毎日が筋肉痛の連続で、痛みがないと逆に不安になるくらいだった。

「ちょっと見直しちゃった」と、宇良々川さんは微笑《ほほえ》んだ。

「ところで、身長と体重はいくつ？」

「……あ？」

宇良々川さんの頬《ほお》が、ピキッと引きつった。マズった。そういえば女性に体重を訊《き》いてはいけないのだった。

「いや、ごめん、飛行機の設計を見直すのに必要で……！」

「そう……」彼女は顔をしかめて、「身長百六十八、体重は……たぶん五十四くらい？」

「曖昧《あいまい》な感じだね」

「去年の春に部活やめてから、ちょっと太ったんだよね。長距離走ってタイムを追求すると体脂肪率が下がるから、どうしてもね。でも世間的には痩《や》せの範囲だし、まあいいやって」

と言いつつ、宇良々川さんは自分のふとももをプニプニとつねった。

「なるほどね……。じゃあとりあえず、目標体重五十キロとして、その四倍の二百ワットで二時間いけるようになろうか」

「は――!?」宇良々川さんは目を丸くした。「七十ワットでいいんじゃないの!?」

「だって、本番も浮いてるかわからないじゃん。そうじゃなくても飛べるようにしておかないと。――というか、ぶっちゃけ無重力って強すぎてズルいと思うんだよね。僕らはあくまでフェアに飛びたいんだ。僕が本来出すはずだったパフォーマンスに足りないぶんを、無重力で補えればそれでいい。これから設計を再考して、場合によっては重しも入れるつもり」

「はあ……。気持ち悪い……」

「……うん……理解されないかもしれないけど……」

「そうじゃなくて、本当に、具合が悪い……。なんか、吐きそう。めまいもする……」

顔が真っ青で、呼吸が変に速い。とっさにどう対処していいかわからなかった。

「大丈夫!?　貧血みたいな症状だけど……」

と、もるちゃんが言った。それで、ピンときた。

「宇宙貧血ってやつかもしれない」

「宇宙貧血ぅ!?」バンがさけんだ。「――ってなんだ!?」

「無重力になると血液が頭のほうへ移動して、頸《けい》動脈の血圧センサーが作動するんだ。すると水分が排出されて血液がドロドロになるから、サラサラに戻すために赤血球が破壊される」

「そこで急に激しい運動をしたせいってことか……！」

と、オユタンがシュコーッとガスマスクを鳴らした。おおーなるほど、と声があがる。

「なんでちょっと楽しそうなのよ……」宇良々川《うららかわ》さんが力なくツッコむ。それからグッタリして、「あ、これ、やばいかも……」

「対処法は!?」と五十部《いそべ》。

「貧血のときは安静第一っ！」もるちゃんがビシッと人差し指を立てた。「ひどいときは横になって足を高くして、頭に血がいくようにするんだよ～！　でも無重力だから……」

「オーケーわかった、みんな離れて！」

僕はそう言って、宇良々川さんの両足を両脇《わき》にはさんだ。そして、体を軸に回転する――

「なーるほど、重力の代わりに遠心力！」とユージン。

「うおおお、ジャイアントスイング！」とバン。

「だいぶ荒療治だな」とオユタン。

「大丈夫、いま宇良々川さん、いくら回っても平気らしいから！」と僕。

「そういう問題か……？」と五十部。

宇良々川さんは「ぎょえっ……」とちいさく鳴いたあとは、ケバブ肉くらいしずかに回転していた。五分くらいじっくりと焼いた。すると、彼女は顔を覆って、

「……悔しいけど……良くなった……」

おおおお〜と拍手が起こった。ひちょりもにっこりしていた。

8

Q・無重力状態で体重を測るには？


宇良々川さんが落ち着いたところで、高校の近くにある公園へみんなで移動した。住宅街の端にある、なかなか寂れた場所で、ふだんからあまり活気がない。

「入り口はボクが見張っておくよ」と、ユージンが言った。「人が来たら歌うね」

「なんで？　なんで歌うの？」と、宇良々川さん。

しかしユージンは意に介さず、グッと親指を立て、行ってしまった。

「苦手だわ〜〜あいつ」と、宇良々川さんは言った。

「いいやつだぜ、キモいけど」とバンは言った。

「そうだな、キモいけど」とオユタンも言った。

それから体重測定に取りかかる。やはりきちんと測っておかなければならない。もちろん体重計に乗っても意味がないので、特殊な方法が必要だった。

「――というわけで、うさぎさんに乗ってほしい」

大きなバネに、ピンクのうさぎさんが乗っかっている遊具である。

「え……めちゃくちゃ恥ずかしいんだけど……なんでこれ？」

「バネを使って質量を測定するんだよ」と、僕は言った。「計算に必要なのは、バネ定数と振動周期だ。まずはバネ定数を測定しよう」

バネ定数は〝力〟（今回は体重を使う）を〝変位〟（伸びあるいは縮みの幅）で割ったものに等しい。体重が軽い順に、もるちゃん、オユタン、五十部《いそべ》の三人にうさぎさんに乗ってもらい、それぞれのバネの縮み幅をメジャーで測定する。うさぎさんにガスマスク男が乗っている図はなかなかシュールだった。それから縦軸に体重、横軸に変位をとったグラフに、三人ぶんの点をプロットし、直線で結ぶ。この直線の傾きがバネ定数だ。

「じゃあ、次、宇良々川《うららかわ》さん」

「……」

彼女は頬《ほお》をうっすらと赤くしつつ、僕の手を取り、車椅子《いす》からうさぎさんへと乗り移った。僕らの体はちゃんと命綱で繋がれている。彼女はほっぺをちょっと膨らませ、無表情でゆらゆらと揺れていた。

「なかなか似合ってるよ」

「うるさい」

　僕はスマホのラップタイム機能を使い、十周期ごとに百周期まで時間を測定し、平均値から振動周期を割り出した。それをもとに宇良々川さんの質量および体重を計算する。

「体重は——五十四キロくらいだね」

「だからわたし、そう言ったじゃん！」

　へちゃむくれの猫のような顔をして不満を訴えてくる。——ふと、悪戯《いたずら》をしてやりたくなって、僕はいきなりうさぎさんをガタガタと揺らした。

「ぎょえっ！　何すんのアホ！」

　宇良々川さんは僕をぺちぺちと叩《たた》く。

「わはははは」

　なかなか愉快である。

　——と、みんながあんぐりと口を開けて、こちらを見ていることに気がついた。

「……？　どうしたの、みんな？」

「どうしたもこうしたも……」と、五十部が無精髭《ひげ》をなでた。

　そのときふいに、ポロロロン、とハープの音が聞こえてきた。誰か来たのかもしれない。あわてて宇良々川さんを車椅子に戻す。何やらユージンが歌っている。

「これ、レディー・ガガじゃない？」

「あ、ほんとだ、レディー・ガガ」

「なんでレディー・ガガ?」

しかも〝ヘイヘイカモンあたしは無敵のビッチよ〟みたいな熱唱である。僕らはぽかんとして目を見合わせ、それからくつくつと笑い、とうとう大爆笑した。

「ふざけんなあいつ、ウケ狙ってるだろ!」と、バンが涙を流しながら言った。

オユタンの呼吸音がシュコココココとやたら速くて、それもツボに入る。宇良々川《うららかわ》さんも体をくの字に曲げて、車椅子《いす》ごとゆさゆさ揺れながら笑っている。

「わからんぞ、熊とかが出て必死で威嚇してるのやも」

と五十部《いそべ》が言ったので、僕らの視線はすうっと公園の入り口に吸い寄せられた。きこきこきこ、と幼女が三輪車を駆って現れたので、いよいよお腹がよじれた。

9

部活を終えてみんなと別れると、また宇良々川さんを家まで送っていった。

「ひょっとしたら、普通よりたくさんトレーニングしないとダメかもしれない」と僕は車椅子を押しながら言った。「無重力環境では、負荷に耐える必要がないから、何もしないとどんどん筋肉が減っていくんだ。骨密度なんか、高齢者の十倍近いスピードで低下していく」

「ぎょえっ、すぐにおばあちゃんになっちゃう」

「なるべく頻繁に負荷をかけるようにしよう」

僕がドアを開け、宇良々川さんは玄関に入った。

「じゃあ、また明日」

「ハカセ──」

彼女は車椅子をこちらへ上手にターンさせ、何か言いたそうな顔をした。

「何?」

「……ううん、なんでもない」

それから微笑《ほほえ》んで、「じゃあね」とちいさく手を振った。僕は首を傾げつつも、なぜだか微笑ましい気持ちで、手を振り返した。

──その夜、夕飯のときに突然、親父が言った。

「なんか、一成《いっせい》の雰囲気、変わった?」

え、そう?　と、母さんはおっとりと首を傾げた。

「何も変わってないけど?」と、僕は言った。

ふーむ、と親父は坊主頭を撫《な》で、それから右手のひらをこちらへ向けて、

「両手の鳴る音は知る。片手の鳴る音はいかに?」

まーたそれか、と僕は顔をしかめた。面倒になって、夕飯の残りをかき込み、

「ごちそうさまっ」

パンッ、とその手にハイタッチした。親父はポカンとして、それからにやにやと笑い、

「やっぱり変わったじゃないの〜。彼女でもできたか?」

無視してそのまま自分の部屋へと戻った。

飛行機の再設計に取り掛かる。パイロット変更にともなう調整だ。コックピットのサイズや重心はもちろん、主翼にも手を加えたい。全機重量が減ると、機体速度は遅くなり、風の影響も受けやすくなる。その解決には主翼を小さくすれば良いのだけれど、作業状況や予算の兼ね合いも検討し、場合によっては妥協しなければならない。

僕は意識を集中し、物理方程式の奥へと、深く分け入っていく……。

——いつの間にか僕は、森のなかにいた。

薄暗い夏の森だった。どこかで輝いているはずの太陽は見つからなかった。僕はグレーのパジャマ姿で、底冷えのする腐葉土を、靴下ごしに踏んでいた。折れているはずの右足は、なぜか無傷だった。どこから来て、どうしてここにいるのかわからなかった。記憶の尻尾《しっぽ》のようなものを捕まえると、それはたちまち、煙でできた気まぐれな猫みたいに消えてしまった。

森の奥に、赤い屋根の家があった。お菓子みたいな可愛らしい家だった。屋根はりんご飴《あめ》で、壁はホワイトチョコレート。キャンディーみたいなカラフルな煉瓦《れんが》の煙突が、もくもくと煙を吐き出している。近づくと、屋根に群れたカラスたちが、こちらをじっと見つめた。

玄関ドアは、変にちいさかった。僕はかがんで、家のなかに入った。

小ぶりで可愛らしい玄関があった。あたたかみのある木製のくつ箱に、こまごまとしたインテリア、にんじんの刺繍《ししゅう》のはいったふわふわのスリッパ……。右手の漆喰《しっくい》の壁には、銀の装飾フレームのオーバルミラーがかかっている。正面の壁には、ドラクロワの《民衆を導く自由の女神》のうさぎさんバージョンが飾られていた。

僕は靴下をぬいで、室内へあがる。左手には地下へとつづく階段があった。

右手の部屋は、リビングのようだった。四角いテーブルがあり、誰かが椅子《いす》に座って、こちらへむけて新聞をひろげている。その上側からふたつの茶色いふわふわしたものがぴょこっと飛び出している。ピクッとそれが動いたかと思うと、新聞がぱたんと倒れた。

――うさぎさんだった。

緑色のチョッキを羽織っている。賢そうな黒い目をくりくりさせ、無言で鼻をひくひく。

「ウーム……」と、僕はうなった。

警戒しつつ、横へ回り込んでみる。明らかにうさぎさんである。まるっこいお尻《しり》がもっちりと座面にのっかって、ふわふわの毛玉のようなしっぽがぴょこりとはみ出している。

壁掛けの液晶テレビには『ストリートファイター』のゲーム画面が映っていて、白と黒の双子のうさぎさんが、緑色のソファーのうえの、大きなトマトみたいなクッションに座って、コントローラーをパチパチと叩《たた》いている。奥のキッチンは巨大な切り株をくり抜いて作ったようで、天井と床に年輪があった。うさぎさんがエプロンをつけて、〝にんじん丸ごとのっけパイ〟をかまどで焼いている。

「ウーム……」と、僕はまたうなった。頭がおかしくなりそうだ。

リビングを通り抜け、ドアを開けると、長い廊下がまっすぐにつづいていた。真っ白で、異様に長い廊下だった。消失点の彼方《かなた》で、光へと溶けている。左手の壁には無数のドアがずうっと並び、それと平行に右手の壁に連なる窓からは、なぜか外の風景は見えず、ただただ白く明るい光が差していた。どこか遠くからかすかにピアノの音が聞こえ、時間がひどくゆったりと流れるような感じがした。

廊下を進むと、見覚えのある扉があった。真っ白な扉だ。ちょうど目の高さに貼《は》られた金のプレートに、こう彫り込まれている。

$E=mc^2$

扉を開けると、アインシュタイン博士が、そこにいた。

10

そこは、僕の頭のなかにあった真っ白い部屋、そのままだった。

「こりゃ、びっくり仰天！　今夜は妙なことばかり起こりよる！」

僕はぽかんと口を開けて突っ立っていた。博士はパチパチと二回まばたきし、

「少年、ひょっとして気づいておらんのか？　ここは夢のなかぢゃよ！　きみの夢のなかに、うさぎさんたちがぴょこぴょこと押し寄せてきたんぢゃ！」

博士はチビっ子うさぎさんまみれだった。肩から頭によじのぼったり、博士の真っ白な髪をむしゃむしゃしたり、貴重な論文にコロコロうんちをしたりとやりたい放題だ。

「わしは〝ぢゃんぐるぢむ〟ぢゃあないぞい！」

「あのう……このうさぎさんたちは一体、どこから来たんでしょうか？」

「そんなこと、わしに聞かれてもわからんよ。トホホ……」

博士はぐったりと、はんぶん溶けたようになった。

僕はうさぎさんを撫《な》でようとして、いたずら半分で左の手首を噛《か》まれた。

夢なのに痛い……。

——と、右手の壁に、円形の扉があった。その、でっかい丸太の輪切りをそのまま取り付けたような扉を開けると、なかはマフィン型のせまい部屋になっていた。壁に沿って半円状に取りつけられたデスクにむかって、三羽のうさぎさんたちが何やら作業している。その手元を覗《のぞ》き込んで、驚いた。

人力飛行機を作っていたのだった。

パソコンでカタカタと空力解析をし、机でカリカリと製図や計算をしている。速度は設計の最初期に決める（必要パワーがその三乗に比例し全体への影響が大きいため）のだけれど、そういったフローチャートもバッチリ。

真ん中のうさぎさんが描いている図に、ふと目が留まった。

あっ、これ、スノウバード号だ――

しかもチューンナップされた新型。既存の製作物を最大限に生かし、費用はきっちりと予算内に抑えられている。完璧《かんぺき》だ。職人の仕事である。これはデキるうさぎさんだ。

少年――！　と、博士の呼ぶ声がして、僕は慌てて〝マフィン部屋〟から出た。

「そろそろ帰りたまえ。夢の奥へ入りすぎると、戻れなくなってしまう……」

博士の目は真剣そのものだった――のだけれど、うさぎさんににんじんでほっぺをぐりぐりされているので、いまいち危機感がない。

「わかりました、帰ります。お目にかかれて光栄でした」

「ウム、達者でな――オエッ、ぺっ、ぺっ」

博士はにんじんを口に突っ込まれながら手を振った。僕はおじぎをして部屋から出た。真っ白な長い廊下を通ってリビングへ戻ると、香ばしい匂《にお》いが充満している。

くつろぐうさぎさんたちを横目に、玄関へ――

僕は固まった。

玄関扉がなくなっていた。

目の前には、のっぺりとした黄緑色の壁があるばかりだった。

『あまりに深く夢の奥へ入りすぎると、戻れなくなってしまう』……。

ふいに、隣に異様な人物がいることに気がついて、ぎょっとなった。

ガスマスクをかぶった男――。男はのけぞった。それは、オーバルミラーに映る、僕自身だった。いつの間にかふたつの円形のレンズを通して景色を見ていた。僕はもがいたが、マスクは脱げなかった。まるで顔の肉の一部になってしまったみたいに。

シュコー、と呼吸が鳴った。異様なほど息苦しかった。

よろよろとリビングへ戻る。どうしてか、そこは真っ暗闇になっていた。うさぎさんたちは影もかたちもない。ただ、かまどだけが煌々《こうこう》と赤かった。

そのとき、どこからかピアノの音色が聞こえてきた。美しいが、どこか不穏な曲だった。玄関から入って左手の、地下へとつづく階段からだった。僕はためらいつつ、手探りで下りていった。足裏に、冷たくざらついた石段の感触……。かすかにゆらめく火の色が、突き当りの扉と、爬虫類《はちゆうるい》の鱗《うろこ》のような石壁を照らし出していた。

ピアノの音は、扉のむこうから響いてくる……。

鉄で補強された古い木の扉だった。目の高さに、鉄格子の嵌《は》まった覗《のぞ》き窓があった。

見ては、いけないような気がした。しかしそれは、不気味な引力だった。どうしても抗えない眠りみたいに。僕は吸い込まれるように、覗《のぞ》き込んだ――

暗闇に光る巨大な赤い目が、こちらを覗き返していた。

この世のものではない目だった。割れた赤い鏡のような瞳に、闇が渦を巻いている。……巨大なうさぎさんだった。ひどく狭い部屋に、グランドピアノとぎゅうぎゅう詰めになって、ひどく窮屈そうに背を折り曲げて演奏しているのだった。イギリスの近衛兵を思わせる、飾りのついた赤いタキシードを羽織って、ビル・エヴァンスみたいに煙草をくわえていた。ビル・エヴァンスなんて知らないはずなのに、僕はそう思った。

「なぜならここが、夢の奥深くだからだよ……」

うさぎさんが考えを読んだみたいに言った。ひどく不気味な声だった。老婆のような声と、子供のような声が、同時に発せられているみたいに。よく聞くとそこにはなぜか、ひちょりの声も混じっていた。うさぎさんは恐ろしい歯を剥《む》き出して、にいっと笑いながらつづける。

「ここまで来ると、意識と世界とが繋がり、夢と現実の境目がなくなる。時間は存在しなくなり、因果は混乱をきたし始める。太陽が昇ったまま夜になり、矛盾が無矛盾になり、不可能が可能になる。種から花が育つのではなく、虚空に咲いた花を種が追いかける。――わかるかい？　きみは夢を見ているのではなく、実際にここへ来ているんだよ」

うさぎさんの指では、この曲を弾けないはずだった。目を凝らすと、白い毛におおわれた人間のような指が、不気味になめらかに動いていた。

「これは、ラヴェルの『鏡』――五曲から成る組曲のうち、最初の『蛾《が》』だよ。『鏡』が完成したのは一九〇五年、アインシュタインが四つの重要な論文を発表した〝奇跡の年〟だ……」

うさぎさんは煙草を吸った。火がぎゅうっと明るくなり、灰がぼろぼろと落ちる。うさぎさんはぶうっと膨れあがり、狭い部屋にみちみちに詰まった。にいっと笑う目のなかで暗黒がぐるぐると回る。煙は吐き出されると、濃い霧のように満ちた。

「そこの火を持っていきな。それから、キッチンの天井を見るんだよ……」

うさぎさんはそう言うと、『不思議の国のアリス』のチェシャ猫のように、にやにや笑いだけを残して、煙の奥へと消えた。ピアノは鳴りつづけている……。

左手の壁に水瓶がすぽりと嵌《は》まりそうな形のへこみがあり、そこに、一本の蝋燭《ろうそく》が灯《とも》っていた。銀の燭台《しょくだい》を、ちいさな二羽のうさぎさんの石像が捧げ持っている。手に取ると、陰から何かが飛び立った。蛾……かと思ったが、それは蝶《ちょう》だった。黒揚羽《あげは》。美しい翅《はね》で音色をきらきらと弾きながら、闇の奥へと飛び去っていく。

僕はそれを追いかけるようにして階段をのぼり、玄関とリビングを横切って、キッチンへと向かった。燭台をかかげ、天井をつぶさに調べる……。キッチンは巨大な切り株をくり抜いたなかにあるため、天井一面には年輪がある。そのある一点に、黒丸が描かれていた。その横に、なんらかの文字も。僕は椅子《いす》にのぼり、燭台《しょくだい》を近づけた。火はたちまち、ちいさく丸くなった。まるで宇良々川《うららかわ》さんに近づけたときのように。ガスマスクのレンズに映り込んだ火の光点のむこうに、天井の落書きのような文字を読んだ。

『あいんしゅたいん たんじょう（1879）・うさぎどし・つちのとう』

おそらく、この切り株の、この黒丸に重なった年輪ができた年に、アインシュタイン博士が生まれたのだろう。より外側の年輪に描かれた、もうひとつの黒丸のほうへ、火を向ける。

『らいときょうだい はつひこう（1903）・うさぎどし・みずのとう』

僕は椅子を移動させ、さらに外側の年輪に描かれた黒丸を追う。

『だいにじせかいたいせん ぼっぱつ（1939）・うさぎどし・つちのとう』

『ひがしにほんだいしんさい（2011）・うさぎどし・かのとう』

ぞっ、となった。これら年号の連なりは、どこか暗闇の奥からずるずる、、と不気味な音を立てて現れたという感じがした。まるで、深海に潜《ひそ》む透明な魚の腸《はらわた》みたいに。さらに恐ろしいことに、年輪にはまだまだ外側があるのだった。遥か未来の先まで……。そのとき天井を煙が這《は》ってきた。かまどで丸こげになったにんじんパイが、もうもうと煙を吐き出しているのだった。

僕は椅子から下りて、異様に長い廊下へとむかった。

そこもまた、真っ暗闇だった。

『蛾《が》』の羽ばたきが遅くなった。

11

長い廊下の左手にあったはずのドアは、ことごとく消えていた。

恐怖に震えながら、暗闇のなかを進んでいった。右手に連なる窓は、完全な光が反転した完全な闇を背景に、鏡と化していた。蝋燭《ろうそく》の円光に、コインの絵のように閉じられた僕が、鏡像の世界を進んでいく。何枚目かの鏡に、異形《いぎょう》を見た。ガスマスクが、ペストマスクへと変貌《へんぼう》していたのだった。カラスのような嘴《くちばし》が、火の色を帯びて不気味な三日月のように光った。

ひたり——と、突然、裸足《はだし》が冷たいものを踏んだ。水だった。水面に幻の火が踊った。すこし行った先の左手の壁際、水中に、光の線が横たわり揺れていた。ドアの底辺の隙間《すきま》から、光が漏れているのだ。水はそこからやってきているようだった。

その扉を開けると、光と時間が流れ出した。

そこはコバルトブルーの円形の部屋だった。天井はドーム状で、華麗なアラベスク模様が描かれている。壁面は十二の方角へ分割され、それぞれに白亜の装飾格子のアーチ窓があった。三時の方角にはフクロウ、九時の方角にはハトが描かれている。窓の外は雲ひとつない蒼穹《そうきゆう》で、床を満たす生きた鏡のような水面に、格子の美しい数学的パターンとともに冴《さ》えざえと青く映えて、部屋全体がひとつの音楽的な卵だった。

部屋の中央に、ガラスの棺《ひつぎ》が横たわっていた。

僕は何か冷たい予感に慄《おのの》きながら、ゆっくりと近づいていった。

白百合《ゆり》の花のうえに、純白のドレスを着た女の子が、横たわっていた。

――雪姉《ゆきねえ》だった。

初雪のような真っ白な髪をして、しずかに眠っている。永遠の眠りだった。胸にはどうしてか、大きなうさぎさんのぬいぐるみを抱いていた。

『蛾《が》』が終わり、『鏡』の二曲目、『悲しい鳥たち』が始まった――

不穏な、淀《よど》むような旋律とともに、僕もまた記憶の深みへと沈み込んだ。

僕は小学四年生で、火葬場にいた。永遠の氷のような雪姉を前にして、泣くこともできなかった。あのときの気持ちが、すこしも劣化しないままよみがえった。まるで、儚《はかな》い雪のひと掴《つか》みが、その微細な結晶構造にいたるまで完璧《かんぺき》に、ガラスの棺に真空保存されていたみたいに。いや、保存なんて生やさしいものではない。僕は実際に〝その時〟にいるのだ。かつて存在し、いまも存在し、これからも存在しつづける〝その時〟に……。

悲しみでまぶたが耐えられないほど重たくなり、僕は嘴《くちばし》を力なく垂れた。

音楽が終わり、また別の音楽が始まった。

『鏡』の三曲目――『海原の小舟』。

ゆっくりと持ち上げたまぶたの隙間から、光が流れ込んできた。ざわめく光だった。鏡のようだった水面が細かに波立ち、連綿たるアルペジオに響きあい、きらきらと輝いていた。

僕はペストマスクの内側で、目を見開いた。棺の中身が入れ替わっていた。

白百合の花は白薔薇《ばら》に。

純白のドレスは真紅《しんく》に。

白雪の髪は黒檀《こくたん》の色に。

そこに横たわっていたのは雪姉ではなく――宇良々川《うららかわ》さんだった。

彼女は教室で浮かんでいたときのように、白雪姫のような仮死的な美しさで眠っていた。花を詰めた透明な小舟のなかで――。ひどく息苦しく、心臓がばくばくと鳴った。

ぴくり――と彼女の抱いているうさぎさんのぬいぐるみの耳が動いた。それからしずかに、彼女は目を開いた。シュコーッと僕は息をひとつした。彼女は目を見張り、怯《おび》えた指先で棺《ひつぎ》の蓋《ふた》にふれた。揺れる瞳に不気味なカラスを映し、やがてふと、怪訝《けげん》な顔をして、

「……ハカセ？」


僕はハッと目を覚ました。ガタッと椅子《いす》が鳴った。窓から早朝の光が差していた。……どうやら、作業しながら寝てしまったようだった。

夢のなかで、僕は自分が何者であるのか、いつの間にか忘れていた。それで、宇良々川《うららかわ》さんが呼んだ名前が胸を貫いて、その驚きのような、喜びのような感覚の鋭さで、目覚めたのだった。彼女のドレスの赤色がまぶたの裏から消えるまで、しばらく動けなかった。

それからPCで適当に音楽を流し、昨夜のつづきに取り掛かった。スノウバード号の調整作業。——作業が進むにつれ、すうっと首筋に鳥肌が立っていく。背もたれに寄りかかり、額《ひたい》の冷たい汗を拭《ぬぐ》いながら、深く息を吐いた。

作業はすでに終わっている。

夢のなかでうさぎさんが全部やってしまったのだ。

僕の前に現れた新しいスノウバード号の姿は、夢のなかで見たのとまったく同じだった。

ふとかすかな痛みを感じて、パジャマの左袖をめくると、手首にうっすらと、うさぎさんに

噛《か》まれたような跡があった。どくどくと心臓が鳴った。

ふと、予感があって――いや、予感というよりはもはや確信だった――絞っていた音楽のボリュームをあげた。ピアノが不可思議な音色を奏でていた。

『鏡』の四曲目――『道化師の朝の歌』だった。

12

もるちゃんと話をしなければならない。うさぎさんのことについて。

昼休みに捜したのだけれど、すでに部室の寝袋のなかだった。何やらうなされていた。こうなると梃子《てこ》でも動かない。僕はあきらめて、放課後を待った。

――まだ誰も来ていない部室でみんなを待っていると、車輪の音が聞こえた。宇良々川さんだった。一瞬、脳裏に昨夜のドレスの赤色がよぎって、ドキッとした。

「あ、お、お疲れ……」

「あ、うん、お疲れ……」

彼女もなんだかソワソワしているような感じで、気まずい時間が流れた。彼女は車椅子からフワリと浮きあがり、エアロバイクに上手に乗り移りながら、

「バンくんが、第二ミーティングルームに来るように言ってたよ」

「あ、うん、わかった。会議かな……」

僕は今朝（うさぎさんが）完成させた設計図やデータを持って、その場所へとむかった。扉を開けると、バンが『新世紀エヴァンゲリオン』の碇《いかり》ゲンドウみたいに、机に両肘《ひじ》をついて口の前で手を組んだポーズで待ち構えていた。

「座りたまえ……」と、バンは言った。

僕は対面の席に座った。長方形のテーブルの、短辺である。左右には、他のメンバーが腰掛けていた。（ひちょりもきっとそこにいる）そしてなぜか全員が、碇ゲンドウポーズだった。

……圧がすごい。謎の異端審問みたいな雰囲気である。

僕も碇ゲンドウポーズをとって、意味もなく対抗した。

「……」

「……」

「……」

基本、碇ゲンドウだけでは会議は進まないようである。

――と、バンが低い声で、

「ハカセ……〝恋バナ〟を、しないか？」

めちゃくちゃしたくない。特に碇ゲンドウとは。

「好きな子が、いや、しゅきな子がいるんだろう？」

「キモすぎる。いや、キモしゅぎる」

「……」

ぶっ、ともるちゃんが吹き出した。

「いったいなんなんだよ、もう！」と、僕はさけんだ。

「昨日の、うさぎさんの件だよ――」と、五十部《いそべ》が言った。一瞬、夢のことを言われたのかと思ってドキッとしたが、違った。「宇良々川《うららかわ》さんに、いたずらしただろ？」

ふと見回すと、みんなニヤニヤ笑いを浮かべていた。

「なんだそのいやらしい顔は！」

「ハカセ――」バンがカーネル・サンダースみたいな笑みを浮かべて言う。「あれはね、ボウヤが好きな女の子にいじわるしちゃうときのやつなんだよ……」

すると大爆笑が起こった。みんなゲラゲラ笑いながら、拍手をし、口々に「おめでとう」「おめでとう」「おめでとう」……。ひちょりもいつの間にか姿を現していたが、めちゃくちゃ優しいやつなので、ちょっと遠慮がちである。

「待て待て待て――！　よくわかんないけど、そういうのじゃないよ。色恋沙汰《ざた》に興味ない。男も女も所詮《しょせん》は糞《くそ》の詰まった袋だし、恋愛は非論理的だ」

「ロジックじゃないのよ、男と女は」

と、ユージンがキモい調子で言って、また爆笑。箸《はし》が転んでもおかしいといった感じである。

「いや、それでこそハカセ――」とふいにバンは立ち上がり、「そこでオレたちは考えた！〝いかにして論理的に恋するか〟略してプロジェクト〝IKAROS〟！」

バンがホワイトボードをひっくり返すと、ポップなデザイン文字が現れた。

『IKAR♡S～いかにして論理的に恋するか～』

ヒューヒューパフパフと、謎の擬音でみんな大盛り上がり。ウーム……と僕はうなって、

「みんな、ひょっとしてアホなの……？」

「そうだぞ、知ってただろ？」

と、五十部《いそべ》が言った。バンがホワイトボードを叩《たた》く。

「IKAROSはシンプルなスリーステップだ！」


1・ハカセが宇良々川《うららかわ》さんとデートする。

2・心臓が高鳴る。

3・諸葛亮孔明《しょかつりょうこうめい》が恋を知らせる。


「三番の意味がわからん！　なんで孔明先生!?」

すると、もるちゃんがスマートウォッチを手渡してきて、

「これつけて、心拍数上げてみて〜」

なんだそれ……と思いつつ、左腕につけてみた。50／分と心拍数が表示される。平均よりちょっと遅い。体力トレーニングをすると心臓が肥大してそうなるのだ。その場で片足跳びをして、心拍数を上げる——と、ふいにピョコンと振動して、イラストが表示された。頬《ほお》を赤く染めた孔明先生が、罠《わな》を発動するときの『今です!!』のノリで『恋です!!』とさけんでいる。

「めちゃくちゃ誤作動しそう……」と、僕は言った。

「そこは孔明先生の霊智よ……」と、バンはニヤリと笑った。

「でもハカセ、デートなんかできんの？」シュコーッと音を立てて、オユタンが言った。「なんか、因数分解みたいなデートしそうじゃん」

「因数分解みたいなデートってなんだよ。おのれ、マクローリン展開してくれる」

「どんな脅しだよ」と、オユタンは笑った。こういうひねくれた返しが好きなのだ。

「とりあえず、これでも一緒に見たらいいんじゃないか？」

五十部はそう言って、鳥人間コンテストを録画したＤＶＤを手渡してきた。なんだかもう断るのも面倒なので、僕はとりあえず受け取って、新スノウバード号の設計図を渡した。

「まあ、恋なんてないってことを証明するよ」

「うおおお！　よし、みんなやるぞーっ！」

五十部が設計図を高く突き上げさけぶと、みんな「おーっ！」と呼応し、ミーティングルームから雪崩《なだ》れ出ていく――。僕はあわてて、もるちゃんを呼びとめた。

「ねえ、実は、僕の夢のなかにうさぎさんが出てきたんだけど……」

「そうなんだ！」と彼女は目を丸くした。「どうりで、昨日の夜からいないと思った！」

「……えっ？」僕はちょっとフリーズした。「こっちの夢にきたってこと？」

「そういうことだね～。けっこうあるんだよね」

「……そう……なんだ……？」

「うん、まあ、そのうち帰ってくると思う」

僕は頭を抱《かか》えた。うさぎさんはどうやら、人間から人間へとお引っ越しすることができるらしい。まるで穴ぐらから穴ぐらへと、居心地のいい住処《すみか》を変えるみたいに。どきどきと心臓が鳴った。ピヨコン、とウォッチが振動し、孔明先生が『恋です!!』とさけんだ。

……ぽんこつめ！

13

部活が終わると、宇良々川《うららかわ》さんを家まで送っていった。集まってきたスズメを追い払いつつ、じゃあね、と背を向けると、呼びとめられた。

「ねえ、変な現象が起こるんだけど、見てくれない？」

気になって、部屋へとあがった。彼女は描《か》きかけの絵本をサッと本棚に隠し、デスクライトをつけた。「見ててね……」と手を近づけると、電球がパアッと眩《まぶ》しいくらい明るくなった。

「うわっ、なんだこれ!?」

「ねっ、怖くない!?　どういう原理なの？」

「いや、これは、ぜんぜんわからな――」

『バッカモーン！　カンタンに諦めてはイカン！』

急に、頭のなかにアインシュタイン博士が現れた。昨夜のように、うさぎさんまみれで。

『これは近年LEDに置き換わりつつある、ハロゲンランプぢゃ！』と博士は顔を蹴《け》られながら言った。『フィラメントのタングステンがハロゲンと結びついては元に戻るサイクルが、無重力だと対流が起こらず、うまく回らない。そのせいで光が強くなるんぢゃよ！』

「へえ～、すごい、ほんとになんでも知ってるね」

いや、僕はこんなことは知らない。知らないはずのことを博士が解説してしまったのだ。

「……大丈夫？　なんか、顔色悪くない？」

「……ごめん、なんか体調悪くて」

「大丈夫？　休んでなよ。わたし、ちょっと汗拭いてくるから」

宇良々川《うららかわ》さんはすいーっと部屋から出ていった。僕は呆然《ぼうぜん》として、部屋のなかをウロウロした。首筋に冷や汗をかいていた。ふと、宇良々川さんがとっさに隠した絵本のつづきが目に入った。何か予感があって、僕はそれを手に取って見た。

——嵐《あらし》の絵だった。

暗雲が立ち込め、風がびゅうびゅうと吹き、雷が走っている。

絵の中心には、桜が描かれていた。あの夜の桜だ、と思った。宇良々川さんが浮いた夜の、うちの寺の境内の桜——。それがいま、絵のなかに出現したのだ。

『桜の樹の下には屍体《したい》が埋まってゐる！』——

あのとき湧いてきた言葉とは対照的だった。空に浮かぶちいさな小島のうえに、かろうじて生えた桜は、花の立派さに比して、根がおそろしく貧弱なのだ。アメリア・イアハートは吹き飛ばされながらも、枝に結んだロープにかろうじてしがみついていた。そして、うさぎさんがそれを必死になって助けようとしている。

ふと、桜の枝にとまっている鳥を見つけて、ぞっとした。

三本足のカラス——

ロープはその三本目の足によって支えられていた。

確信しないわけにはいかなかった。何かが起こりつつある。論理的に考えて、論理的にあり得ない何かが……。孔明先生がさけぶ。『恋です!!』。恋ではない。

宇良々川さんが戻ってきたので、僕はあわてて絵を元に戻した。

「どう、体調――うわっ、顔色悪っ！　もうちょっと休んだほうがいいよ！」

彼女はそう言って、リビングへと案内してくれる。

――すぐに、異様なことに気がついた。初めて入る部屋なのに、見覚えがある。夢のなかの赤い家と、ほぼ同じだったのだ。漆喰《しっくい》の壁に、四角いテーブル、壁掛けの液晶テレビ、緑色のソファー……。夢のなかのキッチンは巨大な切り株をくり抜いて作られていたけれど、しかしこちらはごく普通のものだった。

僕は混乱したまま、ソファーに腰掛けた。宇良々川さんは、白黒の双子のうさぎさんが腰掛けていた、大きなトマトみたいなクッションを抱きしめて浮かんだ。

……なんだか、何を喋《しゃべ》ったらいいのかわからず、気まずい雰囲気になってしまった。かといって、すぐに帰るのも不自然である。困った。

「……あっ、そうだ、鳥人間コンテストのＤＶＤあるけど、観《み》る？」

「いいね、観よっか」

僕は立ち上がり、テレビ下の棚にあるプレーヤーを操作する。もうずいぶん長いこと使っていないようで、埃をかぶっていた。トレイには、『長靴をはいた猫』が入っていた。それを鳥人間コンテストのＤＶＤに入れ替え、再生する――

いまから十三年も前の、第三十四回大会の映像だった。東北大ウインドノーツの活躍で、世間でもかなり話題になった回だ。人力プロペラ機タイムトライアル部門、滑空機部門、人力プロペラ機ディスタンス部門の三部門に分かれ、技術の粋を集めた飛行機たちが次々と飛び立っていく。宇良々川《うららかわ》さんはそれらを興味深そうな、そうでもないような目線で見ていた。まるで、塀のうえに寝転んで、人間たちの営みを眺める猫みたいに。

そして、件《くだん》のウインドノーツの順番が来た。二〇一一年三月十一日の東日本大震災によって東北大学も被害を受け、幸い機体に損傷はなかったものの、チームは活動休止状態に陥ってししまった。ようやく細々と活動ができるようになったのは一か月後。ボランティアに機体製作にと、昼夜を問わず頑張ったが、やはり遅れは取り戻せず、十全ではない状態での出場となった。こんなに大変なときに大会に出て良いのだろうか、と最初は悩んだという。しかし最後には、『東北のチームとして、被災した人たちを勇気づけよう』という考えに至った。

そういう経緯もあり、大会当日、パイロットの覚悟はバチバチに決まっていた。およそ日常世界とはかけ離れたテンションで芝居がかったセリフを連発しつつペダルを漕ぎまくり、風に流されてぐるりと大回りするアクシデントすら乗り越えて、優勝してしまうのである。記録は一八六八七・一二メートル。大回りしたぶんも含めれば総飛行距離は約三十五キロメートルにも達し、飛行時間は九十分を超えた。

僕らは思わず笑ってしまった。馬鹿にしているわけではなく、日常に生きる僕らはそのテンションに面食らってしまうのだ。それから、飛行機が湖に落ちて、力尽きたパイロットが救助され、ボートのうえで『もっと飛びたかった……ッ！』と号泣するのを見て、しんとなった。

「……わたし、たぶん、あんなふうに飛べないな」宇良々川さんがぽつりと言った。「一生懸命トレーニングしてても、やっぱりどこか、他人事《ひとごと》みたいな感じがする」

「そりゃ、まだ始めたばっかりだし……」

「そうじゃなくて……。わたしって、何事に対してもそうなんだよね。ここぞってときに、踏ん張れないの。いつもその場しのぎの負けず嫌いでごまかしてただけ……」

「インターハイまで行ったじゃん」

「いろんなことを忘れるためにに走ってただけ。もう辞めちゃったし」

「なんで辞めたの？」

「言いたくない……」宇良々川さんはトマトクッションのお尻《しり》をぎゅうっとつねる。「そっちこそどうなの？　ハカセはなんのために飛ぼうとしてるの？」

「えっ……。子供のころから、飛行機が好きだったんだよ。それで――」

雪姉《ゆきねえ》が思い浮かぶ。彼女は公園の展望台の手すりのうえに立っている。背景は不吉な灰色の曇り空。彼女はこちらを振り返り、ふっと微笑《ほほえ》んで言う。

――**『わたしは鳥になりたい』**

――**『ハカセくんは、何になりたい？』**

上手く考えられなかった。どうして僕は飛ぼうとしているんだろう？

僕が黙っていると、宇良々川《うららかわ》さんはふっと笑って、

「なんか、ハカセが必死になってるところ、想像できないな」

「僕はたぶん、淡々と飛んでたんじゃないかな。叫んだり悔しがったりもしない」

「そっか……。わたしも淡々と、全力で飛ぶよ。負けず嫌いだし」

DVDを見終わると、宇良々川さんは空中でうーんと伸びをした。

「じゃあ、僕、帰るね」

「疲れたから、玄関まで引っ張って〜」

やれやれ……。差し出された両手を引っ張っていくと、彼女は楽しげにバタ足した。なんだかスイミングスクールみたいだ。玄関ドアから外に出て、宇良々川さんが鍵を閉めたのを確認すると、僕はふと、腕時計のことを思い出した。電源は切れていなかった。

やっぱり恋じゃないじゃん、と僕は思った。

14

あっという間に、ゴールデンウィークに入った。

世間は浮かれ騒ぎでも、飛行機部はもちろん機体製作である。六月前半にはテストフライトをする予定なので、それまでに飛行可能な状態へと持っていかなければならない。

今年はとにかく暑かった。郡山市《こおりやま》では四月二十八日、最高気温が三十度を超えた。飛行機部の部室は、校庭の隅にある旧備品倉庫なので、エアコンなんておしゃれなものはない。だからありったけの扇風機を動員し、水撒《ま》きまでしてどうにか暑さをしのいでいた。

「受験勉強もしないとなあ……」と、オユタンがバルサ材を加工しながら言った。ガスマスクのなかはサウナ状態らしく、首筋に滝のように汗をかいている。「志望校、何判定？」

「まだC」と、発泡スチロールからコックピットを削り出しながら、バンが答えた。こちらは上半身裸で、自慢のシックスパックを大サービス。

「まだってなんだよ、もっと勉強しとけって言っただろ！」

「やったけど、あんま上がんなかったんだって、マジで！」

その横で、ユージンはうっとりと自分の世界に浸りながら「美しい……」とつぶやいた。二枚のプロペラの片方が完成したのだ。あまりにうれしいのか、一緒に自撮りしてSNSにアップしている。ほぼ一年がかりの努力の結晶だった。プロペラの中心を縦断する桁《けた》に垂直に、四十枚以上もの小骨《リブ》を微細な角度調整をしつつ通し、間をスタイロフォームで埋め、真空引きと呼ばれるガラスクロス成形をし、塗装をし……と、とにかく膨大な手順が必要なのだ。そのうえ、きれいな風の流れを作るために表面を滑らかにしなければならず、パテを盛って削ったりと、繊細な作業も求められる。美意識の高いユージンにはまさにうってつけだ。

五十部《いそべ》はオユタンが切り出した小骨《リブ》を、黙々と研磨している。やすりはガムテープの芯の外側に貼《は》り付け、曲面加工に適した形にしてあった。

もるちゃんはジョイスティックで尾翼を動かすことに成功していた。まだコードや基盤が剥《む》き出しで、設定値にもたくさん調整が必要らしい。

ひちょりは珍しく姿を現して、駆動系の改良中。目標は軽量化と効率の向上だ。

宇良々川《うららかわ》さんは部室の隅で、黙々とエアロバイクを漕いで汗を流している。イヤホンで耳を塞ぎ、自分の世界に入っていた。インターバルを見計らって、声をかける。

「お疲れ、調子どう?」

宇良々川さんはイヤホンを外して、首を傾げた。僕はもう一度、同じことを訊《き》いた。

「あんま良くないかも」

と、彼女はそっけなく言った。むくみがすっかり取れて体重も落ち、髪を縛っているのも相まって、シャープな輪郭があらわになっている。美人すぎてとっつき辛い、と言われるのがよくわかる。むくんでいるくらいが、かえってちょうどよかったのかもしれなかった。

僕は記録ノートを開いた。目標体重は簡単にクリアできそうだった。初期のうちにガクッと減ったのだ。体内の水分が排出されたせいもあるかもしれない。

しかし、やはり無重力の影響か、体力の伸びはややいまいちだった。宇宙飛行士は毎日二時間程度のトレーニングを欠かさないが、それでもたった半年で十〜二十パーセントの筋肉が減少してしまうらしい。それだけ、重力の負荷というのは大きいものなのだ。

ところで、筋肉には白筋と赤筋があり、前者は瞬発力、後者は持久力に優れている。元長距離走選手の宇良々川さんは赤筋の割合が大きい。ペダル漕ぎには白筋のパワーも大事なので、トレーニングで組成を変化させていく必要もあった。

「たぶん、頻度を増やしたほうがいいね。骨量減少防止に、ビタミンDも飲んどこうか」

「重力が恋しい」

と、彼女はプロテインを飲みながら言った。


——夕方、部活が終わって帰宅途中、宇良々川さんが急に言い出した。

「ラーメンが食べたい」

「太るよ」

「……は？」

にらまれた。めちゃくちゃ怖い。

「……いや、普通、パイロットは、ささみとかブロッコリーを食べるもんだからさ」

「目標体重、楽勝だし別によくない？　本番で浮いてたら関係ないし。無重力不便だし、トレーニングきついし、変な夢見るし、ストレス溜まってるから食～べ～たいの～」

やれやれ……。まあ、ちょっとくらいかまわないだろうということで、僕らはザ・モール郡山《こおりやま》のフードコートへ行った。ゴールデンウィークだけあってなかなか混んでいたけれど、エアコンでよく冷えた空気の爽快感《そうかい》で、まったく気にならなかった。部室に比べたら天国である。

宇良々川《うららかわ》さんは頼んだ喜多方《きたかた》ラーメンが来ると、

「はんぶんこしよ」

と言って、それからすぐ、無重力では上手く食べられないことに気がついた。スープが麺《めん》にからんでまったく落ちないのだ。彼女は、物言いたげに、じっと僕を見つめた。

「……はいはい」

僕は麺を箸《はし》ですくってあげた。彼女はちゅるりと食べると、満足そうに微笑《ほほえ》んだ。

「長靴をはいた猫、好きなの？」と、僕は訊《き》いた。

「え、なんで？」

「DVDプレーヤーに入ってたから」

「あ〜、過去の遺物ね。……わたしさ、あの主人公、ダメなんだよね。なんか、ゆるせないの」

宇良々川さんはまた麺を食べて、「あれってさ、長靴をはいた猫がたまたま優秀だっただけで、主人公は何もしてなくない？　なのに、ちゃっかりお姫さまと結婚しちゃってさ。なんであんな無条件に愛されちゃってんの？」

「昔話じゃん」と僕は笑った。「うちの親父は、ああいうのは、弥勒菩薩《みろくぼさつ》だとかの仏様だって思えばいいって言ってるよ。無条件に救われることそのものに意味があるんだってさ。よくわかんないけど、法然《ほうねん》だとか親鸞《しんらん》だとかの延長らしい」

「ハカセのパパ、なんなの？」

「ただの文学かぶれの生臭坊主なんだけどね」

長靴をはいた猫の主人公をゆるせないのは、両親に見捨てられたせいだろうか、と僕は思った。それはたぶん嫉妬《しっと》だと一言で片付けられるような簡単なものじゃなくて、きっと自分ではどうしようもなくて、だったらそんなの、宇良々川さんのせいじゃない。

食べ終わると、彼女はうとうとし始めた。スマートウォッチを見ると、十七時だった。片足が折れているとそんなに心拍数も上がらないので、普通に時計として使っていた。

僕も思わずあくびをすると、ふいに、泣き声がした。赤ん坊だった。隅のほうでぎゃんぎゃん泣いている。周囲に母親らしき人はいない――

宇良々川さんは伏せていた顔をあげ、赤ん坊を見て、顔をしかめた。彼女が不機嫌になったのではないかと思った。疲れ切っているときに、あの声は頭にがんがん響く。

――が、違った。母親があわてて戻ってきて、赤ん坊を胸に抱いてあやし始めると、彼女はふっととても優しく笑って、またうとうとし始めたのだった。

その表情に、僕だけが気づいた。

ドキッとして、あれっ、となった。

宇良々川さんのこと、けっこう好きかも。

無条件に愛される主人公がゆるせないのに、赤ちゃんがちゃんと愛されていて安心するそのちょっとひねくれた感じが、なんかいい。——頬《ほお》がちょっと熱くなってきた。いや。けっこう熱い。赤くなってきた気がする。一回、落ち着こう……。

立ちあがろうとした僕の袖を、宇良々川《うららかわ》さんがつかんで、寝ぼけ半分で、

「まって、あと五分……」

僕は首根っこをつかまれたみたいに動けなくなった。宇良々川さんの爪の形がきれいだ。首筋が熱くなる。あれっ？　いや、そんなはずは……。とぐるぐるしているところに、

『恋です‼』

げーっ孔明！

世界一アホな罠《わな》にかかってしまった……。恋に落ちるにしても、もっといっぱい相応《ふさわ》しいタイミングはあったはずなのに、なぜフードコートでラーメンなんだろう——？

とりあえず五分以内に顔色が戻らないと、困る。

論理的に考えて。

15

気がつくと、森のなかにいる。

赤い屋根の家のなかに入ると、真っ暗闇だった。

右手のリビングから青白い光が漏れている。そちらから、キイ……と不気味な音がした。

キイ……

キイ……

キイ……

おそるおそるそちらを覗《のぞ》き込むと、異様なものがあった。

――井戸だ。

石造りの丸井戸が、リビングの中央に口を開けていたのだった。テレビの砂嵐《あらし》の青白い光が、井戸の影をこちらへと伸ばしていた。キイ……と音を立てて、車椅子《いす》が死角から現れた。ゆらゆらと、井戸を周っている。女子高生だ。うちの制服を着ている。

宇良々川さん……？　と思って声をかけようとして、ぞっ、とした。

彼女には、顔がなかったのだ。それがあるべき場所にぽっかりと楕円《だえん》形の穴が空き、そこから砂嵐が見えていた。僕は金縛りにあったように動けなかった。

一瞬、テレビ画面が消えて、ぱっとまた点《つ》いたときには、彼女も消えていた。

しんとなった部屋に、僕の呼吸音だけが響いた。

立ちすくんでいると、泣き声がした。赤ん坊の泣き声だ、と思った。フードコートで泣いていた赤ちゃんの声。――が、違った。女の子の声だった。

僕は井戸を覗《のぞ》き込んだ。深淵《しんえん》がぽっかりと口を開けていた。

しくしく……

しくしく……

しくしく……

「宇良々川《うららかわ》さん？」

ぴたっ、と泣き声が止まった。苦しげな呼吸と、水のうごく音がかすかにした。

「……ハカセ？　そこにいるの？」

「そう、僕だよ、ここにいるよ！」井戸はおそろしく深く、声を張りあげなければならなかった。「どうしてそんなところにいるの？」

「わかんない、気がついたらここにいたの！」

「ちょっと待ってて、いま助けるから！」

周囲を見回して道具を探す。そうだ、水を引いてきて、井戸を満杯にすれば――

「助けなくていいよ、わたしのことなんか」

「えっ――？」僕は固まった。「なんで？」

また水のうごく音。

「わたしなんか、生きててもしょうがないし」彼女はすすり泣く。「ここで腐って消えちゃったほうがいいよ」

「そんなことないって！　なんでそんなこと言うの？」

「ほんとにわたし、ゴミなの。クズなの。存在してる価値ない」

「価値ならあるって！」

「ないからこんなところにいるんだもん。ハカセ、わたしと出会ったばっかだからそう思うんだよ。もうちょっと長く一緒にいたらわかるよ。性根が腐ってるって……」

井戸はどんどん深くなっていくように思えた。まるで絶望に呼応するみたいに。不気味な闇が宇良々川さんを呑み込もうとしている。彼女の声が、悪魔のように歪《ゆが》む。

『みんなわたしを嫌いになる』

『わたしは何も持っていない』

『わたしは誰にも愛されない』

僕は焦る。焦りながら、腹が立ってくる。半ばヤケクソでさけぶ。

「そんなことないって、だって僕は――！」


そして、目が覚めた。

時計を見ると、夜中の三時だった。心臓がばくばく鳴り、冷や汗をかいていた。手のひらにはまだ、井戸の冷たくざらついた感触が残っている。あれは、普通の夢じゃない――

それから顔が火照ってきた。たぶん真っ赤になっている。

あまりにも恥ずかしいことを、最後にさけんでしまったせいだった。

16

翌日から、なんだか上手く宇良々川《うららかわ》さんと会話できなくなってしまった。彼女もなぜかちょっとよそよそしく、お互いに妙な感じになってしまった。

「まーた夢に、ハカセが出てきたんだよね」

「えっ、どんな夢?」

「……教えないけど」

「そう……。僕の夢にも宇良々川さんがけっこう出るよ」

「へえ……ひょっとしてわたしのこと好きなの?」

「それ平安時代のノリじゃん」

などと、ぎくしゃくしているうちに、あっという間に五月も終わりが見えてきた。ゴールデンウィークに頑張ったおかげで、機体製作は順調だった。

宇良々川さんは操縦をもるちゃんに教わった。簡単なフライトシミュレーションを、ジョイスティックで操作する。操縦はロール・ピッチ・ヨーの三軸で行うのでなかなか難しいのだけれど、宇良々川さんはあっという間に慣れた。たぶん彼女も空中に浮いているので、立体的な移動感覚が自然と訓練されたのだろう。あとは風への対処など、細かい部分はやはり実地で掴《つか》むしかない。

目の前でできあがりつつあるスノウバード号を見ると、さすがに興奮してきた。僕らの機体が、七月二十七日に琵琶《びわ》湖《こ》のうえを飛び、全国の人がテレビやネットでそれを見るのだ——

——そして、六月六日、テストフライト当日。

まだ日も昇らない早朝、ジャージを着た僕らは、総出でスノウバード号の部品を運び出した。長方形の校庭の対角線上を使えるように、テニスネットとサッカーゴールも移動させる。なかなか大変だが、みんなニコニコしながら作業した。

組み立てには一時間半近くもかかった。慣れてくると三十分ほどでできるようになるらしい。悪戦苦闘の末、スノウバード号は初めてその勇姿を地上へと現した。

「おおーでっかい！」「美しい……」「やったーっ！」

僕らはすっかり語彙《ごい》力を喪失して、口々に喜びを表現した。全長七メートル、翼長三十メートル……と数字にしてしまうとイマイチ伝わらないが、いざ目の前にするとものすごく大きい。朝日が、美しい下弦《かげん》を描く長大な翼を照らした。

この機体は飛ぶ、と思った。やっぱり、美しいものはよく飛ぶのだ。

翼は微風でわずかに鳴っていた。風の影響は凄《すさ》まじいので、気をつけなければならない。

「まずは軽く、テストフライトのテストしないか?」

と五十部《いそべ》が言い、そうすることになった。ヘルメットを装着した宇良々川《うららかわ》さんと、その体重ぶんの重しがコックピットに入り、五十部とオユタンとユージンが主桁《しゅげた》を、僕とバンが左右の翼を支える。もるちゃんはデータを取り、ひちょりはきっとそこにいる。

「3・2・1——GO!」

宇良々川さんが号令をかけ、ペダルを漕いで進みだす。コックピットの下から出ている車輪で、地面を滑走する。僕らは必死で並走。どんどん加速して、やがて機体がフワリと浮く。

「よっしゃー!」

バンがガッツポーズをする。すぐに減速して高度を下げた機体を、みんなで受け止めた。完全に停止すると、宇良々川さんはコックピットから出てきて、そわそわしながら、

「いま、飛んだ気がする……!」

みんな喜びを爆発させた。拳を突き上げて、イエーだとかワーイだとか好き放題に騒ぐ。ひちょりも姿を現してぴょんぴょんしていた。走ってはしゃいだオユタンは、ガスマスクのせいで呼吸が苦しいらしく、膝《ひざ》に手をついてグッタリしていた。

「まあまあ、まだまだ本番はこれからだから」

と、僕はなだめて、みんなで協力して機体を最初の位置へと戻す。

「ごめん、緊張しちゃって、ちょっとお手洗いに……」

僕は校庭の隅にあるトイレにイソイソとむかった。用を足していると、背後に車輪が小石を踏む音を聞いた。宇良々川さんかな……？　と思ったとき、不気味な音が響いた。


キイ……


僕はハッとして、慌てて外に出た。しかし、そこには誰の姿もなかった。

気のせいだろうか……？　胸騒ぎを覚えつつも、手を洗って、みんなのところへと戻り、「よし、本番行こう！」と、号令をかけた。

みんなが準備を整え、緊張した面持《おもも》ちで合図を待つ。――と、ふいに、背筋がぞっとした。嫌な予感がする。しかしその予感の根拠は、あの車椅子《いす》の不気味な音でしかなかった。

カァ――と鳴き声がした。

見れば、校庭を取り囲むフェンスのうえに、カラスたちが見物人のように群れていた。

「ペラ回します！」

宇良々川さんがさけび、ペダルを漕ぎ始める。プロペラが回り出す。僕は頭から嫌な予感を振り払う。集中しなくては――！

「3・2・1――GO！」

走りだす。加速する。翼が風を裂いて鳴り、あっという間に重さを喪失していく。車輪が地面を離れ、機体の影がすうっと太陽から遠のく。鳥肌が立つ。子供のころから夢想していた雪鳥《スノウバード》が、命を得て空を飛び始める——。バンがさけぶ。

「どりゃあああーっ！　行けえええええーっ！」

そのとき、視界の隅に、不気味な影を捉えた。

車椅子《いす》に乗った、女子高生だった。彼女には顔がなかった。それがあるべき場所にはぽっかりと楕円《だえん》形の穴が空いて、むこう側の景色が見えていた。

ゾッとした次の瞬間には、彼女は消えていた。

直後、異様な突風が吹いた。一陣の不吉な黒い塊が背に叩《たた》きつけられ——

雪鳥が消えた。

悲鳴があがった。

スノウバード号は上空にいた。

カラスたちの黒い風に取り巻かれ、ロールしながら凄《すさ》まじい勢いで上昇していく。いや、昇っているのではない。空へ、と、落ちて、い、る、のだ。そして突然、猟銃《りょうじゅう》で撃ち抜かれたように痙攣《けいれん》的に動きを止めた。それからゆったりと腹を朝日に晒《さら》した。

時間が永遠に感じられた。

その瞬間、目の前に雪姉《ゆきねえ》が現れた。

彼女は桜《さくら》ヶ《が》丘《おか》公園の展望台の手すりに立っていた。不吉な灰色の空を背景にして。

――『わたしは鳥になりたい』

白い大きな鳥のように両腕をひろげる……。

――『この重たいからだを脱ぎ捨てて、自由になりたいの』

そして彼女は、ふっ、と悲しげに微笑《ほほえ》み、手すりのむこう側へと消える――

グシャッ、と生々しい音を立てて、雪鳥は墜《お》ちた。

その骸《むくろ》にカラスたちが群がり、カァ、と鳴いた。

三章

1

「――病気?」

「そう、肺の病気。生まれたときから悪いの」

雪姉《ゆきねえ》は儚《はかな》い声で言った。僕は一階と二階のあいだにある屋根（下屋根っていうらしい）に腰掛け、大きな窓越しに彼女と会話していた。部屋には窓辺と一体化したソファーがあり、彼女はいつも、たくさんのクッションにもたれて、足を窓に水平に伸ばしていた。僕のための下屋根は、その爪先《つまさき》側に三十センチくらい離れてついていた。真夏の日差しを避けるため、僕は白い日傘を差し、ヤクルトスワローズの青い帽子をかぶり、お尻《しり》に断熱シートを敷いていた。

「そのせいで、部屋に閉じ込められてるの?」

雪姉の部屋のドアには外から鍵がかけられ、専用のトイレへとつづく扉があった。

「お母さんがすっごく心配性でね。外に出ると、わたしが死んじゃうと思い込んでるの」

雪姉は両脚を抱き寄せて、憂鬱《ゆううつ》そうに目を細めた。細くとがった肩にのった白いワンピースの紐《ひも》を気だるげにもてあそび、脚を組み直す。僕はあわてて視線を逸《そ》らし、模型飛行機を投げた。雪姉はそれを目で追った。飛行機は木立の頭に見える住宅街へむかって飛び、空中でピタッと止まって、落ちた。僕は結わえつけておいた紐を手繰《たぐ》り寄せて回収し、何度も投げた。

「ねえ、学校って、どんなところ?」

「つまんないよ」と、僕は言った。「すごく簡単なことを何時間もかけて授業するんだ。退屈で別なことを勉強してると怒られるし、意味わかんないよ。友達といるのは楽しいけどさ」

「ハカセくんは頭が良すぎるんだね。……わたし、友達できたことないから、羨《うらや》ましい」

僕は雪姉のことをじーっと見た。すると彼女はおかしそうに笑って、

「ごめんごめん、ハカセくんはもう友達だよね」

僕は満足してにっこりと笑った。それからすこし考えて、言った。

「ねえ、雪姉、外に出てみたい――?」

その一言から、全ては始まった。家に帰ると大きな画用紙にでかでかと、サインペンで、『ゆきねえダッシュツ大計画!』――と書いた。

気分は世紀の大スパイ。僕は翌日からさっそく、眼鏡《めがね》を手に木陰にひそみ、雪姉の両親の行動パターンを観察した。結果、水曜日の午後三時からなら安全だとわかった。僕は必要な道具を入念に準備して、画用紙を計画でみっちりと埋め、その日を待った。

そして、実行の日――雪姉の両親の不在を確認すると、近所の茂みに隠しておいたハシゴを上り、僕のための下屋根へ。そこから足を思い切り伸ばして窓枠へと移り、内側から開かないようにするためのストッパーをドライバーでこじ開け、するりと部屋のなかへ入る。

甘い花のような香りが漂っていた。雪姉はパチパチと手をたたいた。

「泥棒みたいだね」

「人聞きが悪いな。スパイと言ってほしいですね」

「泥棒とスパイってどう違うの？」

「盗んだことがバレないのがスパイ。二時間後には何事もなかったかのように帰ってくる」

僕はひよこさんのキッチンタイマーで一時間四十分をセットした。

「かわいーね」

「うちの冷蔵庫にくっついてたやつだよ」

それから、リュックからスニーカーを出し、雪姉《ゆきねえ》に履いてもらった。さらに、僕がかぶっていた麦わら帽子を渡す。ヤクルトの帽子を二重にかぶっているので、あげちゃっても大丈夫なのだ。これで準備万端。僕は先に窓から出て、ひょいっと屋根に跳び移り、手を差し伸べた。

「わたし、きっとすごく運動神経が悪いと思う」

「大丈夫だよ」

僕はしっかりとキャッチした。彼女は自分がこわごわ跳んだ距離を振り返って、目をきらきらさせて笑った。それから僕らはハシゴを下りて、木立のあいだの坂道を駆け下りた。

うわ……と雪姉は呆《ほう》けたように言った。住宅街を見回し、入道雲の立つ空を見上げ、熱く焦げたアスファルトを見下ろした。それから目を閉じてすうっと夏を吸い込んで、

「わくわくするね」

僕もにっこりして、二時間だけの冒険を始めた。雪姉が迷子にならないよう、しっかりと手を繋ぐ。それから日陰を通って歩いた。家々の庭に咲く夏の花に、彼女は目を奪われていた。向日葵《ひまわり》、サルビア、ハイビスカス……。僕は日焼け止めクリームを渡した。今日のリュックには、必要なものがなんでも入っているのだ。

小学校まで歩いていくと、まだ上級生が授業を受けていた。来年、五年生になったら僕も仲間入りだと思うと、ぞっとしてしまう。しかし、雪姉は目を輝かせて見ていた。

それから、空き教室のベランダに座って、体育の授業を見物した。紅白帽子の生徒たちがわちゃわちゃとサッカーをしている。僕はコンビニに行って、アイスを買ってきた。日陰にいる雪姉を見て、びっくりした。まるで雪と氷できているみたいに見えた。二の腕は信じられないくらい細くて白く、背がすこし丸まっているのが、肺の悪さを感じさせた。

なんとなく、彼女のいる風景のなかに入っていけなくて、立ちすくんでいると、

「アイス溶けちゃうよ」

と言われてあわてた。それから、ふたりで食べた。僕は帽子をぬいで、あぐらをかいて座っていた。すると、後ろから雪姉が手を伸ばして、僕の頭をなでた。

「くすぐったいよ」

「お利口さんな頭だな、と思って」

そんなことをしているうちに、ポケットのなかでピヨピヨと音がした。ひよこさんタイマー

だ。僕らは来た道をふたりで引き返した。途中、雪姉《ゆきねえ》の母親の車を見かけた。

「まずい、急ごう！」

僕らは近道をして、坂を駆け上がった。車はすでに駐車場に入っていた。ハシゴをのぼり、下屋根から部屋を覗《のぞ》き込む。ドアノブが動いたので、僕らはあわてて首を引っ込めた。

「雪ちゃん――」と、母親の声が聞こえた。

僕の心臓はバクバク鳴った。

「あら、お昼寝中だったのね……」

母親が部屋から出て行き、僕はほっと息をついた。布団のなかに、ダミーのクッションを入れておいたのが功を奏したのだ。雪姉を部屋に帰し、窓を元通りにする。

「靴と帽子はどうしよう？」

「あげるよ。また遊びに行こう」

僕は屋根から下りると、ハシゴをまた藪《やぶ》のなかに隠した。窓のむこうで雪姉がいたずらっぽく笑い、手を振った。僕は手を振り返し、にっこりと笑った。

2

それからしょっちゅう、僕らは〝ダッシュツ〟するようになった。

「ぜんぜん死なないね」

「むしろ、元気になってきた気がする」

と雪姉は言って、力こぶを作った。力こぶはできなかった。

ほとんどが二時間以内の冒険だったけれど、僕らはいろいろな所へ行き、いろいろなことを話した。といっても、大したことはやっていない。展望台に寝そべって夏の雲を眺めたり、河原に座って水面に石を投げたり、丸暗記した花の知識を解説してまわったりしただけだ。きっと、彼女にとっては〝ダッシュツ〟そのものが大事だったんだと思う。

ある日、僕らは真夜中の町へと抜け出した。そんな時間に外出するのは初めてだった。眠たくならないよう、毎日すこしずつ睡眠をずらして準備したくらいだ。

「夜って、怖いね。なんだか別の場所みたい。おばけ出るかな?」と、雪姉は言った。

「おばけなんかいないよ。サンタさんもいないし」

雪姉は初めこそこわごわ歩いていたけれど、だんだん大胆になって、僕の前を気持ち良さそうに歩くようになった。月の明るい夜だった。なんだか、街灯のしたに光の階段が現れて、彼女はそこをとんとんとんっと軽やかにのぼっていきそうに見えた。

ふいに、彼女は両手を腰の後ろで組んだまま振り返って、

「ハカセくん、影踏み鬼、しよっか」

僕は雪姉の影を追いかけた。彼女は意外とすばしっこく逃げた。度重なる〝ダッシュツ〟に

よって、体力がついていたのだ。勝負は引き分けといったところだった。

それから僕らは、展望台へと向かった。虫除けスプレーをバッチリかけてから、山道をのぼる。濃厚な土の香りが、暗闇の底から立ちのぼってきた。ふう、と雪姉《ゆきねえ》は途中で息を吐き、立ち止まった。大きな百足《むかで》が足元に這《は》っていた。僕らは手を繋いで、ゆっくりと歩いた。

木立を抜けると、降るような満天の星空がひらけた。

わあっ、と雪姉は幼い歓声をあげて駆けだした。欄干《らんかん》からこぼれ落ちて、そのまま銀河に吸い込まれていきそうだった。僕は大人ぶってゆっくりと、雪姉の隣に立った。彼女は大きな瞳に星空を映しながら、深く息を吐いた。

「きれいだね」

と、彼女は月並みな感想を述べた。僕はそれが嬉《うれ》しかった。

「星座と星の名前を暗記してきました」と、僕は言った。

「えらい。あれは?」

「白鳥座のデネブ」

「すごい。こっちは?」

「あれはたぶん名もなき星……」

「ふうん、風情があるね」

……え、それだけ……? もうちょっと訊《き》いてくれてもいいんですよ……? 各星座のエピソードも取り揃《そろ》えております……。という視線をチラチラっと送っていたのだけれど、雪姉は月を見ていた。夏の星の瞬きが強すぎて、すこし埋もれがちな満月。

「大きな鏡みたいな月だね」と、雪姉は言った。

「月がもしも鏡でできてたら、ほとんど見えないと思うよ」

「え、どうして？」

「乱反射してるのが、鏡だと全反射しちゃって、特定の方向からしか見えなくなるんだ」

「本当に賢いね、ハカセくんは」

感心とやれやれが半分ずつ、といった口調だった。それから、いたずらっぽく、

「月にはうさぎさんが住んでるんだよ」

「月面に生物はいないよ。たぶんクマムシくらいしか生きられない」

「ちゃんと住んでるよ。みんなで仲良くお餅《もち》つきしてるの」

僕は困惑して、雪姉を見た。彼女は欄干にもたれて、謎めいた微笑を浮かべていた。

「ハカセくんには、月の半分しか見えてないんだよ――」雪姉はくすくすと笑った。「望遠鏡じゃ、いくら目を凝らしてみても、いつも月の表側しか見えないの」

「うさぎさんは月の裏側にいるの？」

「そうだよ。おばけもサンタさんも月の裏側にいる。熱いバターみたいな金色の海もある。そういう目に見えないものも、目に見えるものと同じくらい大事なんじゃないかな？」

「そうかな?」

「そうだよ。だって、わたしはどこにも行けないけど、月の裏側には行けるから」

それから雪姉《ゆきねえ》は、とてもすてきな笑顔を見せてくれた。僕は笑い返し、あらためて月を見上げた。それから雪姉は、手すりのうえに立って、大きな白い鳥のように両腕をひろげた。

「わたしは鳥になりたい。いつも、窓辺に座って、目を閉じて想像してる。いつか、この重たいからだを脱ぎ捨てて、自由になりたいの。ハカセくんは、何になりたい?」

「……僕は、宇宙飛行士になりたい。月でジャンプしてみたいんだ。重力が地球の六分の一しかないから、すごく高く跳べるんだよ。あと、飛行機を操縦して空も飛んでみたい」

「いいね。どっちも叶《かな》えちゃおうよ」

「うん――!」

僕は力強くうなずいて、また月を見上げた。月はつまらない石の塊なんかではなくて、黄金の海が満ち満ちた神秘の星だった。――そうだ、いつか雪姉を月に連れていこう。未来ではきっと、肺の病気を治す薬もできているし、民間宇宙旅行もできるようになっているはずだ。そして月の裏側で、ふたりでうさぎさんと一緒に餅《もち》つきをするのだ。

「ありがとう、今日、ここに連れてきてくれて」と、雪姉は言った。

「またいつでも来られるよ」と、僕は返した。

雪姉が血を吐いたのは、それから二週間後のことだった。

3

頭がおかしくなりそうなほど太陽が輝き、アスファルトには陽炎《かげろう》が立っていた。

はぁ、はぁ、と雪姉は浅い呼吸を繰り返していた。彼女の右手と、口元と、ワンピースの胸元が真っ赤に汚れていた。眩暈《めまい》がした。引き伸ばされた時間のなかで、その赤だけが刻一刻とひろがりつつあった。〝ダッシュッ〟をして、雪姉の家の前まで戻ってきたところだった。突然、彼女が背を丸めて激しい咳《せき》をして、気がついたらこうなっていた。

「大丈夫だよ、いつものことだから。今日はちょっと多いけど……」

ただでさえ白い顔が、蝋《ろう》のような色になっていた。微笑《ほほえ》みさえも凄惨《せいさん》だった。僕は混乱しきっていた。遠くから車の音が聞こえた。彼女の母親が帰ってきたのだ。

「いい？　わたしの言う通りにして――」

僕は指示通り、彼女の麦わら帽子とスニーカーを隠した。すぐに、車が坂道をのぼって現れた。ドアが勢いよく開き、真っ青な顔をした女性が金切り声をあげて駆け寄ってきた。

「雪ちゃん、どうしたの⁉　なんでお外に出てるの――⁉」

僕は怯《おび》えながら、雪姉を見た。彼女はうつむきながら、

「ごめんなさい、お家から勝手に抜け出しちゃったの。この子は、今日初めて会った子。わた

しが血を吐いてるのを見て、介抱してくれたの……」

母親はすごい形相でこちらを見た。僕は黙ってうなずいた。人生でいちばん辛い嘘だった。

一週間もしないうちに、雪姉《ゆきねえ》の部屋の窓に鉄格子がついた。僕は恩人として、ときどきお見舞いに行くことを許された。リビングに三人で座り、ケーキを食べながら会話をした。

——「学校での生活はどんな感じなの？」

——「夏休みの自由研究は何をするの？」

——「お友達とは何をして遊んでるの？」

僕は質問攻めに耐えながら、雪姉の表情を盗み見た。どんな感情もそこにはなかった。

「雪ちゃん、ほっぺについてるわよ」

母親がそう言って、娘の頬《ほお》についたクリームを布巾で拭きとったとき、僕はぞっとした。ひょっとしたら、血を吐いたときよりも。どうしてなのか、僕には言葉にできなかった。

「花火、見たかったなあ……」

と、雪姉は鉄格子のむこうから言った。僕らは桜《さくら》ヶ《が》丘《おか》のお祭りで花火を一緒に見る約束をしていたのだ。けれどもう、それも叶《かな》わなくなった。

「毎年、ドンドンっていう音だけ聞こえて、ずっと見てみたかったの……」

雪姉は日に日に痩《や》せて、目の下には隈《くま》ができた。途切れがちな会話の隙間《すきま》で、オルゴールの蓋《ふた》を開いては閉じた。鳥が歌い、黙り、また歌った。ままごとの人形のように頬のクリームを拭かれる雪姉を、何度も思い出した。病弱な娘と、心配して努力する母親——それが月の表側だった。でも僕には月の裏側が見えていた。雪姉が心の底から必要としていることも、僕がしなければならないことも、ちゃんとわかっていた。

僕は展望台のしたの木立を捜した。雪姉が血を吐いた日、僕らが飛ばした紙飛行機があそこに落ちたのだ。——『紙？　紙ならあるよ』と、あの日、雪姉が出したのは、一万円札だった。僕はぎょっとして止めようとしたのだけれど、雪姉は構わず半分に折った。『どうせ使わないし』——僕はようやくそれを見つけた。広げると、すこしシミがついているだけだった。僕は腹を決めた。これを使って、雪姉を〝ダッシュツ〟させるのだ。

——そして、花火大会の日がやってきた。

午後七時に、僕は屋根に上がった。鉄格子越しに雪姉とうなずきあう。覚悟はできている。筒状のものをふたつ、一本の鉄格子の上下に装着した。そのそれぞれから銅線がスイッチまで伸びている。僕は軍手をつけ、その時を待った。

そして、午後七時半——花火が打ち上がり始めた。

その音にまぎれて、行動を開始した。事故防止の絶縁体を引き抜いてから、手元のスイッチを押す。すると、ふたつの筒状の装置から猛烈な火花が散った。テルミット反応——酸化鉄とアルミニウムの混合物に着火すると起こる、約三一〇〇度にも達する激しい発熱化学反応だ。

わあ！　と雪姉《ゆきねえ》が驚き、僕は思わず笑ってしまった。この花火もなかなか悪くない。

反応が終わると、鉄格子は直径の四分の三ほどまで溶けていた。実験を入念に繰り返して準備したので、これはほぼ想定通りの結果だった。残りは鉄工やすりで削り切った。抜けかけの乳歯を取るのよりも簡単だった。そうしてできあがった隙間《すきま》を、雪姉は細い体でするりと〝ダッシュッ〟した。僕らは手と手を取り合って、坂道を駆け下りる。

あはっ、と雪姉が笑った。

うふ、あは、うくくっ、ふふ、ははっ、はあ、あはははははは！

ついには爆発するみたいに笑いだして、よくわからないけど僕もおかしくてたまらなくて大声で笑ってさけんだ。わはははははははは、ヒョッツッホーウ！

家々の屋根のうえに、花火が見えた。僕たちは加速した。花火はみるみるうちにでっかくなって、夜空を埋めた。雪姉は笑いながら、くるりと踊るようにまわった。

七色の光が降り、白いワンピースを染めた。

その瞬間に気がついた。

僕は雪姉が好きだ。

初恋だった。

心臓が花火よりもうるさく鳴った。僕らは呆《ほう》けたように空を見上げていた。花火なんてお金の無駄だと思っていた。所詮《しょせん》は炎色反応だ。でも、いま目の前にあるものは、それ以上の何かだった。美しい炎の花で、砕け落ちる流星の魂だった。

雪姉は背中側から、僕の首に腕をまわした。それから頭にあごをのっけて、花火を眺めた。とくとくという鼓動を感じた。

「雪姉、大人になったら、ふたりで月に行かない？」

「いいね、行こうっか」

この時間がもうすぐ燃え尽きてしまうことが悲しくなって、雪姉の手をぎゅっと握った。それに応えるように、雪姉は腕のちからを強くして、

「大人になったら、ちゅーしてあげるね」

と、ささやくように言った。

その年の冬に、彼女は灰になった。

4

六月七日、月曜日、放課後――

飛行機部の部室は重たい沈黙で満ち、三年生の引退を間近に控えた野球部の威勢のいい掛け声と、扇風機の音だけが響いていた。むわっとするような暑さだった。僕らは衣替えをした制

服を着て、葬式の参列者のようにうつむいて、しずかに汗を拭《ぬぐ》っていた。

「機体の損傷について述べる……」と、五十部《いそべ》が切り出した。

左翼が折れてズタズタになり、フェアリングはグチャグチャ、プロペラの二枚ブレードの片方が折れてしまった。コンテスト本番は七月二十七日。一年がかりでやってきたのに、二ヶ月弱でこれだけの修復をし、飛行テストも重ねなければならない。

「りんごちゃんは？」と、もるちゃんが心配そうに訊《き》いた。

「体調には問題ないみたい。学校に来てないのは、心理的な理由からだと思う」

と、僕は答えた。スノウバード号は落下途中、校庭と校舎のあいだにある桜の木に左翼側から落ち、それがクッションとなって、宇良々川《うららかわ》さんは奇跡的に無傷で済んだ。墜落後、病院で検査を受けることを勧めたが、彼女は無重力がバレるのを恐れて頑として拒んだ。ひどく泣いていて、強要することもできなかった。

「……あんなのあり得ない」オユタンがガスマスクのしたにひどく汗をかきながら言った。

「あんな飛び方をする人力飛行機はこの世に存在しない。あれは、まるで……」

「……空に落ちた」と、僕は言った。「前にも一度、宇良々川さんがそうなったことがある。あのときみたいなことが、機体全体に拡大して起こったように見えた」

「なんで、よりにもよってテストフライトで……」

五十部は片手で挟み込むように、汗で濡《ぬ》れたこめかみを押さえた。僕の脳裏には、顔のない女子高生が浮かんでいた。彼女が現れた途端、スノウバード号は空へと落ちた。両者にはなんらかの関連がある気がする。しかし、そんなこと誰も信じないだろうし、何より僕自身だって信じられていないのだった。

「とにかく、いまできることをやっていこう」と、五十部が言った。「最大の問題は、金だ。予算の四百万円のうち、すでに三百五十万を使っている。これから機体の輸送費その他もろもろの八十万がかかるから、すでに赤字見込みだ。新たな資金源がなければ、修理もできない」

「いくら必要なんだ？」

「ざっと八十から百万」

うめき声があがった。そう簡単に払える額じゃない。これまでもバイトをしたりだとか、文化祭で焼き鳥を売ったりだとかしてなんとか工面し、かなり節約もしながらやってきたのだ。

「生徒会にかけあって、部費を増やしてもらえないか？」と、オユタンが言った。

「焼け石に水だ――」五十部は首を横に振る。「出場が決定した時点で、すでに増額してもらってるし、ここからさらに上げてもらえたとしても、数万ってとこだろう」

「三回予定してた、テストフライトを減らしたらどうかな……？」

ひちょりが突然すがたを現して言ったので、僕らはびっくりした。それだけ必死になってくれているのだ。校庭でのテストフライトは擬似的なもので、本格的なものは福島市にある『ふくしまスカイパーク』の八百メートルの滑走路で行う予定だった。

「減らすわけにはいかないし、減らしても大して変わらない——」と、五十部《いそべ》は答えた。「第一に、スカイパークの使用料は特別に免除されてる。第二に、輸送費はテストフライトと本番をセットで頼んで、すでにまけてもらってる。もっと根本的な解決策が必要なんだ」

「そっか……ごめんねぇ、役に立てなくて……」

ひちょりは目に涙を浮かべながら、すうっと消えていった。五十部があわてて言う。

「そんなことないぞ、ありがとうひちょり！」

「……やっぱり、先輩にまたお願いするしかねえんじゃねえの？」

とバンが言った。この先輩とは、ベンチャー企業を立ちあげ活躍している翠扇《すいせん》高校飛行機部OBのことだ。機体に会社のロゴをプリントすることを条件に、すでに二百万円を援助してもらっている。『僕らが叶《かな》えられなかった夢を、代わりに叶えてほしい』と言って。

しかし、五十部は首を横に振る。

「いや、たしかいま経営が苦しいらしいから無理だ……」

「もうひとつ選択肢があるよ——」

ふいに、ずっと黙っていたユージンが口を開いた。

「出場を、あきらめるんだ」

一瞬、時間が止まった。

「……はあ？」と言ったのは、バンだった。「なんつった？　オレの聞き間違いか……？」

ユージンは汗に濡《ぬ》れた顔を真っ青にし、唇をふるわせながら、

「ボクはここから立て直すの、正直、厳しいと思う。がんばってがんばって、でも結局、飛べなかったらどうする？　二ヶ月も無駄になるんだよ。受験だってあるのに……」

みんな黙って、うつむいて聞いていた。バンだけが噛《か》みついていく。

「だから無駄にしねえようにしようって話をしてんだろうが！」

「わかってるけどさっ――――！」ユージンが言った。「よく考えたほうがいいって！　飛行機は一瞬だけど、受験は一生じゃん！　無理なら無理って早めに損切りしないと――――！」

「なんだと――――ッ!?」

バンが身を乗り出した。――が、それよりも速くオユタンが動いた。ユージンの胸ぐらを掴《つか》み、スチールラックにガンと押しつけた。スプレー缶が床に落ちてカラカラと音を立てた。

「損得じゃねえだろ。なんの意味もなくても、飛ばしたいから飛ばすんだろうが……！」

ユージンの目が赤くなり、涙でうるんだ。オユタンはつづける。

「お前のそういう軟弱なところが嫌いだよ」

はは、とユージンが痛々しく笑った。

「ボクもボクのそういうところが嫌いだよ」

そして彼はオユタンの手を振りほどき、部室から去った。僕らは誰も動けなかった。オユタンはガンッとラックを蹴《け》った。

「ユージンにも一理ある」と、僕は言った。「製作中止も視野に入れて、それぞれもう一回よく考えよう。なんのために飛ばすのか、犠牲を払う価値があるのか……」

そして僕らは暗い雰囲気のまま、この日の部活を終えた。

5

その足で、宇良々川《うららかわ》さんの家へと向かった。赤い屋根に、黒い斑点がうごめいていた。――カラスだった。鳴きもせず、じっとこちらを見下ろしている。

ドアチャイムを押したが、返事はなかった。彼女の部屋のカーテンが、かすかに動いた。僕に会いたくないのかもしれない。すこし迷ってから、スマートフォンでメッセージを送る。

『宇良々川さん、大丈夫？　会えないかな？』

いつまで経っても既読はつかなかった。諦めかけたとき、急にスマートフォンが震えた。

『植木鉢に鍵』

僕は門のなかに入り、植木鉢を片っ端から持ち上げた。白いカンパニュラの鉢のしたに、その鍵はあった。ややためらいがちに玄関ドアを解錠し、家のなかへと入る。室内の空気はなまぬるかった。それから、「宇良々川さん……？」と、呼んだ。返事はなかった。何か異様なものを感じて、靴を脱いで上がった。リビングには誰もいない。

階段をのぼると、泣く声がかすかに聞こえてきた。

しくしく……

しくしく……

しくしく……

宇良々川さんの部屋からだった。僕は扉の前で立ち止まった。そして、井戸の底で彼女が泣いている夢を思い出した。ためらってから、そっとノックした。

「……ハカセ？」

「そうだよ。入ってもいいかな？」

「……うん、でも、顔は見ないでね」

扉を開けると、彼女は大きな赤い風船みたいにベッドのうえに浮かんでいた。あのポンチョのような赤い服を着て、丸くなっていたのだった。パーカーを頭にすっぽりかぶり、長い裾《すそ》は銀河のように渦を描いていた。室内の空気はエアコンでひどく冷えていた。

僕は床に座って、しばらく黙ってじっとしていた。

やがてぽつりと、宇良々川さんが言った。

「……ごめんね」

きっといろいろな意味をふくむ〝ごめん〟だった。

「いいんだよ」と僕はしずかに言った。「飛行機が落ちたのも、宇良々川《うららかわ》さんのせいじゃない。あれはただ……悪い風が吹いたようなものなんじゃないかな」

「ううん、違うの……わたしが悪いの……悪いことはぜんぶ、わたしから始まったの……」

そしてまたすすり泣くのを聞くと、ふいに井戸の底からの声がよみがえってくる。

『みんなわたしを嫌いになる』

『わたしは何も持っていない』

『わたしは誰にも愛されない』

「……いったい、何があったの？　どうして宇良々川さんはそんなに泣いてるの？」

長い沈黙があった。暗い井戸を覗《のぞ》き込みつづけるような沈黙だった。やがてぽつりと、

「わたし、飛べなかったの……」と、彼女は言った。

「飛べなかった？」

スノウバード号のことかと思ったけれど、どうやら違うようだった。彼女の声から感じられる絶望は、もっと暗くて、深かった。彼女はつづける。

「去年、すごく嫌なことがあって部活を辞めちゃって、そしたら今まで目を逸《そ》らしてきたいろいろなことが、いっぺんに押し寄せてきたの。それでフラフラッと……」

宇良々川さんはかすかに震えていた。僕はにわかに恐ろしくなった。口を開きそうになり、

ぐっとこらえた。耐えなければならない。いま僕にできることはそれだけなのだ。

「フラフラッと……家の屋根にのぼったのね」と、宇良々川さんは言った。「平日の真っ昼間で、空気からは学校をサボった日に特有の、気だるい匂《にお》いがした。何やってんのか自分でもわからなくて、それから飛びたいんだって気がついた……」

ふと、ベッドの隅にあった黒猫のぬいぐるみが浮かび始めたことに気がついた。それだけじゃない。部屋にあるありとあらゆるものが重力を失いつつあった。本が、ギターが、描《か》きかけの絵本が、頼りなく宙に浮かび始めている。この僕の身体も――。宇良々川さんは言葉をつづける。その声が、不気味な深みを持って部屋に響く。

『そういう気持ちって、重力なんだよ――』

『真夜中の橋だとか、混み合うプラットホームだとか、あり得ないほど暑い夏の屋上だとか……ぼうっとしてると、ふいに、吸い込まれそうになる。ほんとうに、物理的に、身体が引っ張られるの。あの日もそうだった。でも、ほんとうに死ぬつもりはなかったの。飛び降りて、死ぬふりをして、何かを騙《だま》そうとして……』

ついに、本棚が浮かび始めた。絵本がばらばらとめくれ、天井がみしみしと音を立てる。

「宇良々川《うららかわ》さん――！」と僕はさけんだ。

僕は空に向かって落ち始める直前で反転し、床に叩《たた》きつけられた。宇良々川さんはハッとこちらを振り向いた。林檎《りんご》のように赤い頬《ほお》をして泣いていた。彼女はサッと顔を隠して、

「ごめんハカセ……今日はもう帰って……。しばらくひとりにして……」

果たして本当にひとりにしていいものか、僕はしばらく悩んだ。

「……わかった。何かあったら、いつでも連絡して」

僕はためらいながら部屋から出て、深く息をついた。間違いない、と思った。

宇良々川さんの心と、世界は、繋がっている――

6

三日後の放課後、僕らは久しぶりに部室前に集合した。新聞の二度目の取材のためだった。

「ユージンと宇良々川さんが来てないね」

僕が言うと、オユタンは顔をわずかに伏せた。

――と、宇良々川さんが車椅子《いす》に乗ってやってきた。僕はほっと息をついた。墜落してから初めて、部活に来てくれたのだ。彼女は僕をちらりと見て、すぐに気まずそうに顔を伏せた。

「あっ、りんごちゃん～！　体はもう大丈夫～？」

と、もるちゃんが空気を無視して天使のような大胆さで声をかけた。宇良々川さんはちょっとぎょっとしつつ、ちいさい声で返事して、またうつむいた。

それからすぐに、記者のスガワラさんがやってきた。ひょろりと細長い、すこし派手なネクタイをつけたスーツ姿で、遠くからでもすぐにわかった。彼は僕の右足のギプスを見て驚き、次にズタズタになったスノウバード号を見て、あんぐりと口を開けた。

僕はこれまでの事情を説明した。もちろん無重力現象のことは伏せて。

スガワラさんはハンカチで汗を拭き、黒縁メガネに手をやりつつ、

「そうか……」スガワラさんは苦い顔をした。若く見えるが、そういう表情をすると、四十《よそ》路《じ》らしく皺《しわ》が出る。「これはもう、寄付を募るしかないんじゃないかなあ？」

「寄付ですか……？」

「クラウドファンディングって知ってる――？」それから彼は、スマートフォンにうさぎさんのぬいぐるみの写真を映した。「これ妻の作なんだけど、それで商品化に成功したんだよね」

僕らはネットで調べた。簡単に言えば、『プロジェクトを立ち上げ、広く一般から寄付を募り資金調達する』という仕組みだった。書籍出版・商品開発・イベント企画など、さまざまなプロジェクトがたくさんのお金を集めていた。

「よし、こうしよう！」と、スガワラさんが手を打った。「新聞にありのままの現状を書いて最後に寄付を募る。――で、やっぱり人の心を動かすには、ストーリーが必要だ」

そして彼は、宇良々川《うららかわ》さんを見た。彼女はきょとんとしたのち、自分を指差して、

「わたし……ですか……?」

「そう、高校生が艱難辛苦《かんなんしんく》を乗り越えて鳥人間コンテストに出場——かと思いきや、パイロットが骨折、絶体絶命！　そこに現れたのはなんと女性パイロット！　しかし懸命の努力にもかかわらず機体損傷、みなさんの力が必要です！　——どうかな?」

スガワラさんは詐欺師的魅力のある身振りで語った。エンタメ雑誌の経歴があるらしいので、そのショーマンシップの影響かもしれない。おおお～、と男子組は釣り込まれて拍手した。僕ともるちゃんはそうしなかった。宇良々川さんは、やっぱりうつむいていた。

「無理しなくていいよ」と、僕は言った。

「……ううん、やる」と、宇良々川さんは簡潔に返した。

それから彼女は、部室の入り口と、スノウバード号の折れた翼を背景に、写真撮影された。部室は校庭の南西隅にあり、正面は東向きで、夕陽を受けて陰となってしまうため、ストロボが焚《た》かれた。僕らはそれを、スガワラさんの背後から見ていた。彼は同時にインタビューもする。出身地、経歴、好悪、得手不得手、なぜ車椅子《いす》に乗っているのか、飛行機部に参加したきっかけは——?　次々にフラッシュが瞬き、そのたび宇良々川さんの頬《ほお》がぴくりと痙攣《けいれん》する。

「長距離走の選手だったとのことだけど、どんなところが好きだったの?」

「ひとりでやれるから。それに、走っている間はぜんぶ忘れられる。自分のことを含めて」

「なるほど。よくわかるね。僕も記事の推敲《すいこう》が好きでね。とても長距離走的で、いろんなことを忘れられるんだ。……では、どうして好きな部活を辞めてしまったの？」

「それは——」宇良々川さんは言い淀《よど》んだ。

相変わらずの無表情だったけれど、その内側ではなんらかの静かで激しい戦いが起こっている。——嫌な予感がした。止めに入らないと、と思って、一歩を踏み出した。

突然、視界が真っ白になった。

フラッシュが目を刺したのだ。パシャッという音が、変に遅れて聞こえた。

目を開けると、スガワラさんがスーパーマリオみたいな変なポーズでジャンプしていた。

——————「あ」——————「れ」——————？

彼は空中でぐるりと一回転しながら、肺式呼吸で変に高い声をあげた。

ジャンプじゃない。空中に浮かんでいるのだ——！

「わ、わ、わ、わ、わ……！」と、もるちゃんが声をあげた。

お尻《しり》を吊《つ》られたような格好でわちゃわちゃしていた。彼女だけじゃない。全員が地面から一メートル半くらい浮きあがってもがいていた。ぐにゃりと空間がゆがむような感じがした。吹奏楽部の交響曲がひずんで割れてやがて黒板をひっかくような音に変わった。その隙間《すきま》から悲鳴があふれだした。まるでヒビの入った卵から熱い黄身がどろどろと流れ出すみたいに。校庭では野球部も浮いてしまってちょうどジャンプキャッチした背番号九番が江崎《えざき》グリコポーズですーっと斜め四十五度に滑るように上昇していって「あーっ、どこ行くねーん！」みたいなピントのズレたツッコミを受けつつかろうじて防球ネットのてっぺんに引っかかる。僕らと地面のあいだをゴールキーパーが不器用ですこし哀しいマグロみたいな調子でさーっと流れていく。

やばい。

カオスだ。

気がつくと宇良々川《うららかわ》さんがいない。

からっぽの車椅子《いす》だけがくるくると回っている。とっさに体重移動で半宙返りすると、逆さまの視界のなかを、彼女の背中が北の校舎にむかって遠ざかっていくのが見えた。

7

「宇良々川さん！」とさけぶと、「ハカセ！」と五十部《いそべ》が右手を差し出してくる。僕は松葉杖をぶん投げ作用反作用の法則で移動し、その手を握って姿勢をコントロール、五十部が僕の右足裏を腹に抱《かか》え込むような体勢になる。「――よっしゃ、蹴《け》れ！」

僕はロケットみたいに飛んだ。後方で五十部の悲鳴が聞こえるが、振り返ることもできない。「スマン五十部ありがとう！」宇良々川さんは行き先で美しく身をひねり、桜の木を蹴って九十度方向転換し、校舎と水平に東向きに飛んだ。僕はその木に「ぐえっ！」とみじめに張りついて、もぞもぞと慎重に位置調整をしてから飛ぶ。まるで羽化したてのセミみたいに。校舎から混乱の声が聞こえてくる。ありとあらゆるものが浮かび上がっていた。生徒、通学カバン、自転車、プリント、テニスボール……。宇良々川さんは水泳選手のターンみたいに華麗に前転、地面を蹴って垂直に上昇、さらに旗ポールを蹴って二階の校舎へと飛び込んだ。――マジで!? そんな動きできるの!? 僕にもできる!? できなかった。かろうじて大きな庭石にしがみつくと、ボコッと地面から剥《は》がれ浮いた。僕は庭石を抱いて地面に垂直にゆっくりと飛び、空中でそれを蹴って、窓から校舎内へ。そこはますますカオスだった。まるで悪魔が巨大なスプーンでくるりと一回かきまぜたみたいに。机だとか椅子だとか文房具だとか女子高生だとかがグチャグチャに舞い上がっている。僕は黒板前のチョーク粉の煙のなかを通り抜けゲホゲホと咳《せき》をした。廊下に顔を出して「宇良々川さん！」とさけんだ。「ハカセ！」と返ってきたのはユージンの声だった。僕は壁を蹴ってそちらへ。ユージンの右手を腕相撲のようなかたちで取って、それを中心にふたりで回転することで勢いを殺した。

「何これ、どうなってんの!?」とユージン。

「よくわかんないけど、たぶん、宇良々川さんの無重力が暴走したんだと思う！」

「宇良々川さん、この先の突き当たりを右！」

「わかった、サンキュー！」

ユージンはそのまま僕をぶん投げた。僕は体を反転させ掲示板に着地、壁伝いに進む。二年生の教室を手前から覗《のぞ》いていく。C、B、A……。そのとき、声が聞こえてきた。

しくしく……

しくしく……

しくしく……

開きっぱなしのドアから、教室に入った。宙に浮いた椅子《いす》や机が、彼女の姿を隠していた。まるで立体の森みたいに。僕はしずかに分け入っていく。くるくると回転する赤ペンをつまみ、ゆっくりと近づいてくる机をどける。西日が目を刺した。宇良々川《うららかわ》さんは窓際に丸くなって浮かんでいた。立体の森に複雑な影を落として。

僕はすうっと近づいていき、宇良々川さん、としずかに呼んだ。反応はなかった。彼女は目をぎゅっと閉じて、耳をイヤホンで塞いでいた。やがてはっと顔をあげ、それから目を逸《そ》らした。夕陽の色に染まった瞳の、影絵のような街並みに光点がひとつずつ、切なくゆれていた。

「わたしなんか消えちゃったほうがいい」

どこか拗《す》ねたような、悲しい言い方だった。僕は左手を伸ばした。爪先がわずかに頬《ほお》をこすり、彼女はぴくりと身を縮めた。僕はそのままそっと、右耳のイヤホンを外した。

「そんなことないよ。……どうしたの、いったい何があったの？」

「……わかんない。わかんないけど、急にすごく逃げたくなって、そのせいでこうなったんだと思う。ぜんぶ、わたしのせいで……」

宇良々川さんはぽろぽろと涙をこぼした。僕はしばらく待ってから、

「……部活、嫌なことがあって辞めたの?」

宇良々川さんは、うなずいた。

「高二の春の大会で、誰かがわたしの走ってるとこを勝手に隠し撮りして、ネットにアップしたの。気がついたときにはもう百万回くらい再生されてて。気持ち悪くて。何もかも忘れられるから走ってたのに、忘れられなくなって、急に全部が馬鹿らしくなって……」

左手の人差し指がしびれて、細かく震えた。一瞬、自分の感情がわからなかった。頬が引きつり、首が熱くなった。どうやら僕はカッときていた。

「……最悪だね」と、必死で感情を抑えて言った。

「違うの、最悪なのは、わたし……」と、宇良々川さんは首を横に振った。「わたし、ぶっちゃけ嬉《うれ》しかったの、心のどこかでは。何やっても自信が持てなくて、何にも興味がないってフリして言い訳して、でも自分が可愛いことは知ってて、それだけがちっちゃい自尊心で……誰かに認められたくてしょうがなくて、それが叶《かな》って嬉しくて、けどわたしより可愛い子なんかいくらでもいて、百万回だって大した数字じゃないし、もういろいろ気持ちぐちゃぐちゃで、ぜんぶイヤになって、ぜんぶぜんぶ投げ捨てちゃったの……!」

僕は呆然《ぼうぜん》と聞いていた。感情的なのに理路整然としていて……だからきっと、ひとりで何度も何度も反芻《はんすう》した言葉なんだろう。いろんなことが見えすぎて、辛くて放り出したくて、で

もなんにもわからない馬鹿にもなれなくて、噛《か》んで吐いてはまた噛んだ、苦い言葉たちだ。

脳裏に、毒林檎《りんご》を噛む白雪姫が浮かんだ。そして、魔法の鏡と、嫉妬《しっと》深い継母が。

『鏡よ鏡、この世でいちばん美しいのは誰——?』

その鏡に似たものが現代では誰の手元にもあって、返ってくる言葉はいつも同じだ。

『お前ではない』

しかも鏡は歪《ゆが》んでいて、言葉はちゃんと呪《のろ》いなのだ。

宇良々川《うららかわ》さんは憑《つ》かれたようにつづける。

「部活やめてから暇で、なんにもやる気になれなくて、ある日、べつに観《み》たくもない映画を観に行ったの。ぜんぜん大したことないつまんない戦争映画で、でもその日からわたし毎日、ずーっといろんな戦争映画を観るようになった。もうぜんぜん眠らないで、目の下に隈《くま》をつくりながら一晩中、すごく残酷なやつ。なんでそんなことしてるのか自分でもわからなくて。でも気持ちはどんどん暗いほうに引っ張られて……。それである日フラフラっと屋根にのぼったの。飛び降りようとして、でもなんかそれだけの重みが足りない気がして、戻って弾けもしないギター抱《かか》えてきて屋根のふちに立って、でもやっぱ足がすくんで飛べなくて座り込んでわんわん泣いて、気づいたの、わたしからっぽなんだって。好きな歌なんか一曲もなくて、伝えたい言葉もひとつもなくて、でもいつもイライラしてて何かをわめき散らしたくて、それでもどこかカッコつけてたくてギター買ったの。その末路がこれ!　ずっとひとりでいれば良かったのに、寂しくて中途半端に関わって、みんなに迷惑かけて収拾つかなくなって自分じゃどうしようもなくて泣いてることしかできなくて……」

　宇良々川さんは顔をゆがめて涙をぼろぼろこぼして、それでも声を押し殺して泣いて、

「だからわたしなんか、消えちゃったほうがいいんだよお、ほんとに……！」

　と、ちいさくさけぶように言った。僕は全身でこまかく震えていた。唇も震えていて、でも何も言葉をつむげなくて、ひとつの予感があって左手に握ったままだった宇良々川さんのイヤホンを、自分の耳にはめた。予感は当たった。

　無音――だった。

　何も聞こえないを超えて、無が聞こえていた。ノイズキャンセリング。彼女は無を聴きながら、世界を締め出してここまでやってきたのだ。僕はこらえ切れなくなって泣いた。

「ハカセ、ごめんね……」

　と、宇良々川さんは悲しい声で言った。それから、もう片方のイヤホンを外し、僕の耳にはめた。世界の終わりのような、地獄めいた紅の光のなかで、彼女は思い切りさけんだ。背中を丸め、両手で耳をふさぎながら、きっと自分の鼓膜が破けるくらいに。僕には無だけが聞こえていた。そして彼女はすっと魂が抜けたようになり、あの目になった――

『彼女はイヤホンをつけて、物憂げな眼差《まなざ》しを道路の破線に落としていた。どこか神秘的な表情だった。まるで占い師が、その破線のひび割れから、未来に横たわる悲しい影を読み取った、

というような感じで』――

僕は破線のひび割れのように、その視線を受けていた。

正面から見たその顔は、きれいで悲しかった。

次の瞬間、強烈な風が吹いた。黒い風だった。カラスだ。教室に飛び込んできた無数のカラスたちが、横から宇良々川《うららかわ》さんをかっさらって、窓から飛び出していった。宙に浮かんでいた机や椅子《いす》も一緒にぶっ飛ばされて、窓ガラスを粉々に砕き散らした。夕陽をキラキラ乱反射させるガラス片のむこうに、宇良々川さんはあっという間にちいさな点となっていく。

そして――すべてが落下した。

椅子も机も文房具も、そして僕も、床に叩《たた》きつけられた。僕は痛みにうめきながら、どうにか立ち上がって、グシャグシャの窓に飛びついた。

宇良々川さんは、もうどこにも見えなかった。

僕は呆然《ぼうぜん》と立ち尽くした。何も考えられないし、何も聞こえなかった。それからのろのろと振り返って惨状を見渡し、イヤホンコードを手繰《たぐ》り寄せた。赤色のウォークマンは、やっぱりからっぽで、なんの曲も入っていなかった。彼女は望み通り本当に消えてしまったんだと思った。きっと永遠に、この世界から失われてしまった……。

目の前が真っ暗になるような、絶望だった。時間が無限に長く感じられた。

僕はもはや泣くことさえできずに、出入り口のほうへと足を引きずっていった。

――もさもさした白髪頭の人物が、廊下に立っていた。

その老人は、背中で手を組み、窓の外を眺めていた。実験用の白衣を着て、ブラウンのグレンチェックのスーツ、黒い革靴という格好をしている。

彼は、ゆっくりとこちらを振り返った。

僕はあんぐりと口を開け、イヤホンを外した。

「馬鹿もん――」

と、アインシュタイン博士は優しく言った。

「メソメソしとる場合か。これから彼女を取り戻しに行くんぢゃよ」

8

みんな、あんぐりと口を開けていた。オホン、と博士は咳《せき》払いをして、

「みなさん初めまして。アルベルト・アインシュタインです。ドイツ生まれのユダヤ人で物理学者、趣味はバイオリン、好きなものはマカロニスパゲティ、嫌いなものは量子力学です」

しん……と部室内が静まり、スプレー缶が棚からカランと落ちた。

校舎のほうからこの校庭隅の部室まで、まだかすかに混乱の声が届いてくる。

博士は沈黙に耐えかねたのか、チラッと僕を見た。量子力学のくだりはジョークだったらしい。僕が拍手すると、みんなもぱらぱらと追従し、博士は満足そうに微笑《ほほえ》んだ。

「あ、あの……」と、オユタンは言った。「一瞬、ホンモノかと思いましたが、よく見るとちょっと……。たしか、博士の身長は百七十五センチくらいあったと思うし……」

「なかなか細かいね」

「あ、はい、すみません……」

オユタンは首を傾げつつ、またレンズを拭いた。反骨心の塊のような彼だけれども、さすがに世紀の天才を前にしては借りてきた猫のように大人しい。博士は両手を広げて、

「ご覧のとおり、わしはよくできた偽物ぢゃ。身長は百六十センチしかないし、鼻はお茶の水博士のように丸くて大きい。本物よりだいぶカワイイ。そうぢゃないかね?」

博士はまたチラッとこちらを見る。僕はうなずく。カワイイです、博士。すると博士は満足げに赤色のネクタイを締め直し、

「さて、ではわしがどこからやってきたのか、愛《まな》弟子にして友人の少年に話を伺おう」

みんなの視線が僕に集中した。僕は息をひとつ吐いた。

「僕も混乱してるんだけれど、博士は子供のころから僕の頭のなかにいた友達なんだ。アドバイスをくれたり、いろんな実験をして見せてくれたり……。宇良々川《うららかわ》さんがどこかへ飛んでいってしまって、入れ替わるように博士が現れた……」

ふたたび、視線が博士へ。博士はウム、と相槌《あいづち》を打った。

「その通り、わしは想像上の存在でしかない。ではなぜそのわしがこうしてここに立っているのか？　人間の心というものは、深い場所で世界と繋がっている。宇良々川さんの無重力は、暗闇の奥にあった問題が、なんらかの拍子にあぶくのように浮かびあがり、現象となったものぢゃった。あぶくはどんどん大きくなり、そしてついにあちらとこちらが繋がって、わしがこちらへとやってきたのぢゃよ」

「急にそう言われても……」

と、ユージンが言った。ウム、と博士はうなずいて言う。

「まあ、百聞は一見にしかず。あれを見たまえ」

そして博士はパチンと指を鳴らし、部室の外を指し示した。なんの変哲もない校庭がそこに広がっている。

「……何もないですが……」と、五十部《いそべ》がちょっと申し訳なさそうに言った。

「まあもうちょっと待ちたまえ」と、博士。

――と、その直後、ボコッと地面が盛り上がり、もぞもぞと動いた。ぎょっとしていると、ふたつの可愛い長い耳が、ぴょこんとそこから飛び出した。

「――あっ！」と、もるちゃんが声をあげた。「うさぎさん！」

果たして、その耳はうさぎさんのものだった。茶色い毛並みのうさぎさんがずぽっと顔を出し、鼻をひくひくさせながらあたりを注意深く見回し、それからよっこらせと穴から這《は》い出した。それから緑色のチョッキについた土を払い、穴に向かってぷうぷうと合図をする。するとまた別のうさぎさんたちがどんどん穴から出てくる――

僕らはあぜんとして、顔を見合わせた。そうしているうちにもうさぎさんたちは増えつづけ、あっという間に大所帯になった。

「これはみんな、あちらからやってきたうさぎさんぢゃよ！」

と、アインシュタイン博士は言った。うさぎさんたちはぴょこぴょこと部室に入ってくる。

「わー、うさぎさん、よく来たね～！」

と、もるちゃんはこんな非現実的な光景もアッサリと受け入れて、うさぎさんたちの頭をわしゃわしゃと撫《な》でた。もるちゃんは大人気で、うさぎさんたちが殺到している。

――と、白と黒のぶち模様のうさぎさんが何やら丸めた紙を持ってぴょこぴょこと跳ねてきて、博士に手渡した。広げると、それは日本地図だった。何やら赤ペンでマーキングされている。博士はそれを眺めてウームとうなり、

「どうやら、宇良々川《うららかわ》さんは南西の方角に飛んでいったようぢゃね」

「なんでそんなことがわかるんですか?」と、僕は訊《き》いた。

「〝観測班〟のお手柄ぢゃよ」博士は首に双眼鏡をかけたうさぎさんを指差した。「いま、うさぎさんたちが全国で宇良々川さんを捜しておる」

するともるちゃんがほっと胸を撫で下ろした。

「よかった、じゃあ、りんごちゃんは見つかるんですね……!」

「ところがそうは問屋が卸さないのぢゃよ」

博士は困ったように肩をすくめると、翠扇《すいせん》高校の位置にバツ印を描《か》き、それを起点に、南西方角へと広がる扇形を描いた。中心角は四十度ほどで、半径は長野と群馬の県境ほどまである。そしてバウムクーヘンの切れ端のような形でそれを三分割し、内側からそれぞれ、『30・60・90』と数字を書き込んだ。僕は首をひねった。

「なんですか、この数字?」

「これは、確率ぢゃよ――」と、博士は答えた。「扇形のエリア内の数字と等しい確率で、宇良々川さんはそこにいる可能性がある。最小の扇形で三十パーセント、最大で九十パーセントという意味ぢゃ」

「つまり、宇良々川さんはまだ、どの地点でもぜんぜん見つかっていないんですか?」

「そうではない、少年。宇良々川さんは絶対に見つけられないのぢゃよ」

僕は困惑して、飛行機部のみんなと互いに目を見合わせた。

「……いったい、どういう意味ですか？」

「フーム……」博士はひげを人差し指でちょこちょこと掻いてから、「難しい話ぢゃから、たとえ話から入ろうか。——量子力学ぢゃよ」

「量子力学？」

「陽子・電子・中性子といった極小の物質は、粒子と波の性質をあわせ持ち、量子と呼ばれる。有名な二重スリット実験は知っているかな？」

博士はホワイトボードに図を描いて説明する。

二重スリット実験——シンプルな手法ながら、量子の不可思議さがありありとわかる実験だ。ひとつの光源から発射した光を、ふたつの隙間《スリット》に通し、スクリーンに映すと、そこには干渉縞と呼ばれる縞模様が現れる。これは光が波の性質を持つためで、波と波が強め合う場所は明るくなり、弱め合う場所は暗くなる。それと同じことが、量子をひとつずつ発射することを繰り返した場合にも起こる。光の干渉縞と同じような密度分布でスクリーンに着地するのである。量子が波としての性質を持つからだ。

「しかし、ここに〝観測〟が加わると、とても奇妙なことが起こる——」

量子がふたつの隙間《スリット》のどちらを通ったのか〝観測〟すると、その途端に干渉縞ができなくなる。量子はただの粒のように直進してスクリーンにぶつかり、二本の縞模様を描く。

「これが、量子における粒子と波の二重性ぢゃよ――」博士はみんなの顔を見渡しながら言った。そしてめちゃくちゃ驚いているバンを見て満足そうにして、つづける。「不思議なことに、ただ〝観測〟することが量子のふるまいに影響を与えるのぢゃね。――さて、諸君がよく知っている通り、原子を拡大すると、原子核のまわりに電子が存在する。詳しいことは省くけれども、この電子は量子における不確定性原理によって、正確な位置が予測できず、常に〝確率の雲〟としてしか捉えることができない。このへんに五割、あのあたりに三割、ここいらに二割の確率……といったようにね。〝観測〟してようやく、その在処《ありか》が定まるのぢゃよ」

「む……むずかしい！」と、バンが頭をクシャクシャにした。「頭がこんがらがる！」

「我々の日常的な直感に反しているからのう、仕方がないよ」博士は優しく微笑《ほほえ》みながら言った。それからまた真剣な顔にもどって、「いまの宇良々川《うららかわ》さんは、この〝確率の雲〟と似たような状態にある。彼女はいわば、〝存在〟と〝非存在〟のあいだ、その二重性を持っていると言ってもいいぢゃろう。どこにも存在せず、同時に、この扇形のエリアのすべての領域にこの確率ぶんだけ存在している。だから彼女は、絶対に見つけられない――」

長い沈黙があった。僕は口を開いたが、なかなか言葉が出なかった。喉がからからだった。

「……じゃあ、僕らには何ができるんですか？」

するとと博士はマジックペンを置き、ひとつ息をついて、こう言った。

「――影踏み鬼ぢゃよ」

9

――『**ハカセくん、影踏み鬼、しよっか**』

僕はすばしっこい影を追いかける。笑いながら。そして、ようやく足の裏につかまえる。顔をあげると、雪姉《ゆきねえ》はそこにいない。彼女は展望台の手すりのうえに立っている。

――『**わたしは鳥になりたい**』

次の瞬間には、飛び降りてしまう。彼女はこの世界からいなくなる。
僕の足のしたに、影だけを残して。

目が覚めると、僕は泣いていた。
生まれて初めて、雪姉のいない世界での目覚めだった。
僕が分娩室に初登場してオギャーと泣いていたときにも、雪姉はこの世界のどこかにちゃんといてくれたのだ。それがどれだけ幸せなことだったのか、いまになってようやくわかった。

新しい世界の奇妙な軽さにぜんぜん馴染めなくて、僕は重たい毛布のなかで丸くなった。そして、ひよこさんタイマーを意味もなく鳴らした。かわいーね、と思い出のなかで雪姉が笑う。これが悪夢なら覚めてほしい。ピヨピヨピヨピヨピヨ……。でもやっぱりひよこさんも僕も、真っ赤なとさかさえ持たない子供で、悲しい気持ちひとつ消せない。

――夏祭りから二週間くらい経ったころ、〝ダッシュツ〟がバレた。ちゃんと偽装していたのに。それでいろいろあったけれど、結局、外部犯だとは気づかれなかった。名探偵でもない一般人の推理力なんてそんなものだ。それで、さらに頑丈な鉄格子がついて、また雪姉は閉じ込められた。でも、今度はそんなに悲愴《ひそう》感がなくて、僕らは無邪気に笑って会話していた。

「また来年、花火を見に行こうね」

「うん、今度はもっと上手くやるよ」

それから時が経って、木立が黄色くなり、冬の忍び寄りはじめたころ、雪姉の顔が見えなくなった。窓には常に薄いレースのカーテンがかかり、呼びかけても返事がない。どこかへ行ってしまったのだろうか？　ひょっとしたら入院している――？　久しぶりに何も知らないフリをしてお見舞いに行こうかと迷ったけれど、やめた。これからも〝ダッシュツ〟しつづけるためには、警戒されないようにしなければならない。

そのまま冬になった。薄曇りの日がつづき、マフラーを巻いた。ある日、親父が言った。

「今年の夏に、お前が助けた娘さん、亡くなったそうだ」

——え？　一瞬、何もわからなくなった。

夏に血を吐いた雪姉《ゆきねえ》を僕が介抱したことになり、両親がうちにお礼に来たことがあった。

「そう……なんだ」

「うん」と、親父はしょんぼりうなずいた。「うちの寺で葬式をやるんだ」

僕はぐちゃぐちゃの頭のまま、自分の部屋に行き、ベッドに腰掛けた。

雪姉が——死んだ？

そんなの嘘じゃん、冗談きついよ、あははは……。僕はまったく泣かなかった。本当にぜんぜん信じられなかったのだ。〝ダッシュツ計画〟についつい手を入れてしまうくらいに。

——そして、影踏み鬼の夢を見て、僕の心はようやく、雪姉の死を認識したのだった。

僕は一日中、毛布のなかで泣きつづけ、いつしか眠りに落ちた。真夜中に目が覚めて、一階へ下りると、リビングで親父が煙草を吸っていた。煙に線香の匂《にお》いが混じっていた。

僕がコップで水道水を飲んでいると、

「若い子が亡くなると、辛いね」

と、親父はポツリと言った。通夜に行ってきたのだ。僕は親父の斜め向かいに座った。たぶん、僕の目は真っ赤だったけれど、親父は何も言わなかった。それで、僕から言った。

「……友達だったんだ」

　そこから、堰《せき》を切ったように、言葉が止まらなくなった。何もかも話した。〝ダッシュッ〟のことも、ふたりで星を見たことも、月の裏側のことも、テルミット反応のことも、花火を見上げたことも――！　きっと恋心のこともぜんぶバレてしまっただろう。親父はまっすぐ前を向いたまま黙って聞いていた。そして僕の話が終わると、一言だけ言った。

「明日、お葬式においで」

　そして煙草を灰皿に押しつけ、換気扇を切って、二階の寝室へと上がっていった。

10

　翌日、僕は喪服を着て、葬式に出た。

　雪姉の笑顔の写真が飾られた白木祭壇の前に、棺《ひつぎ》が七条《しちじょう》袈裟《けさ》を掛けられて安置されていた。釈迦如来《しゃかにょらい》・花園法皇《はなぞのほうおう》・無相大師《むそうだいし》の掛け軸と、可愛らしい雪姉とは、かなりミスマッチだ。

　雪姉の両親は、参列の礼を述べた。

「ほんとに、急なことで……」とだけ、母親は言った。

　死因だとかは一切なし。でも僕から訊《き》くわけにもいかなかった。

　それから、臨済《りんざい》宗式の葬式が、滞りなく進んでいった。剃髪《ていはつ》、懺悔文《ざんげぶん》、三帰戒文《さんきかいもん》……。親父が仕事をしているところを初めてまともに見た。ちゃんとお坊さんだ、と思った。

「喝《かつ》！」と、引導法語をして、焼香をし、出棺となった。

遺族が棺《ひつぎ》を霊柩車《れいきゆう》に乗せ、マイクロバスに乗って火葬場へと向かう。僕は呆然《ぼうぜん》として、境内の桜の樹を見ていた。灰色の空に黒々とした枝を伸ばし、冷たい風に震えていた。

「桜の樹の下には、屍体《したい》が埋まっている——」

振り返ると、親父が立っていた。袈裟《けさ》姿でジョン・レノンみたいな丸メガネをかけていた。

「梶井基次郎《かじいもとじろう》の小説だよ。彼も肺を病んでいてね。三十一歳の若さで亡くなったんだ」

それから、煙草に火をつけた。煙がゆるゆるとのぼって枝にからみ、曇天にまぎれた。

「思うに、〝桜の樹の下〟というのは、〝月の裏側〟と一緒だよ。豊かな心というものは、暗闇の奥にも世界を持っている。桜の花と根と、月の表と裏とで、ようやくひとつの世界なんだ。たとえ病に臥《ふ》しても、魂は遠くまで飛んで、ちゃんと美しいものに出会えるんだよ」

親父の話はきっと素晴らしかった。でも、僕の小さな心では、まだそれを受け止め切れなかった。大きな救いではなく、小さな麻酔が欲しかった。

それから僕たちも火葬場へと向かった。とても清潔な建物だった。棺を炉に入れる前に、最後のお別れの時間が設けられた。棺の窓が開けられ、白百合《ゆり》に埋もれた雪姉《ゆきねえ》のきれいな顔が見えた。母親が棺にすがりついて爆発的に泣いた。僕の目からも涙があふれた。

心の暗闇で、ひとつのイメージが育っていた。すなわち〝雪姉は飛び降りて死んだ〟のではないかという妄念が——。鉄格子が嵌《は》められ、鍵のかかった密室からするりと抜け出して、彼女は自ら死んでしまったのだ。そんなこと、あり得ない。でも黒い泥のようなわけのわからないものを吸い上げて、その考えはどんどん育っていった。きっと、雪姉の脚は棺のなかでぐちゃぐちゃになっているし、母親は後悔でむせび泣いている、ひょっとしたら夏祭りの夜に僕が雪姉を連れて遠くへ逃げていたら――！

『バッカモーン！　そんなわけないぎゃろうが！』

顔を上げると、アインシュタイン博士が、棺のむこうでプンプン怒っていた。僕は涙と鼻水でベトベトになりながら、ポカンとして、周囲を見回した。誰も、この世紀の天才が見えていないようだった。博士は憐《あわ》れむような、悲しげな表情に変わり、

『論理的に考えるんぢゃよ。あの密室から自力で抜け出すことは不可能。この子は肺の病気で亡くなったんぢゃ。誰にも止めることはできんかった。少年のせいぢゃあない』

そう言われて僕は――すこしだけ安心した。

博士は雪姉の眉《まゆ》上で揃《そろ》えられた幼い前髪を優しく撫《な》でて、つづける。

『この世は美しい論理の世界ぢゃよ。月の軌道も数学的に記述される。月も林檎《りんご》も野球ボールも変わらない。人間も、よくできた機械にすぎん。魂などというものは存在しない。死ねば無ぢゃ。だから、そう悲しむことはない、少年……』

心のどこかではちゃんとわかっている。本物のアインシュタイン博士はそんなことは言わない。これは博士の伝記を読んで憧れていた僕が、たったいま作り出した幻なのだ。でも、そのチープで薄っぺらい言葉が、いまは必要だった。痛みと暗闇を心から締め出す必要があった。蛍光灯《けいこうとう》の白々しい明かりで月の裏側をすっかり照らし出してしまうみたいに。

蓋《ふた》が閉じられ、棺《ひつぎ》は火葬炉へと入れられた。

僕は麻痺《まひ》したような、凪《な》いだ心でそれを見ていた。胸の真ん中に、冷たい針で刺したような痛みだけひとつ、残っていた。ひとり火葬場を出ると、上手く言葉にできないそれがそのまま、風景としてそこにあった。薄らと白く染まった街が、涙で滲《にじ》んだ。

白い息が、ほうっと空にのぼっていった。

切なさが、降っていた。

音もなく。

11

アインシュタイン博士の影が、僕の足元まで長く伸びていた。ひょこひょことコミカルに揺れている。僕はそれを踏んでみた。影はするりと足裏から逃げた。

『影踏み鬼ぢゃよ』――

と、ついさっき博士が言ったことを反芻《はんすう》する。

『宇良々川《うららかわ》さんの代わりに、彼女の〝影〟を見つけなければならない』――

それから部活を解散すると、博士は僕を連れ出したのだった。前を歩く博士についていくと、開成山《かいせいざん》公園へと入っていった。それから僕らは『開拓者の群像』のそばに腰掛けた。僕は宇良々川さんとここで過ごしたあの夜のことを思い出した。ひどく懐かしいような気がした。

「『貧しき人々の群れ』という小説を読んだことは？」と、博士が訊《き》いた。

「……父から題名は聞いたことがある……気がします」

「一九一六年、当時十八歳の宮本百合子《みやもとゆりこ》という女性が発表した。そこには、開拓によってできた桑野《くわの》村農民たちの、極貧の生活が描かれた。『人間の住居というよりも、むしろ何かの巣といった方が、よほど適当しているほど穢《きたな》い家の中は、窓が少《すく》ないので非常に暗い』――」

それから博士は銅像に目をやった。立派な公園のなかに建つ像に。

「……ずいぶん、豊かになりましたね」

と、僕は意図せず達観した調子で言った。

「うむ。しかし、豊かになったら、今度は心の問題で苦しんでいる。馬鹿にしているわけぢゃないよ。順番なのだ。まずは生存の問題がやってきて、それから魂の問題がやってくる――」

博士はしわだらけの手のひらを太陽にかざし、隙間《すきま》から漏れる光を見ながら、つづける。

「人間が絶望するときというのはね、暗闇のなかにいるときぢゃあないんだよ。希望という光が見えさえすれば、それでなんとかやっていける。たとえ地下深くでせっせと炭鉱を掘るような毎日でもね。しかし光が見えなくなると、絶望が始まる。だから、光のなかにいるのも辛いことぢゃよ。――『ビュリダンのロバ』は知っているかね？」

「ふたつの干草の山のどちらを食べようか迷っているうちに、餓死してしまうやつですか？」

「その通り。羽のような自由でさえ、ときに足が折れるほどの重荷になる。心というものは実に複雑ぢゃよ。たとえ宇宙がひとつの美しい方程式で表されたとしても、心はそうはいかん」

僕は沈黙した。自分の靴の先っぽを眺め、ちいさな噴水の音を聞いた。

「……僕には、正直、宇良々川《うららかわ》さんの気持ちがわかってないと思います」と、僕は言った。「ありがたいことに僕は両親に愛されて育ったし、あんなに自己嫌悪したこともないし、吸い込まれるような暗い重力を感じたこともない……」

「ウム……」と博士は相槌《あいづち》をうった。「しかし少年は、宇良々川さんが飛んでいく直前に、彼女のために泣いたぢゃあないか」

「あれは……共感したんです。でも、彼女が具体的にどんな気持ちなのか、言葉にできない」

「言葉にする必要はないんぢゃよ。大事なのは、じっと寄り添うことぢゃ。真夜中のかいこのように、静かに、我慢強くね。ワシは十六歳のとき、ひとつの疑問を抱いた。『光の速さで光を追いかけたらどうなるんだろう』とね。その日からそれが、ワシのための〈謎《エニグマ》〉となった。

他の人ならアッサリ捨ててしまうだろうそれを、ワシはずっと大事に抱《かか》えつづけた」

「……そしてそれが、後年、相対性理論として結実した」

「その通り。それがほんとうに考えるということぢゃよ。宇良々川さんが少年にとっての〈謎《エニグマ》〉なら、そんなふうに全身全霊をかけて向き合わなければならないよ」

「……わかりました」僕はうなずいた。

「少年と宇良々川さんとは、かろうじて細い糸で繋がっている。大切なのは、心の底からほんとうに求めることぢゃよ。それしか方法がないとも言えるがね」

僕はそのまま、博士を連れて、病院へとむかった。ギプスを取る予約をしてあったのだ。博士が診察室まで一緒に入ってきたのでぎょっとしたが、誰も反応を示さなかった。どうやら、博士は僕と飛行機部のみんな以外には見えないらしい。彼は僕の担当医をしげしげと見て、

「このお医者さんは、やたらと湯川秀樹《ゆかわひでき》博士に似とるね」

「湯川博士と知り合いでしたっけ？」

「彼に、謝罪したことがあるのぢゃよ。泣きながらね」

しわの入った額《ひたい》にうっすらと汗をかいていた。それで僕は、原爆のことを思い出した。

ギプスが割れて、白く痩《や》せ細った脚が、そのしたから現れた。


——それから僕は、アインシュタイン博士を家まで連れて帰った。

「わしは何も食べないし、お風呂《ふろ》に入る必要もないから、おかまいなく」

博士はそう言って、押し入れに布団を敷いて収まった。ドラえもんスタイル。

「え、大丈夫ですか？」

「わしは架空の存在ぢゃからね」と、博士はなぜか自慢げに言った。

「押し入れが臭くなりませんか？」

「ならんわい。なかなか失礼ぢゃな、少年……」

博士は糸のように目を細めると、やれやれと首を振って押し入れの戸を閉めてしまった。

——数分後、階下で夕飯を食べていると、僕の部屋のほうからガタンと物音がして、親父がぽかんと口を開けて天井を見た。坊主頭が蛍光灯《けいこうとう》で光った。

「一成《いっせい》、窓開けけっ放しできた？　猫でもまぎれ込んだかなあ？」

たぶん猫じゃなくて天才物理学者である。

「……そうかもぉ……」

と、僕は冷や汗をかきかき、夕飯をかき込み、急いで部屋に戻った。

——あぜんとした。

押し入れの戸が思いっきり外れて、床に博士が白目をむいて倒れていたのである。

「博士——！」と僕はその頬《ほお》をぺちぺちと叩《たた》いた。

するとハッと博士は気がついて、

「あ、スマン寝ておった」

「え、寝てたんですか!?」

「ワシは毎日十時間、たっぷり眠るタイプぢゃからね」

「寝相がダイナミックかつ不穏すぎませんか、博士?」

「スマンスマン、もっとしおらしくするよ。どんぐりで家賃を支払うリスみたいに」

と博士はあくびをして押し入れの戸を直し、イソイソとまた潜り込んだ。うーん、と僕はうなった。リスどころか爆弾を抱《かか》えているような気分である。

それから飛行機部でグループ通話をした。アインシュタイン博士の言った〝影〟について、僕らで情報をまとめる。すると、たったの二項目になってしまった。

①〝影〟は、いわば鏡に映る像のようなもの。
②〝影〟は、どんな姿をしているかわからない。

『そんなの、どうやって探せばいいんだよ……』オユタンはそれから彼一流の皮肉で、『せめてイカとタコのどっちに似てるのかくらいわからないと、どうしようもなくないか?』

もっともだ。口々に賛同の声があがる。――と、ある種の予感をともなって、脳裏にひらめくものがあった。スノウバード号が墜落する直前、ふいに現れた、〝顔のない女子高生〟――

「ひょっとしたら、あれが宇良々川《うららかわ》さんの〝影〟だったのかもしれない……」

それから僕は、驚くみんなに、〝顔のない女子高生〟にまつわる話をした。彼女が最初に出てきたのは夢のなかだったから、不思議な夢に関する話から始めなければならなかった。

話が終わると、五十部《いそべ》は『うーん……』となった。

『こうなったら、もう何が起こっても信じるしかないんだろうな……』

『こ、怖い話だねぇ……』と、ハムスターのアイコンがか細い声で言った。ひちょりである。

「なんだか、夢の世界と、現実の世界が混じりだしてるって感じがするんだ――」と、僕は言った。「博士が言ったように、心と世界とは繋がっていて、その境界線が曖昧《あいまい》になってる。だからあちらからこちらに、〝彼女〟はやってきた。アインシュタイン博士や、うさぎさんたちがやってきたみたいに……」

『〝顔のない女子高生〟……』と、ユージンがつぶやいた。

長い沈黙があった。それから、もるちゃんが言う。

『わたし、りんごちゃんの心にどんな問題があったのか、ちゃんと知っておきたい。じゃないと、ちゃんと見つけてあげられないって感じがする』

いつもふわふわしているけれど、肝心なときは頼りになるもるちゃんだった。

宇良々川さんの個人的なことなので迷ったけれど、話すことにした。母親との関係や、部活のこと、ずっと〝無音〟を聴いていたこと……。

『そっか……ぜんぜん知らなかったな、りんごちゃんのこと……』

もるちゃんは悲しげに言った。僕らは沈黙を噛《か》みしめた。

『……絶対、宇良々川さんを見つけてやろうぜ』と、バンが言った。

――通話が終わると、押し入れの戸がスッと開いて、博士が寝大仏の姿勢で顔を出した。

「少年、もう一度言うが、大事なのは心の底から求めることぢゃよ」

「……わかりました」

「おやすみ、少年」

そして、押し入れの戸はスッと閉じた。

12

気がつくと、僕は暗い道を歩いていた。どうやら洞窟《どうくつ》のような場所らしかった。足元は濡《ぬ》れた土で、物音は不気味に反響する。僕は朦朧《もうろう》としたまま、足を前に進めた。

どこからともなくピアノの音色が聞こえてくる。――と、ふいに、遠くに明かりが灯《とも》った。近づいていくと、それは炎の明かりだとわかった。洞窟は途中から石造りの通路へと変わり、その突き当たりに、鉄で補強された木の扉があった。見覚えのある扉だった。

僕はハッと我に返り、立ち止まった。すると、背中に何かがボヨンとぶつかり、おわっと声がした。声は連鎖した。どわっ、うわっ、きゃっ、ひゃっ、ひょえっ――！

振り返ると、薄暗がりに、奇妙な人物たちが尻《しり》もちをついていた。とんがり帽子、丸ボタンつきのチュニック、そのうえから巻いた腰のベルト、ズボン、革の靴……。まんまるな体に、短い手足と、大きな頭のついた、三頭身のスタイル。

――こびとだった。

全部で六人いる。――いや、七人だ。僕の体もまた、いつの間にかこびとになっていた。

僕らはアッと声をあげてパッと後退《あとずさ》りし、それからまたじりじりと近づいて互いに目を合わせ、ぱちぱちとまばたきした。

「あっ――！」と、無精髭《ひげ》の生えたこびとが言った。「よく見ると、みんなじゃないか！」

「あれっ、五十部《いそべ》？」と、僕はかん高くて間抜けな声で言った。

するとこびとたちも目を丸くして、キーキーと高い声で何事かをいっせいに喋《しゃべ》った。よく見ると、みんなどことなく面影がある。眉《まゆ》が吊《つ》り上がっているのはバンだし、まつ毛が長いのはもるちゃん、ハープ持ちはユージン、ガスマスクはオユタン、半透明なのはひちょりだ。

「どこだここ？　なんでこんな格好になってんだオレたち？」と、バンが首を傾げた。

「ここはたぶん、さっき話した、不思議な夢のなかだと思う――」と、僕は言った。「なんでこんな姿になってるのかはわからないけれど……」

それから僕らは、木の扉に近づいていった。そこから、ラヴェルの『蛾《が》』が聞こえてくる。

「いつも夢に出てくる扉だ……」と、もるちゃんが言った。

それから僕らは、下から五十部、バン、僕の順に肩車して、鉄格子のはまった小窓から覗《のぞ》き込んだ。すうっと吸い込まれるような感覚……。それから、暗闇の奥に、不気味な赤い目が開いた。瞳に暗闇がぐるぐると渦を巻く、人間の形をした目――。煙草の火が輝き、にやにや笑う恐ろしい赤い口が、もうっと煙を吐き出した。そして、煙と暗闇の奥から、その姿が浮かびあがってきた。イギリスの近衛兵みたいな赤いタキシードを着た、巨大なうさぎ……。

「やれやれ、来てしまったんだね」と、うさぎさんは人間の指でグランドピアノを奏でながら言った。「久しぶりだね、ハカセ。あらら……もるちゃんもいるじゃないか」

「うさぎさーん」と、もるちゃんは呼びかけた。「なんか、いつもと声違くない？」

「ハカセが掘った穴を通り抜けてきたせいだね。夢の奥では物事が混ざり合ったり、暗号化されたりして現れる。『ウサギ』↓『不思議の国のアリス』↓『チェシャ猫』↓『ひちょり』という連想から、ぼくの声にひちょりの声が混じっているんだよ。きみたちが『七人のこびと』の姿をしているのも、『白雪姫』からの連想さ……」

「ふーん」

「……さすがもるちゃん、あんまり驚かないね……」

うさぎさんはちょっと当惑しているようだった。僕は訊《き》く。

「僕たち、宇良々川《うららかわ》さんの〝影〟を捜してるんだけど……」

「知っているよ——」と、うさぎさんはニヤリと不気味に笑った。「そこの燭台《しょくだい》を持っていきな。そして、自分の心に従って進むといい」

「……わかった、ありがとう」

「もるちゃんをよろしくね。うさぎはみんな、もるちゃんが好きなんだ。（だから、宇良々川《うららかわ》さんは脅迫しろって言ったんだ。そしたらこんな危ないところまで……）」

最後のほうは上手く聞き取れなかった。僕は別れを告げて、こびとタワーから下りた。

「またね、もるちゃん、うさぎさーん」

と、もるちゃんは言った。きゅう、と返事があった。

僕は左手の壁のへこみにある、二羽のうさぎさんの石像が捧げ持つ、銀皿に取っ手がついただけの素朴な銀の燭台を手に取った。それから、来た道を引き返した。——と、通ってきたはずの穴は消え、そこに石壁が現れた。

右手に上り階段があった。僕らは顔を見合わせ、おそるおそる上っていった。何か銃声のような音が聞こえ始めた。やがて、見憶《おぼ》えのある玄関が、蝋燭《ろうそく》の明かりのなかに現れた。木製のくつ箱、にんじんの刺繍《ししゅう》のスリッパ、銀フレームのオーバルミラー……。自分の体が小さくなったので、広々として感じられる。リビングから、青白い光が漏れていた。銃声や砲声、悲鳴のような音がそちらから響いてくる。僕は人差し指を口の前に立ててみんなに見せ、蝋燭の火を手のひらで隠しながら、リビングを覗《のぞ》き込んだ。

僕は息をのんだ。

〝顔のない女子高生〟が、そこにいた。

後頭部にぽっかりと空いた穴のむこうに、テレビ画面が見えた。モノクロの戦争映画が映し出されている。さあっと全身に鳥肌が立った。みんなも覗き込んで、石のように固まった。

――と、次の瞬間、パッとテレビが消え、そして再び点《つ》いた。

ひっ、とユージンが息を呑んだ。〝顔のない女子高生〟はその一瞬で消えてしまったのだった。僕らは脂汗をかきながら顔を見合わせ、リビングに踏み込んだ。

しかしそこには、誰もいなかった。

テレビ画面に、不気味な映像が流れていた。ニュースだった。翠扇《すいせん》高校に通う女子高生が、学校の屋上から飛び降り自殺したと報じていた。彼女の名前と顔写真、ついで謎の文章が映る。

宇良々川りんご（17）

『はんぷてぃだんぷてぃおっこちた（2023）・うさぎどし・みずのとう』


「何これ、どういうこと……？」ともるちゃんが怯《おび》えたように言った。

僕はかつて巨大なうさぎさんが言ったことを思い出した。

『ここまで来ると、世界と意識が繋がり、夢と現実の境目がなくなる。時間は存在しなくなり、因果は混乱をきたし始める』——

宇良々川《うららかわ》さんは〝存在〟と〝非存在〟のあいだの状態にある、とアインシュタイン博士は言っていた。だとしたらこのニュースは、彼女が〝非存在〟であるときの過去なのかもしれない。昨年、飛び降りることができてしまった場合の世界——

ふいに、蝋燭《ろうそく》の明かりのなかに、小さな黒い影が舞った。——蝶《ちょう》だった。黒揚羽《あげは》。ひらひらと、玄関のほうへと飛んでいく。僕は直感的に、それを追いかけた。黒揚羽は玄関を横切り、階段のほうへ。そして、ついさっきまではなかった上り階段をあがっていった。

——と、ふいに、「あのさ」と高い声で呼び止められた。

「みんな、ごめん——」ユージンがしょんぼりと肩を落としていた。「スノウバード号が落ちたとき、弱気になったりして……。みんながんばってたのに……」

僕らはしんとなった。蝋燭がしずかに揺れた。バンがユージンの背中を叩《たた》いた。

「そんなん、いいって。もう誰も気にしてねえよ。なあ、みんな?」

僕らは微笑《ほほえ》んで、うなずいた。

「俺も言いすぎたよ、悪かったな……」とオユタンは言った。

「こんな怖いとこまで一緒に来てくれてありがとう」と僕も言った。心からそう思った。

ユージンは泣きそうな顔でうなずいた。

それから僕らは、階段をのぼった。そこは、宇良々川さんの家の二階と全く同じだった。どこからか、彼女が泣く声が聞こえてくる。

しくしく……

しくしく……

しくしく……

彼女の部屋からだった。バンはぶるぶると震えながら、

「マジで怖すぎるって……。ちょっとみんなで歌おうぜ……」

と、なぜか歌い出した。なんだか小学生の肝試しみたいだ。けれどみんなも同じくらい怖くて、ヤケクソ気味に甲高い声を合わせて歌った。ユージンも適当にハープをかき鳴らす。

ハイホー、ハイホー、仕事が好き〜〜〜♪

そして、そのままの勢いで、宇良々川さんの部屋のドアを開けた。

眩《まぶ》しい光が目を刺した。


ゆっくりと目を開けると、そこは――学校の屋上だった。

13

一瞬、混乱した。しかし確かにそこは、翠扇《すいせん》高校の屋上だった。

灰色のペンキを塗り込めたような鉛色の空と、コンクリートでできた屋上——

そのふたつのあいだ、落下防止柵の向こう側に、〝顔のない女子高生〟が、立っていた。

顔にあいた楕円形の穴のむこうに、鉛色の雲が淀《よど》んでいる。その頭上、遠くの空には真っ黒い巨大な穴が空き、ゆっくりと渦を巻いていた。
ブ、ラ、ッ、ク、ホ、ー、ル、だ——と、僕は思った。
とんでもない高密度・高重力の天体。物質も光も何もかもを吸い込んで、決して返さない恐ろしい空間の穴。ここが夢の世界ではなかったら、地球はとっくに終わっているはずだった。あらゆるものを呑み込み、『$E=mc^2$』の物理方程式に従って、質量を危険な高エネルギー放射線に変換して吐き散らす……。

「宇良々川《うららかわ》さん……?」と、僕は呼んだ。

次の瞬間には——彼女は飛び降りていた。

あっ! と声をあげて、僕らは駆け寄っていく。

——直後、彼女は落下した。今度は、空へと。

郡山《こおりやま》駅の方角にある、ブラックホールのほうへと飛んでいき、あっという間にちいさな点となって消えてしまった。やがて、不気味な音が鳴り響いた。まるで空を泳ぐ無数の透明な魚が、いっせいに断末魔をあげるような——

「なんだこれ、何が起こってるんだ……？」と、オユタンが言った。

ブラックホールを頂点として、ごま粒みたいなものが巨大な淡い円錐を曇天に描きつつあった。どうやら、僕たち以外のあらゆるものが吸い込まれつつあるみたいだった。

「うわあ……とんでもない光景だねえ……」

と、ひちょりもびっくりして姿を現している。

「ハカセ、どうする……？」と、五十部《いそべ》が訊《き》く。

「たぶん、宇良々川さんはあのなかにいると思う。だから僕も行かないと……」

「正気か……？　そんなのどうすればいいんだよ……」

そのとき、もるちゃんが大声で呼んだ。

「うさぎさーん！　手を貸して！」

すると、一匹のうさぎさんが、校庭隅にある飛行機部の部室から走り出てくるのが見えた。耳をぴんと立てて、何やら合図する。次の瞬間、うさぎさんたちがどーっと雪崩のように部室から湧き出てきて、校庭で何かを組み立て始めた——

僕らは顔を見合わせ、大急ぎで校庭へと下りる。

思わず、うわっ、と声をあげた。みんなも歓声をあげる。

――スノウバード号だ。

壊れる前の姿で、しかもこびとサイズだった。僕らはうさぎさんたちを手伝って、機体を組み上げる――。あっという間にできあがった。復活したその美しい姿を見たら、なんだか涙が出そうになった。うさぎさんたちはピンと耳を立てて敬礼する。

「いや、これじゃまだ足りない――」と、僕は言った。「ブラックホールに近づくにつれ、重力が弱くなっていくとしたら、揚力との均衡が崩れて、飛行機は宙返りしてしまう……」

するとうさぎさんたちは顔を見合わせ、パッとどこかへ走り去った。それからどこからともなくガスボンベを四本持ってきて、スノウバード号へとあっという間にとりつけた。

二羽のうさぎさんがガス噴射要員として主翼にしがみつき、僕はコックピットに乗り込む。みんなが配置につく。右翼を五十部《いそべ》、左翼をバンが支えているのが見えた。

心臓が死ぬほど暴れていた。僕は呼吸を整え、号令をかける。

「ペラ回します――！」僕はペダルを漕ぎ始める。夢の世界では怪我《けが》をしていないから、まったく問題ない。力が駆動系を伝わっていき、機体前部のプロペラを回す。スノウバード号がいまにも飛びたそうに、うずうずと震える――

「3・2・1――GO！」

一気に走りだす。流線型のフェアリングの表面がびりびりと震える。翼が風を切る――

ぞくっ、と背筋に鳥肌が立った。

スノウバード号は地面を離れ、舞い上がった。背後でみんながさけんでいる。

「うおおおおりゃあああああ！　行けえええええええっ！」バンの声がいちばんでかい。

機体はぐんぐん上昇していく。が、しかし、高度が足りない。このままでは防護ネットに引っかかる。――そのとき、ブシュゥウウッ！　という音とともに、ぐんっ、と機体が急加速した。どうやら四本のガスボンベのうち、二本はロケットスタート用だったらしい。

防護ネットの頭を飛び越え、大空へと羽ばたいていく――

じわっ、と思わず涙が出た。夢だったのだ。ずっとずっと飛びたかった。こんな大変なときだけど、信じられないほど嬉《うれ》しくて、気持ちよかった。

僕は街の上空を、郡山《こおりやま》駅のほうへむかって飛んでいく。左手に、『開拓者の群像』のある開《かい》成山《せいざん》公園が見える。ブシュゥウウッ！　と揚力とは反対方向にガスが噴射される。周囲にはあらゆるものが浮かんでいた。看板、屋根瓦、自転車、自動車、家具、その他もろもろ――。すぐに、機体は郡山駅上空まで到達した。

突然――雨が叩《たた》きつけるように降った。風も吹き荒れた。人力飛行機は強い風は想定していない。僕は必死になって舵をとった。こんなものはもう、勘でやるしかない。

すさまじい稲妻が走った。ビッグアイのビルが鏡のように光った。僕は空間の歪《ゆが》みをこの目でまじまじと見た。街がブラックホールを中心に、球体のように歪んでいるのである。あのなかに飛び込んだら、どうなってしまうのだろう？　スパゲティ効果で全身がバラバラになるかもしれない。凄《すさ》まじい重力のせいで時間が極度に遅くなり、あっという間に未来へ飛ばされるかもしれない。あるいは事象の地平線を超えて、二度と戻って来られなくなるのかもしれない。光ですら脱出不可能となり、あらゆる情報はこちら側へと届かなくなる。そこは宇宙の果てであり、そちらへ渡ることは事実上、死を意味する――

「でも、行くしかない――」

僕はスノウバード号とともに、ブラックホールへと、飛び込んでいった。

14

目が覚めると、びっしょりと全身に汗をかいていた。

窓からは、夜明けの幽《かす》かな光が差し込んでいる。

夢の内容を思い出そうとする。ブラックホールに飛び込んだところまでは記憶にあった。それから暗闇のなかをさまよった気がする。その時間の感覚が奇妙だった。ほんのちょっとの時間だったような気もするし、永遠に長い時間だったような気もする……。

――と、違和感に気がついた。

世界が、静かすぎる……。

布団がこすれる音や、窓の外で小鳥が鳴く声はちゃんとするのだけれど、なぜか異様に静かなのだった。しばらくベッドのうえでじっとして、ハッと気がついて、けんけん跳びで机へ。

孔明先生入りのスマートウォッチを身につけると、画面に心拍数が映し出される。


――〝0《ゼロ》〟。


僕の心臓は鼓動していなかった。簡易心電図はどこまでも平らだった。体温は正常のまま。まるで心拍だけが身体からそっくり抜け落ちてしまったみたいに。

「やれやれ、少年、きみは帰り道を見失ってしまったようぢゃのう――」

振り向くと、押し入れからアインシュタイン博士が這《は》い出してきた。彼はのびをして、コキコキと首を鳴らした。

「どういうことですか?」

「言ったはずぢゃよ。**『あまりに深く夢の奥へ入りすぎると、戻れなくなってしまう』**。きみは夢から正しく帰ってくることができなかったのぢゃよ」

身体の芯が冷たい金属の棒のように冷えるような心地がした。

「……いったい、僕はどうなるんですか?」

「宇良々川《うららかわ》さんを見つけて、一緒に帰ってくるしかないよ」

博士はどこか悲しげな表情でそう言った。まるで、死に際の患者を診た医師が、気の毒そうに『もうダメかもしれません』と告げるときのように。

——二時間後に、飛行機部の面々が、部室に集合した。

「エヘン——」と博士は咳《せき》払いをして、言う。「昨晩、きみたちは宇良々川《うららかわ》さんの〝影〟を見つけたようぢゃね。おかげで波動関数が収縮し、〝観測班〟が宇良々川さんの姿を捉えることに成功した！」

それから、ホワイトボードにかけてあった白い布をバッと取り払った。謎の演出である。そこには、UFOの写真めいたものが引き伸ばされて貼《は》ってあった。おおおお～と、謎の拍手がおこる。首からカメラを提げたうさぎさんが、照れくさそうにぷうぷうと鳴いた。

「これ……宇良々川《うららかわ》さんか……？」バンは目を細め、写真に顔を近づけた。

そこでもるちゃんが、赤ペンで『髪』とか『スカート』とか『脚』とかの各部位を丸でかこんで、ようやく人間だと認識できた。

「なんだか、ロールシャッハテストじみてるな……」

と、オユタンが言った。博士がエヘンと再び咳払い。

「さて、これが撮られたのは本日早朝、長野県、槍ケ岳《やりがたけ》上空——」博士は地図にバツ印を書き込んだ。「撮影時の進行方向や速度から割り出した、彼女の存在予測はこうなる」

それから先日と同じように、扇形を地図上に描いた。経過時間が短いだけあって扇形は小さく、円弧の端はまだ岐阜県内にあった。当然のことながら、時間経過とともに扇は大きく広がり、やがては若狭湾《わかさわん》や伊勢湾《いせわん》まで範囲に入るようになるだろう。一抹の不安がよぎる。

——宇良々川さんが海に落ちてしまったら、どうしよう?

「……僕、先回りするよ」と僕は、扇形の先にある滋賀県を指差した。

「先回りしてどうするんだ?」五十部《いそべ》が首を傾げる。

「昨晩みたいに夢のなかで〝影〟を見つけたとき、近くにいたほうがいいかと思って……」

自分で言っていてなかなか苦しい理屈だなと思った。自分の胸の内を探って、驚いた。どうやら僕はただただ、宇良々川さんが心配でいてもたってもいられないだけなのだ。

しかし意外にも、アインシュタイン博士はウムと力強くうなずいた。

「少年と宇良々川さんとは、細い糸で繋がっておる。近くにいたほうがいいぢゃろう、実際」

——そういうわけで、僕は学校を休んで滋賀県へと向かうことになった。準備を整えるために、一度、帰宅する。午前八時半だった。

「あれ～、どうしたの一成《いっせい》、学校は?」

スウェット姿の親父がリビングから玄関までやってきて、目を丸くした。口元にはしょうゆだかソースだかがついていている。

「ちょっと事情があって……」

親父に頭を下げるのは癪《しゃく》だけれど、仕方がない。僕は両手を合わせる。

「一生のお願いがあるんだけれど……」

「え？　お金？」

「……」

なかなか鋭い坊主である。

「いくら？」

「五万……くらい……？」

「なんだか判然としないねえ……」親父はジョン・レノンみたいな丸メガネのむこうで目を細め、それからやれやれと肩をすくめた。「まあいいよ、貸したげる。利子つけて返してね」

「なんパー？」

「肩たたき券でいいよ」

めちゃくちゃ嫌だ……。利子百パーセントのほうがまだマシである。しかし逆らっている場合ではない。肩だろうが木魚だろうが一心不乱に叩《たた》きまくる覚悟を決め、ニッコリ笑ってお礼を言い、二階へと駆け上がった。それから僕の部屋のクローゼットを引っ掻き回し、三分で旅支度を済ませてまた階段を駆け下りる。

「親父、ごめん、もう行かないと！」

「えっ、もう!?」

親父はあたふたと秘密の封筒を持ってきて、そこから五万円抜き出してくれた。現物を前にするると、ありがたさと申し訳なさがわきあがってくる。

「ええと、その……しばらく帰れないかもしれなくて……」

「別にいいよ――」と親父は柔和な表情でさえぎるように言った。「何かやむにやまれぬ事情があるんでしょ？　母さんにも上手いこと言っとくから」

僕はややためらってから、お札を受け取った。

「がんばれよ。背中貸しな――」

それから親父は「喝《かつ》！」と言って、僕の背中を叩いた。

「ありがとう、行ってきます……」

親父はふにゃりと微笑《ほほえ》んで、手を振った。

玄関から外に出ると、アインシュタイン博士が待っていた。

「行こう、少年――」と、博士は言った。

15

まずは郡山《こおりやま》駅から、東北新幹線で、東京へと向かう。

新幹線に乗ると、博士は堂々と無賃乗車をして、空いていた隣の席に座った。発車してからすぐに、車掌さんがやってきた。博士のことをちらりと見たように思ったけれど、何も言わずそのまま通りすぎていった。

それから、飛行機部のグループチャットに、ユージンの書き込みがあった。

『やばいよ、昨日の無重力現象がめちゃくちゃ騒がれてる！』

調べると、ＳＮＳに昨日の動画がアップされて、ものすごく拡散されていた。撮影者は興奮してめちゃくちゃに騒ぎながら回転しつつ、無重力になった教室を画面に収めていた。

わっと血液が沸騰するような感覚があった。宇良々川《うららかわ》さんが映り込んでいたのだ。彼女は泣きながら、廊下を通りすぎていった。

「肖像権の侵害じゃん……」

と僕は、その一瞬で生まれた複雑な感情を、投稿者への怒りに転嫁してつぶやいた。嫌な汗をかきながら、反応コメントを見ていく。『ふつうにＣＧでしょ？』というものもあれば、正面から信じ込んでいるものもある。

「うーん……」と僕はうなった。「陰謀論まで盛り上がってる……。なんでこれが、政府の実験ってことになるんだろう？」

「彼らが自分のための物語を必要としているからだじゃよ――」と、博士は言った。「人生には暗闇の奥へと入っていかなければならない時節というものがある。望むと望まざるとにかかわらず、それはどうしようもなくやってくる。そのときに助けとなるのが、物語じゃよ。それはある種の灯火として機能する。暗闇を追い払い、ぬらぬらとした洞窟《どうくつ》の壁や、危険な生き物の這《は》いまわる道を照らし出す……」

　僕はいつの間にか、その光景をイメージしていた。とても具体的に。まるでその場に実際にいるみたいに。博士はつづける。

「しかしいつしか、すべてをその灯火の明かりを通してしか、見ていないことに気がつく。あらゆるものに灯火の色がつき、あらゆる影は遠ざかる。まるでそのちいさな灯火が世界の中心であるかのように。——だから、ほんとうに世界を自分の目で見ようとするなら、いずれ灯火を手放さなければならない。孤独や不安にじっと耐え、目が暗闇に慣れるのを待たなければならない。それができずにいつまでも灯火を持ちつづけると、それは狂気と呼ばれるものになっていく。だからかえって、暗い火より、明るい光のほうが危険なのぢゃよ」

　僕にはいまひとつ理解できなかった。しかしどうしてか、博士の言葉はそっくりそのまま、お腹のなかに残った。

　——それから一時間ほどして、そろそろ東京に着くころになって、またグループチャットにメッセージがあった。どうやら、騒ぎが収束しつつあるらしい。もるちゃんが動き、学校を味方につけて鎮圧したそうな。かなり政治的で器用な立ち回りだった。ＳＮＳでは、最初に本物の動画を投稿した生徒のアカウントから、ＡＩ生成の類似動画が次々とアップロードされていて、『なんだ、やっぱり偽物か……』と、つまらない手品の種明かしをされたようにサーッと人が退《ひ》いていった。もちろんそれも、もるちゃんの手管によるものである。

「さすが叡智《えいち》のうさぎさん……」と、僕は思わず笑ってしまった。

東京駅には、十一時半ごろに着いた。

慣れない人や情報量の多さに戸惑う僕を、博士は「こっちぢゃよ、少年——」と手招きして、なんの迷いもなく進みだす。両手を背中で組んで、心持ち猫背で、ひょこひょこと不器用な感じで歩いていくのに、不思議と誰ともぶつかったりしない。まるで海のなかの魚の群れがそうであるみたいに。そこにはある種の、意志のしずかな響き合いみたいなものすら感じられた。

それから東海道新幹線に乗り込んだ。また偶然にも隣が空いていて、そこに博士が座る。ふたりで駅弁を食べた。買ったのはひとつだけで、博士のぶんはどこからともなく魔法のように現れた。紐《ひも》をひっぱるとアツアツになる牛タン弁当。博士は愉快そうに笑った。

「ほーっほっほーっ！　なかなか面白い仕掛けぢゃあないか！」

「生石灰と水の反応熱です」

と、僕は言った。まあ、たぶん博士にはわかっているだろうけれども。

食べ終わると、急に眠気に襲われた。とても強い眠気だった。まるで足首を掴《つか》まれて、浅瀬から深みへと引き摺《ず》り込まれるみたいな——。ごうっと音が響き、きぃんと耳が鳴った。トンネルだった。窓の外を過ぎていく景色が、暗黒へと変わった。

そこに、ちいさな火が灯《とも》った。

こびとが、燭台《しょくだい》を持って、暗闇をさまよっている。

それは——僕だった。僕は半分眠り、半分目覚めて、眠りの世界の僕をぼうっと眺めていた。こびとは永遠に暗闇のなかをさまよいつづけていた。僕はこびとであり、こびとは僕だったけれど、お互いがいる場所では時間の流れ方が違うのだ。いや、時間の流れという表現はふさわしくないかもしれない。ここでは時間はちっとも流れずに、まるで恐ろしい海のように、とてつもない量としてこびとを呑み込んでいた。

燭台にしがみつくようにして、時間の腹のなかを、とぼとぼと歩いていく——

永遠とすこしが経ったころ、木の扉が目の前に現れた。暗闇にただ扉だけが、ぽつんと立っている。背が低いせいで、火の頼りない明かりに、扉の上辺は闇に繋がっているように見えた。僕は息をつめ、背伸びをして、光る真鍮のドアノブを、しずかに回す——

そこには、部屋があった。板張りの部屋だった。右手に卓上ランプの灯る机があり、アインシュタイン博士がこちらを向いて腰掛けていた。彼は肘《ひじ》を机につけて、左手の指先を深い皺《しわ》の入った額《ひたい》に当てていた。その顔は苦悩にゆがみ、大きな影が背後の壁に映し出されていた。向かいの壁の中央には窓があり。その左手の壁には大きな振り子時計が掛かっていた。振り子は斜めの角度のまま動いていなかった。

僕はおそるおそる部屋に足を踏み入れ、博士の目の前にある二枚の紙を手にとった。英語でタイプされた、一九三九年八月二日付の手紙だった。宛先は、フランクリン・ルーズベルト大統領……。僕は生々しい苦悩をそのまま剥製《はくせい》にしたような博士をちらりと見て、それから手紙を読んだ。そこには、ナチスが核兵器を手にする可能性への警告と、その抑止のためにアメリカ政府が先に開発するよう促す文章が書かれていた。末尾には博士のサインが書かれている。

「〝アインシュタイン＝シラードの手紙〟……」

僕は無意識のうちに、高くかすれた声でそうつぶやいていた。これは、歴史上とても重要な手紙だった。この影響もあり、三年後にはマンハッタン計画が動きだし、原子爆弾が作られていったのだ。

そのとき、窓の外に閃光《せんこう》が走った。すさまじい赤い光が瞬時に満ちて、窓の格子の背骨のような影を床に焼きつけ、博士の影を消しとばした。目が眩《くら》んだ。馬鹿でかい空気の塊のようなものが、部屋にぶつかるのがわかった。びりびりと窓が揺れた。

目をゆっくりと開けると、窓の外に巨大なきのこ雲が立ち昇っていた。

いつの間にか、アインシュタイン博士は消えていた。

時間は凍りついたままだった。

僕は憑《つ》かれたように、その窓から外に出て、きのこ雲に向かって歩いた。そこは影の街だった。すべての建物は、ただ真っ黒いだけの立体的な影でしかなく、赤い光を背景に、不気味な森のように静かだった。どこからか、女の子の泣く声が聞こえてきた。

「おかあさーん……！」

と彼女は呼んでいた。僕はその声を追いかけた。影が織りなす細い路地の奥へ――。やがて、ぽつり、と淡い緑色が消失点に灯《とも》った。赤い光を拒絶するような、純粋な青林檎《りんご》の色。ちいさな女の子だった。青林檎色のワンピースを着て、路地を裸足《はだし》でさまよい歩いている。

「おかあさーん……！」

僕はその背中に近づいていった。すると自然に、それが誰なのかわかった。

「宇良々川《うららかわ》さん――」

と、僕は呼んだ。女の子は振り返った。それはたしかに、彼女だった。きっと、まだ幼い日の。飴《あめ》でできたような白く細い体に、ちいさな顔――。目元にはまだあのガラスの破片めいた鋭さはなくて、もろく柔らかいこころをそのまま透かすような、ふたつの瞳だった。

彼女は何も言わなかった。ただ、悲しげに眉尻《まゆじり》をさげ、瞳を揺らしている――

その背後ではきのこ雲がもくもくと立ち昇り、赤い光を吐き出しつづけている。地面には、彼女の影が長く伸びていた。不気味な影だった。その影の頭には、穴が空いていた。まるで彼女の足を突き刺す、縫い針の頭みたいに。

僕は何かを言おうとして、なんの言葉も出てこなかった。言葉はすべて鼓動のない胸に吸い込まれ、消えてしまう気がした。絶望的な気持ちになった。彼女にかけてあげられる言葉がない。僕はがらんどうで、そういった力のある言葉を何ひとつとして持たないのだ――

宇良々川さんはひどく悲しそうな顔をして、背を向けた。

そして彼女はまた泣きながら、血のように赤い光のなかへと消えていった。

四章

1

京都駅には、十四時ごろに着いた。ものすごく天井の高い近代的な建物で驚いた。勝手に、東京駅のような歴史的な建造物を想像していたのである、中央口を出ると、たちまち汗が噴き出してきた。今日の最高気温は三十二度らしい。郡山《こおりやま》市より三度も高いが、体感温度はそれ以上だった。盆地で風が弱いため、ものすごく蒸し暑いのである。

「少年、どろどろに溶けてしまいそうな顔をしているね」

と、アインシュタイン博士は涼しい顔で言った。

「博士は暑くないんですか?」

「ワシにとっては気温だとか湿度とかは単なる数字にすぎないよ。人生ゲームの資産みたいに」

「なるほど」と、僕は言った。人生ゲームの資産?

「しかしここではうさぎさんが出てこられないね。地面がないと。コンクリートは固くてほりほりできないからね」

分厚く折り重なる夏雲を背景に、京都タワーがそびえ立っている。僕らはそれを横目に、地面が露出している箇所を探しまわり、やがて、街路樹のそばにかがみ込んだ。

——ぼこっ、と地面が盛り上がり、ぴょこっと長い耳が現れた。

元気いっぱいの茶ブチのうさぎさんだった。朗報です！　これはとんでもない朗報なんです！　といった感じでぴょんぴょん飛び跳ね、背中をこちらにむける。何やら茶筒のようなものを背負っていた。博士はスポッとその蓋《ふた》を開け、丸まった地図と写真を取り出した。

「フム――」と、博士は言った。「どうやら、きみはまた〝影〟を見つけたようぢゃね」

僕はあっと思った。やっぱりさっきのは、普通の夢ではなかったのだ。僕は右拳を握り、爪を手のひらに立てた。痛みはどこか遠かった。眠りから覚めてからもずっと、どこか夢から戻りきれないという感じがしていた。

「宇良々川《うららかわ》さんは、〝観測〟されたんですか？」

「ウム、やはり、きみがこちらに来て正解ぢゃった。彼女はどうやら、ここ京都のどこかに落ちたようぢゃね」

写真の宇良々川さんは裸足《はだし》で、どこか身体を投げ出すかのような無防備な姿勢だった。靴はどこへ行ってしまったんだろう？　彼女が自分で脱いでしまったのかもしれない。

それから僕らは京都タワーの展望台へのぼっていった。――そこには、双眼鏡を首にかけたうさぎさんが三羽、ソワソワしながら待っていた。

「宇良々川さんはどのあたりに落ちたのかね？」

と博士が訊《き》くと、うさぎさんたちは顔を見合わせ、それから仲良く、南東の方角を向いた。稲荷山《いなりやま》だった。

――それから半時間後くらいには、僕らはそこにある伏見稲荷神社《ふしみいなりじんじゃ》に詣《もう》でていた。稲荷駅から出てすぐ正面にある巨大な第一鳥居をくぐり、ゆるやかな上り坂の石畳の参道を進む。第二鳥居をくぐった先に、美しい朱塗りの楼門《ろうもん》があった。そこは多国籍の観光客であふれかえっていた。僕は楼門を狛犬《こまいぬ》のようにはさんでいる一対の狐《きつね》の像を、呆然《ぼうぜん》と見上げた。

「宇良々川《うららかわ》さんは、本当にここにいるんでしょうか？」

「ひとつ、占ってみるかね？」と、博士は言った。

それから僕らはおみくじを引いた。博士は『大吉』を引いて、「ホーッホッホー！」と嬉《うれ》しそうに声をあげた。僕も自分のくじを開く。


『十番　吉凶相半《きつきようあいなかばす》』

『かけばみち　みつればかけて　よの中の　月こそ人の鏡なりけり』

『このみさとしは、心中に迷いのある兆《ちよう》である。物事を正確に判断せよ。まず自分の意志を堅固にせぬと、好運を失うことがある』

『一、うせもの　今は出《いで》がたし、のち見つかる』


占いなんて信じていなかったはずなのだけれど、なぜかいまは意味深に感じられた。

それから僕らは、千本鳥居《せんぼんとりい》をくぐる。その名の通り無数の鳥居がずらりと立ち並び、赤いトンネルのようになっていた。僕はめまいのような感覚に襲われた。

「少年、こっちこっち――」

いつの間にか、博士はトンネルを抜けて、手招きをしていた。奥社奉拝所の前にある、『おもかる石』のところだった。

「願い事を念じながら、この石を持ちあげて、思ったよりも軽ければ叶《かな》うそうぢゃよ」

一対の石灯籠《いしどうろう》の、博士は右、僕は左の、頭にのっている石に手をかけた。僕は宇良々川さんのことを思った。そして、力をこめる――

が、持ちあがらなかった。石はまるで根が生えたみたいに、びくともしなかった。

驚いて隣を見ると、博士は石を軽々と持ちあげていた。

「どうかしたかね、少年?」

「いえ……」

僕は今度は何も考えずに、もう一度、手に力を込める――

石は、簡単に持ちあがった。

2

僕らは山頂を目指して歩き、『四ツ辻《よっつじ》』にたどり着いた。

ちょうど、投げ縄の結び目にあたる地点で、ここからぐるりと山頂を巡ることができる。展望台からは、京都市内を一望することができた。

僕らは反時計回りに、石段をのぼっていく――

すでにシャツは汗でびっしょりと濡《ぬ》れていた。ギプスを取ったばかりの足首が痛みだした。本来ならリハビリしながら慣らしていくべきで、こんなにすぐ酷使してはいけないのだ。

しかし、ひとつふたつと朱塗りの鳥居をくぐるたび、どうしてか身体は冷たく、しんとなっていった。暑さは完全に夏であるのに、まだ蝉《せみ》が鳴いていないせいなのかもしれなかったし、鼓動がないせいなのかもしれなかった。

ふと気がつくと、周囲には誰もいなくなっていた。

あれほどごった返していた観光客の、影も形もない――

「みんな、どこに行ったんでしょう?」

「我々が、〝不思議の国〟へと迷い込みつつあるのぢゃよ」

すると、茂みから、うさぎさんたちが飛び出してきた。足元をくるくると駆けまわり、石段をぴょこぴょこ上って、耳をぴんと立て、僕らを待つ――

三ノ峰《さんのみね》、間ノ峰《あいのみね》、二ノ峰《にのみね》……と進んでいくにつれ、うさぎさんはどんどん増え、ひしめきあい、ほとんど生きた絨毯《じゅうたん》のように見えた。博士は疲れを見せずにスイスイ進むので、なんだかエスカレーターに乗っているみたいに錯覚した。

「博士、おかしいです……！」と僕は息を切らして呼びかけた。「もう日が暮れてます」

まだ、四ツ辻《よつつじ》から一時間も経っていない。スマートウォッチを見ると、時刻はまだ十六時ちょっと過ぎだった。日が暮れるには早すぎる。

「よく見たまえ、少年――。あれは夕焼けではなくて、朝焼けぢゃよ」

僕はハッとして、京都市街地のある西の方角を見た。たしかにそちらに太陽はなく、東の山陰のほうにあるらしかった。何より、呼吸すると、澄んだ空気がまさに早朝のそれだった。

おかしい……夕暮れでもおかしいが、朝明けはもっとおかしい。

時間が巻き戻っている――？

ぞっとして、お塚《つか》やそこに供えられた無数の小さな鳥居、古さびれたお稲荷《いなり》様の石像なんかが、途端に不気味に思えてきた。それらはただの無機物ではなく、生々しい、不思議な生命を持っているように見えた。

やがて、すっかり暗くなった。夕の側からではなく、朝の側から、夜へと入ったのだ。凍えるような夜気に、墨を流したような暗闇だった。本来なら灯《とも》っているはずの明かりが、ひとつもない。足元のうさぎさんたちは、月明かりに、夜の海に似ていた。

――と、ぽつん、と火明かりがひとつ。

僕は誘われるように石段をのぼり、鳥居をくぐった。闇にうずくまる建築が見えた。

「山頂の、上社神蹟《かみのやしろしんせき》ぢゃよ――」

博士の声がどこからともなく聞こえてきた。ふと気がつくと、社殿のむこう、火明かりのなかに、博士の姿が見えた。――そこは、お塚だった。一対の狛狐《こまぎつね》の石像と、石の鳥居、複数の岩で組まれた荒々しい台座のうえに、三つの石碑がしめ縄をかけられている。鳥居の真向かい、岩の台座に、水瓶の縦断面みたいなかたちをした香炉のようなものがあり、そこに火はあった。強烈なデジャブがあった。

夢のなかで見た光景に酷似していた。

大きなうさぎさんのいる部屋の前、燭台《しょくだい》の置かれていた壁のへこみが、まさにそのかたちだった。そしていま、夢のなかとまったく同じ、銀皿に取っ手がついただけの素朴な銀の燭台が、そこに置かれていた。

「これは夢なのか、現実なのか、困惑しておるね」

博士はそう言って、燭台を手にとった。お塚は周囲を社殿や祠で囲われていて、どうやってそこに入っていったのかわからなかった。博士はつづける。

「そのどちらでもないよ」

――火が、ゆらいだ。

次の瞬間には、博士はこちら側に立っていた。博士のりっぱな髭《ひげ》や、顔の皺《しわ》なんかが、すぐ目の前で深い陰影をつくっていた。

「行こう、少年――」

博士は先に立って歩き始めた。反時計回りのつづきの道を、下っていく。火明かりに、無数の大小さまざまの鳥居が、朱く浮かびあがっては消える……。

進むにつれ、僕はどうしてか、宇良々川《うららかわ》さんの存在を強く感じるようになっていった。彼女は間違いなく、この先にいる――

とくん、と胸のなかで心臓が一回、鳴った気がした。

はっとして胸に手のひらを当てる――が、そこにはもう、なんの生命も感じられなかった。

「どうしたら――」と、僕は無意識に問いかけていた。「どうしたら僕は、宇良々川さんを連れ戻すことができるんでしょう？　彼女になんて言葉をかけてあげたらいいんでしょう？」

「言葉なんかいらないよ――」と、博士は言った。歩みを進め、また口を開く。「彼女に必要なものは、そんなものぢゃあない。きみもわかっとるはずぢゃよ」

僕は沈黙した。それから、彼女に必要なのは、〝愛〟だと思った。当然のように。その言葉は当たり前のようにそこにあった。まるで玄関の置物みたいに。

だが、しかし――

「〝愛〟ってなんなんでしょうか？」

僕が問いかけると、博士は立ち止まった。

「フム――」博士は口髭をなでた。「『鏡の国のアリス』は読んだことがあるかね？」

僕はあいまいにうなずいた。

「あの物語に、〝ハンプティ・ダンプティ〟というのが出てくるぢゃろう?」

そう言うと博士は、燭台《しょくだい》を高く掲げた。

僕は、息を呑んだ。

〝ハンプティ・ダンプティ〟が、鳥居のうえに、腰掛けていた。手足のついた大きな卵が、小粋なハットをかぶり、スーツに蝶《ちょう》ネクタイをつけている。このハンプティには顔がなく、つるりとした表面に、火明かりがグラデーションを描いている。

「さて、このハンプティ、アリスと〝非誕生日〟についての議論になった」と、博士は言った。ハンプティは足をぶらぶらさせる。「議論の末に、彼は『There's glory for you !』と言って、これはアリスが論破されたという意味だと主張する。アリスが『glory』にはそんな意味はないと反論すると、ハンプティはこう言う。『わたしが言葉を使うとき、言葉はわたしが選んだ通りの意味になる』――」

ハンプティが足をぴたりと止めた。まるで、よく考えな、とでも言うみたいに。しかし、僕はうまく考えることができなかった。博士はつづける。

「一見めちゃくちゃぢゃが、実はそれこそが言葉の本質なのではないかね? 言葉はこのハンプティと一緒でね、中身に何が入っているかわからない。割った人間によって、出てくるものはまるで違うのぢゃよ。〝愛〟という言葉を割ったとき出てくるのは、おぞましいものかもしれないし、清らかで優しいものかもしれない……」

気がつくと、ハンプティは消えていた。まるで最初からそこにいなかったみたいに。

　ふたたび博士は歩きだした。僕はさらに問いかける。

「じゃあ、なんて言ったら、そのよくわからないものを、伝えられるんでしょうか？」

「言葉を過信してはいけないよ、少年」と博士は答えた。「それは〝ジャバウォック〟に〝言葉の剣《verbal sword》〟で立ち向かうようなものぢゃよ。〝よくわからない剣《vorpal sword》〟で倒すしかない。さもなければ、いつの間にか自分のほうが怪物になり替わってしまう。言葉にはそういう危険、そういう毒が、初めから潜《ひそ》んでいるのぢゃよ。あたかも、アダムとイヴが食べた知恵の実が、毒林檎《りんご》だったとでもいうみたいに――」

　気がつくと、空がおどろおどろしい紅《くれない》に染まっていた。

　四ツ辻《よっつじ》まで戻ってきて、展望台に立つと、僕は瞠目《どうもく》した。

　真っ赤な空を背景に、きのこ雲がでろでろと立ち昇っていた。

　京都の街に明かりはひとつもなく、ただ真っ黒な影のように夜の底にへばりついていた。

「これは、夢で見た光景とおんなじです……」

　僕は震えながら言った。博士はうなずいた。

「きみは実際に、そこへ来たのだよ。宇良々川《うららかわ》さんとかろうじて繋がっていた、細い糸をたどってね。……これは、あるいは、ひとつの可能性としての光景かもしれないね。原爆は最初、ここ京都に落とされる予定だったのぢゃよ。しかし、ここでは時間は関係ない。あれはかつて爆《は》ぜ、やがて爆《は》ぜ、いまもまさに爆《は》ぜつづけている……」

そして、博士は僕に、銀の燭台《しょくだい》を手渡した。

「ここから先は、きみひとりで行かなければならん」

僕はうなずいた。そして坂道をすこし下りてから、後ろを振り返った。博士はちいさく手を振った。うさぎさんたちの目が、赤く、爛々《らんらん》と輝いていた。

3

濃厚な闇が迫ってきた。僕は蝋燭《ろうそく》の明かりを頼りに、坂道を下っていった。空は赤いのに、まったく明るさを伴わなかった。それは紅色をした別種の闇という感じがした。

建物はすべからく立体の影となっていた。楼門《ろうもん》は、単純にして精緻《せいち》な、闇の彫刻だった。真っ赤に染まった表参道を、黒い鳥居と、きのこ雲のほうへむかって下りていく。

稲荷《いなり》駅に入り、線路を横断して、金網越しにきのこ雲を見た。それから、線路に降りて、そのうえを北に向かって歩く。そして、鴨川《かもがわ》運河にかかる稲荷橋を渡った。橋には鮮やかな朱色の欄干《らんかん》があったはずだが、これも真っ黒だった。暗黒の運河には、赤い色が散っていた。

——気がつくと、影絵の街をさまよい歩いていた。

橋を渡ってからの記憶が曖昧《あいまい》だった。どこをどう通ってきたのか、どれくらい時間が経ったのかもわからなかった。蝋燭は短くなっていなかった。しかし時間なんてものがここに存在するのかどうかも、定かではなかった。僕は途方に暮れ、怯《おび》えながら、赤い空のしたを歩きまわる。博士の教え通りに、心の底から強く求めながら……。

——はっ、と振り返った。

来た道を早足で戻り角を曲がる。

どこからともなく呼ぶ声がする。

僕は大急ぎでそちらへと向かう。

「おかあさーん……！」

悲しい声だった。

青林檎《りんご》色のワンピースの、ちいさな女の子が、泣きながら影絵の街を、裸足《はだし》でさまよい歩いている。彼女は身体ぜんたいで、魂を震わすようにして、母親を呼び求めていた。

「おかあさーん……！」

「おかあさーん……！」

「おかあさーん……！」

きのこ雲の立ちのぼる、真っ赤な空を背景に、不気味な影がこちらへ長く伸びている。その影の頭には、穴が空いていた。まるで彼女の足を突き刺す、縫い針の頭みたいに。

僕は手のひらに汗を握り、呼ぶ。

「宇良々川《うららかわ》さん――」

彼女は振り返った。

澄んだ冬の窓のような、ふたつの瞳だった。

白く柔《やわ》そうな頬《ほお》を伝う涙に、赤い光が散っている。

僕は――また、何も言えなくなった。まるで喉に釘を打ち込まれたみたいに。

耳の内側に、博士の言葉が木霊《こだま》してくる。


『言葉なんかいらないよ――』


僕はゆっくりと近づいていって、彼女の手をとった。やわらかい雪のような手だった。ふたつの目が、戸惑うようにこちらを見た。

「一緒に帰ろう」

僕は手を、引いた。

しかし彼女は、動かなかった。

手に力を込める——が、びくともしない。焦りがつのる。手のひらが汗でぬめる——

「……痛い」

宇良々川さんはか細い声で言った。僕ははっとして、反射的に力をゆるめる。そして、ぐっと奥歯を噛《か》み締めて、ふたたび強く手を引く。

「——帰るんだ！」

彼女は奇妙な体勢で、こちらに倒れかかってくる。僕は目を見開いた。彼女の足は、地面に縫い付けられたみたいにくっついて、皮膚が引っ張られて伸びていた。彼女は帰りたがっていないのかもしれない、と僕は思った。永遠にこの恐ろしい赤い夜のなかをさまよいつづける気なのかもしれない——。そう思うと、言葉が口をついて出た。がむしゃらだった。


『お母さんに見捨てられて、悲しかったんだね』

『でもいつまでもここにいちゃダメだ、立ち直らないと』


奇妙にざらついた声だった。

ぶちぶち……という感触が手を伝わってくる。

足の裏が地面から離れ始めている。宇良々川さんのふたつの瞳の奥から、暗闇がこちらを見返している。何かが致命的に間違っているという感じがする。しかし言葉は止まらない。かさぶたを剥《は》がすのを途中でやめられないみたいに。


『宇良々川《うららかわ》さんはもう子供じゃない』

『ちゃんとひとりでも生きていける、大人になったんだよ』


『悲しみは、過去にすぎないんだよ』――


ブチッ――！　と、ぞっとするような感触がして、宇良々川さんは勢いよく地面から離れた。僕は彼女を抱きとめ、ほっと息をつく――が、直後、背筋が凍りついた。

宇良々川さんの影が、地面に貼りついたままだった。

影は彼女から完全に剥がれ落ち、アスファルトのうえにぼんやりと立ち尽くしていた。

『お母さん……』

と、か細い声が、どこからかした。

――影だった。


『おかあさーん……』

『おかあさーん……』

『おかあさーん……』

影は消え入りそうに泣きながら、影の街へとまぎれていった。

あぜんとしていた僕は、はっと我に返って、宇良々川さんの手を引いた。そして、きのこ雲に背を向けて、逃げるように駆けだした。彼女は人形のようについてきた。

4

やみくもに駆けていると、頭上で一羽のカラスが鳴いた。

はっとして見上げると、影絵の屋根に妻飾りのような格好で、そいつはいた。

——**三本足のカラス**。

脚のあいだを赤い光が通り抜け、ローマ数字の『Ⅲ』を形作っている。——カァ、と一声、呼びかけるように鳴くと、黒い翼をひろげ飛び立った。

ついてこい——と言われている気がした。

赤い空に浮かぶ、黒い三日月のようなその姿を、追いかけていく——

と、見覚えのある橋が現れた。稲荷《いなり》橋だった。宇良々川さんの手を引いて、渡った。それから稲荷《いなり》大社まで行き、真っ黒い大きな鳥居をくぐった。三本足のカラスはいつの間にか消えていた。――そこから先は、無我夢中だった。四ツ辻《よつつじ》まで行って、そこに博士もうさぎさんもいないとわかると、ふたりきりで時計回りに〝お山めぐり〟をした。

暗闇を駆け抜けた。

気がつくと、ぽつぽつと周囲に明かりが灯《とも》った。街灯の光だった。いつの間にか、宇良々川《うららかわ》さんは子供から女子高生の姿へと戻っていた。

ふたたび四ツ辻の展望台から見下ろすと、京都の街はきらびやかなまでに眩《まぶ》しかった。

「戻ってきた……」

と、僕は何かを確かめるみたいに言った。声はちゃんと喉から出て、ちゃんと響いた。スマートウォッチを見ると、時刻は二十三時だった。

「宇良々川さん、大丈夫……?」

振り返ると、彼女は街明かりを見るでも、星明かりを見るでもなく、そのあいだの暗闇をぼうっと眺めていた。ガラス玉を嵌《は》め込んだような目だった。僕は不安になり、またその手を引いて、稲荷山《いなりやま》を下りていく。

楼門《ろうもん》前の広場まで来たとき、ふいに宇良々川さんが言った。

「痛い……」

僕はハッとして振り返った。彼女はうなだれていて、表情がよくわからなかった。強く握り

すぎて真っ白になった手に気づいて、僕はハッと手を放した。それからしばらく間があって、

「あし……」

とだけ、彼女はポツリとつぶやいた。

「……足？」

視線を落として、あっとなった。宇良々川さんの足は黒く汚れて、ずたずたに傷ついていた。それを見てようやく、宇良々川さんがもう宙に浮かんでいないことを認識したのだった。

僕はちいさくうなった。「ごめん、無理やり引っ張ってきちゃって……」

「……ここ、どこ？」

「京都だよ」

「……なんで？」

「なんでって……」

どうやら彼女は、飛んでいった日の記憶がほとんどないらしかった。意識もまだ朦朧《もうろう》として、受け答えもあやふやだった。

僕は説明を諦め、とりあえず今夜の宿を探すことにした。石段に腰掛けて、スマートフォンで調べるが、ほとんど埋まってしまっている。——と、奇跡的に、一部屋だけ空いているのを見つけた。たぶんキャンセルが出たのだろう。僕はすぐさま親父の名前で予約を入れた。がしかし、高校生だけではホテルに泊まれないので、親父に電話する——

「もしもし、一成《いっせい》？　いまどこにいるの？」

親父の声を聞いて、ほっとする自分がいた。

「えーと……京都」と、僕は答えた。

「京都!?　ずいぶん遠いとこまで行ったねえ……」

「うん……ほんといろいろあって……。で、今晩、ホテルに泊まりたいんだけど……」

「あー、わかった、親権者の同意ってやつね」

それから僕は、予約したホテルの情報を共有した。

「……えっ、これ、ダブルベッドの部屋だけど、いまひとり？」

僕は冷や汗をかきつつ、ぼうっとしている宇良々川《うららかわ》さんを横目に見た。

「……友達と一緒」

「え、男？」

「……女の子なんだけど」

「ええ～……？」親父は困惑しているようだった。「これはさすがに予想外だね。彼女？」

「彼女ではない。友達……」

「う～ん……」

「ごめん、説明できない事情があって……」

「……変なことしないでしょうね？」

「しないよ」

「しょうがないね……。ホテルには、『双子の兄妹《きょうだい》が泊まる』って言っとくから」

「迷惑かけてごめん、ありがとう」

「どういたしまして。紳士たれよ、少年」

電話は切れた。生臭坊主と思っていたけれど、ものすごく、ちゃんとした親だ。

「行こう、宇良々川さん」

呼びかけると、彼女はぼんやりとうなずいた。彼女をおぶうと、右足首にズキリと痛みが走った。僕は顔をしかめたが、ぐっと歯を食いしばって歩きだした。背中に乗っているのは、いまや春霞ではなくて、女の子ひとりぶんの生々しい重みだった。

――ホテルに着くと、僕は申し訳なさを込めて、

「……ごめん、せめてツインベッドにしたかったんだけど」

と言った。しかし宇良々川さんはなんの反応も示さなかった。僕はデスクの椅子《いす》に腰掛け、ほっと息をついた。とんでもなく疲れた。右足首はずきずきと痛むし、身体は砂を詰めた袋のようだった。気を抜くとすぐに目蓋《まぶた》が落ちそうになる。

「早く寝よう……。宇良々川さん、先にシャワー浴びてきていいよ」

彼女はこっくりとうなずいた。――そのまま一分くらい経った。と、いきなり、目の前でおもむろに、彼女は制服の上着を脱ぎ始めた。

うわっ！　と僕は声をあげ、あわてて彼女を脱衣所へと押し込む。ひやひやしながら待っていたが、やがて扉のむこうからシャワーの音が聞こえ始めたので、ほっと息をついた。

十分ほどで、彼女は出てきた。バスローブを着て、髪をタオルで拭いていた。まだ目は虚《うつ》ろだったけれど、さっきよりは幾分マシなようだった。

「先に寝てていいよ」

と、僕は言って、入れ替わりで浴室へ入った。排水溝の近くに、わずかに血が残っていた。宇良々川《うららかわ》さんの足裏の痛みを思った。それから、黙ってそれをお湯で流した。

シャワーを終えて戻ると、宇良々川さんはすでにベッドに横になって、寝息を立てていた。ほとんど気絶するみたいに、眠りへ落ちたのだろうと思う。そっと布団を掛け直してあげ、それから脱衣所の扉を閉め切ってそこで髪を乾かし、また戻ってきた。

宇良々川さんはベッドの端で眠っている――。僕はその反対側に潜り込んだ。僕らのあいだにはたぶんグランドキャニオンくらいの隔たりがあって、彼女の体温はすこしもそこを超えてこなかった。――僕は、宇良々川さんが好きなんだよな、と照明を落とした暗闇のなかで考えた。鼓動なしでは、自分の恋心すらよくわからなくなってしまう。

それからすぐに、あたたかい泥のような眠りがやってきた。

――遠く、銃声を聞いたような気がした。

目を開けると、カーテンのうえに、光が明滅していた。

僕はゆっくりと上半身を起こし——戦慄《せんりつ》した。

宇良々川さんが、青白い光のなかに座っていた。ベッドの足側に腰かけ、テレビを見ている。

おかしいのは、その頭のむこうにある画面が、僕の位置からも見えることだった。

——穴が、空いていた。

宇良々川さんの頭に、ぽっかりと楕円《だえん》形の穴が空き、その不気味な額縁のなかで、殺戮《さつりく》が繰り広げられていた。古い白黒の、戦争映画——。宇良々川さんの過去の言葉がよみがえる。

『部活やめてから暇で、なんにもやる気になれなくて、ある日、べつに観《み》たくもない映画を観に行ったの。ぜんぜん大したことないつまんない戦争映画で、でもその日からわたし毎日、ずーっといろんな戦争映画を観るようになった。もうぜんぜん眠らないで、目の下に隈《くま》をつくりながら一晩中、すごく残酷なやつ』——

しばらく金縛りにあったみたいに固まっていると、ふいに、彼女は言った。

『戦争のある時代に生まれたかった……』

それは、どこか深い洞穴から響いてくるような、不気味な響きを持った声だった。

『残酷でもいいから運命がほしかった……』

『偽物でもいいから神様がほしかった……』

身体が凍りついていくような気がした。僕には言葉の意味がわからなかった。戦争だとか、運命だとか、神様だとか、一度も考えたことがなかった。
だから教えてほしい、と思った。僕は宇良々川《うららかわ》さんの心が知りたかった。とても切実に。
「宇良々川さん……」と、僕は呼んだ。

「——何?」と返事があった。

ハッと目を開けて、すぐに朝日の眩《まぶ》しさに目を細めた。上体をゆっくりと起こすと、宇良々川さんと目が合った。彼女は制服を着て、バスタオルで髪を拭いていた。僕が混乱して何も言えずにいると、彼女は猫がきょとんとするような顔をしてから、微笑《ほほえ》んで、
「どうしたの?　いまの寝言?」と言った。
「……ああ、うん……たぶん……」と僕は答えた。

そして、彼女に影がないことに気がついた。

――それから一時間後に、僕らはホテルの部屋を出た。時刻は十時半だった。まっすぐに京都駅へ行き、新幹線に乗る。宇良々川さんは首を回しながら、

「うーん……なんだか肩がだるいなあ……」

「人間の頭って、五キロくらいあるからね」

僕はそう答えながら、これからまたいろいろと不調が出るだろうな、と思った。それから、飛行機部のみんなに、宇良々川さんを無事に連れ帰る旨を連絡した。

「宇良々川さん、昨日のことは憶《おぼ》えてる?」

と訊《き》くと、彼女は「ううーん……」となってから、

「なんだか怖いところから、ハカセが連れて帰ってきてくれたことは憶えてるよ」

ありがとう、と彼女は言った。僕は微笑み返した。

けれど、素直に喜ぶことができなかった。ひとつの疑問が、ずっと心を占めていた。

僕はほんとうに宇良々川さんを、ちゃんと連れて帰ることができたのだろうか――?

来たときと同じように、東京を経由して、郡山《こおりやま》駅に着いたのは十五時ごろだった。昨日の疲れの残りもあって、僕らはどちらもうとうとしながらホームを踏んだ。

――と、遠くから馬鹿でかい声が聞こえてきた。

「あっ！　ハカセーッ！」

びっくりして立ち所に目が覚めた。見れば、翠扇《すいせん》高校の制服を着た連中が、わーっと駆け寄ってくる。飛行機部のみんなだった。授業をサボって迎えに来てくれたのだ。みんなは僕らを押し潰《つぶ》さんばかりに取り囲み、めちゃくちゃな歓声をあげながらピョンピョン跳ねた。目を白黒させる宇良々川《うららかわ》さんの手を取って、もるちゃんがにっこりと笑って言う。

「お帰り、りんごちゃん！」

宇良々川さんはまだちょっと困惑していた。が、やがて、ちいさな火の熱がゆっくり伝わってくるみたいに、じんわりと微笑《ほほえ》んだ。そしてすこし涙を溜めながら、彼女はちいさく言った。

「……ただいま」

5

宇良々川さんが帰ってきた翌日——

僕らは部室に集まって、宇良々川さんを取り囲んでいた。

彼女はもう、浮かんでいなかった。二本の足でしっかりと地面に立っている。

「たぶんもう、二度と浮かないと思う」と、宇良々川さんは言った。「そんな気がするの」

「うーむ……。だとしたら、どうする？　もともと、宇良々川さんが浮かんでいたからこそ、俺たちはパイロットに選んだわけだが……」

　そう言って、五十部《いそべ》は僕を見た。

「スノウバード号は、体重が戻っても大丈夫なように設計してある」と、僕は言った。それから、痩《や》せ細った右足首を見せ、「こっちはまだリハビリ中。本番にはとても間に合わない」

「いまさら宇良々川さん以外のパイロットなんか、考えられねえだろ！　な、みんな？」

「そうじゃない、バン。俺たちじゃなくて、本人がどうしたいかが重要なんだ」

　五十部はバンを諌《いさ》めると、宇良々川さんに向き直った。彼女は頰《ほお》を固くして、コンクリートの床を見つめていた。僕らはじっと黙って、彼女の返答を待った。

「わたしは……」と、宇良々川さんはぽつりと言った。そして、自分の胸のうちを探るようにしながら、つづける。「正直、最初はそんなに乗り気じゃなかったの。成り行きでそうなって、負けず嫌いで一生懸命やってただけで、なんのために飛ぶのかもよくわかんなかった。いまだって、なんのために飛ぶんだかわからない。たぶん、なんの意味もないんだと思う――」

　僕らは顔を伏せ、黙って聞いていた。その通りだ、と僕は思う。飛ぶことに意味なんかない。そんなのは最初からわかっていたことだ。

「でも、わたし、飛びたい」

　僕はハッとして、顔をあげた。彼女は決意した、というよりは、何かを切実に求めているような目をしていた。彼女はつづける。

「テストフライトで、ふわっと機体が浮かびあがったとき、なんていうか……すごく感動したの。無重力で飛ぶのとはぜんぜん違くて、背中に鳥肌が立つような感じがした。それってたぶん、空を飛ぶことだけの感動じゃなくて。わたしが部活辞めて、うじうじして、ギターのFコードで挫折してるあいだに、みんな地道にコツコツ発泡スチロールを削って、やすりをかけて、こんなに凄いものを自分たちの力で作ってたんだなって……」

僕はこれまでの苦労を思い出して、ふいに目頭が熱くなった。過去の僕らが、飛行機を作ろうと必死になって部室を動き回るのが、タイムラプス映像のように見えた。

「だから、わたしも、自分の力で、精一杯がんばりたいって思う。みんなのためにも、自分自身のためにも。わたしのせいでスノウバード号を壊しておいて、こんなこと言う資格はないと思うけど……。お願いします、わたしにパイロット、やらせてください」

宇良々川《うららかわ》さんは深く頭を下げた。長い黒髪が、重力にしたがって垂れた。

僕はみんなの顔を順番に見た。全員が微笑《ほほえ》んで、うなずいた。僕は宇良々川さんの目の前に立った。そして手を差し出して、言う。

「僕たちもみんな、宇良々川さんが飛ぶところを見たい。だから、あらためてよろしく」

彼女は顔をあげて目を見開き、その手をとった。

「ありがとう、みんな……！」

そして、六日後、六月十九日——

「やばい、めちゃくちゃやばいよ！」

ユージンがみんなを呼び集めた。審査を経て昨日開始されたばかりのクラウドファンディングに、もう三十万円近くが集まっていた。僕らはびっくりしすぎて、ため息に近い声を漏らした。そして、ちょっぴり震えながら、支援者たちの応援コメントを見る——

『テレビ放送楽しみにしてます！　頑張ってください！』

『翠扇《すいせん》高校ＯＢです、青春時代を思い出しました。全力支援！』

『自分も鳥人間コンテストに出たかった……。スノウバード号かっこいいです！』

みんな純粋に、めちゃくちゃ応援してくれていた。

「いま円安できついし、こんなに集まると思ってなかった……」

オユタンがシュコーっと深い息をついて言った。バンはしみじみとつぶやく。

「なんつうか、オレたち、飛んでいいんだな……」

なんだかとても、〝赦された〟という感覚があった。僕たちは飛んでいいんだ。世の中が大変でも。なんの意味もなくても。僕たちはこの夢を叶《かな》えてもいいのだ……。

「よし——！」と五十部《いそべ》が手をたたいた。「やるぞ、みんな！」

僕らははりきって、作業へと取り掛かった。

僕は全体の進捗《しんちょく》管理表を眺めながら、宇良々川さんに目をやる。彼女は部室の隅で、黙々とエアロバイクを漕いでいた。耳には、ノイズキャンセリングイヤホン。まだ、無音を聴いているに違いなかった。

「お疲れ、宇良々川《うららかわ》さん――」

インターバルに入ったタイミングで話しかけ、ドリンクを手渡す。彼女はイヤホンを外し、ありがとうと言って受け取った。

「その後、後遺症はどう？」

「もうかなり良くなったよ――」と、彼女は目を逸《そ》らしたまま言った。京都から戻ってから、あまり目を合わせてくれない。「ふらつかなくなったし、脚にも力が入るようになってきた」

それはよかった、と僕はほっとして言った。重力が戻った直後は、めまいが出やすく、筋肉も部分的に落ちてしまっていた。それで、タンパク質を多めに摂取してもらいながら様子を見ていたのだった。

「それじゃあ、ここからは本格的なトレーニングに戻ろうか――」

宇良々川さんの体重が戻ったいま、主眼に置くべきはＰＷＲ《パワー・ウエイト・レシオ》で、体重一キログラムあたりの出力ワット数を意味する。より軽く、より強く。それがパイロットに必要な資質なのだ。

「まずはパワーを上げることに集中する。体重は後から調整していこう」

彼女はうなずいた。それから、やっぱり目を逸らしたまま、訊《き》いた。

「ハカセ、このあと、時間ある？」

「うん、あるけど、どうしたの?」

するとと彼女は深く息をついて、こう言った。

「決着をつけようか」

6

部活が終わると、僕らは郡山《こおりやま》駅にむかって、ならんで歩いた。

これまでは車椅子《いす》を押すばかりだったので、宇良々川さんの背の高さに、新鮮な驚きのような感情が湧いた。と同時に、ちょっと威圧された。〝決着〟が何を意味するのかわからないせいで、なんだか決闘じみたことが始まるんじゃないかと、内心でヒヤヒヤしていたのである。

「ここ、寄っていこう——」

と、宇良々川さんはザ・モールへと僕を引っ張っていった。向かった先は、フードコートのラーメン店。減量中なので食べられるわけはないのだけれど、指摘する気にもならなかった。

小さなテーブルに向かい合って座ると、彼女は言う。

「……なんだか、もうここ、懐かしいね」

「まだ一ヶ月ちょいしか経ってないよ」と、反射的に答えたのだけれど、「いやでも、たしかになんだか懐かしい感じがするかも」

「すごくいろいろなことがあったから」

「……」

「頼まないの、ラーメン？」

「え？　食べるの、ラーメン？」

「わたしチャーシューだけちょうだい」

「なかなかのワガママだね」

「……だめ？」

宇良々川《うららかわ》さんは可愛らしく上目遣いをして、首を傾げた。ドキッとするような仕草だった。

しかし、実際に僕の胸に発生したのは、スカッというのにも近い感触だった。

注文を済ませ、それから一ヶ月前のことを思い出した。僕はこの場所で、孔明先生の罠《わな》にかかり、宇良々川さんへの恋心を自覚したのだ……。

喜多方《きたかた》ラーメンが来ると、あーん、と宇良々川さんが雛鳥《ひなどり》のように口を開けた。

「もう無重力じゃないんだから……」

と、ぼやきつつ、僕はチャーシューを宇良々川さんの口に入れる。

「うふふ、美味《おい》しい」

「……なんか、今日、変じゃない？」

「そう？　そうかも」

それから彼女は、急に真面目な顔になった。僕は頬《ほお》にぴりっとしたものを感じて、ちょっと居住いを正す。〝決着〟をいまからつけるんじゃなかろうか……。

それから、かなり長い時間が経った——と思う。沈黙に耐えきれなくなって、僕はラーメンに逃げる。麺《めん》をすすり、スープを飲み、また麺をすする——

「ハカセ、わたしのこと好きでしょ」

むせた。

コメディでよくある盛大に吹き出すやつじゃなくて、地味なわりに辛《つら》いタイプのやつだった。

「大丈夫？」

「え、どういうこと？　僕が宇良々川さんを好きだって？」

「違うの？」

「え、うーん……」

麺をすする。

「ラーメンに逃げるな」

「すみません」

袋のねずみさんである。僕は箸《はし》をどんぶりのうえに置き、両手を膝《ひざ》のうえに置いて、うなだれた。頭が麻痺《まひ》してしまったみたいに、手の打ち方がまったく思い浮かばなかった。

「はい……好きです……」

ついに観念して言った。きっと鼓動があったら、いまごろ孔明先生が荒ぶっていたことだろう。宇良々川《うららかわ》さんは自分で訊《き》いておきながら、ぱちぱちと瞬きをして、ちょっと動揺しているみたいだった。僕はおそるおそる、訊く。

「えっと……なんでわかったの？」

「不思議なんだけれど……」宇良々川さんは長いまつ毛を伏せた。「怖いところから戻ってくるとき、ハカセがわたしの手をぐいぐい引っ張ってる記憶が、おぼろげにあって。あのときどうしてか、ハカセがわたしのこと好きなんだって、ハッキリわかったの。まるで阿武隈《あぶくま》川の向こう岸から大声で告白されてるみたいに」

「そうなんだ……」

僕は思わず、顔を両手で覆った。恥ずかしすぎる。阿武隈川の河川敷にパンツ一丁で放り出されたような気分だった。それからまた、沈黙があった。

「わたし、ぶっちゃけ、戻ってきたくなかったんだよね——」宇良々川さんはぽつりと言った。「それなのに、こっちの世界に、無理やり引き戻されたって感じがする。そのせいかわかんないけど、いまだにちゃんと帰ってこられてないような気がしてる。いまわたしに影がないのって、ひょっとしてそのせいなのかも……」

「……気づいてたんだ」

宇良々川さんは、影を失ったままだった。

そして、僕の鼓動も戻らないままだった。

アインシュタイン博士やうさぎさんたちも、姿を消したまま。

きっとまだ終わっていないのだ、と僕は思う。何かがまだ間違ったままなのだ。まるで、飴《あめ》細工をこねている途中で、不気味な形のまま冷えて固まってしまったみたいに。きっと、飴は再び熱されなくてはならない。そしてなんらかの形が完成されなくてはならない。それが最終的に鳥さんになるのかうさぎさんになるのかもわからないけれど。

「他のみんなは気がついてないの？」と、宇良々川さんは訊いた。

「他にはもるちゃんしか気がついてないよ。意外と気がつかないものみたいだ」

それから僕は覚悟を決めて、これまでに何があったのかをすべて話した。僕から鼓動がなくなったことや、彼女から影がはがれるときの、ぶちぶちという生々しい感触までも――

「いままで黙っててごめん。なんかまだ、話すのが怖くて……」

「ううん……」とだけ宇良々川さんは言って、しばらく黙っていた。

それから頬杖《ほおづえ》をついて、テーブルのしたで僕の足を軽く蹴《け》った。――もう一回、蹴った。なんだか親密な蹴り方だった。寝室のドアをひっそりとノックするみたいに。それから彼女はため息をついて、目を細めて僕をじっくりと、それでいてぼんやりと見て、言った。

「付き合おうか、わたしたち」

7

なんだかよくわからないうちに宇良々川《うららかわ》さんが恋人になり、一週間が経った。

僕は堤防に立ち、ぼんやりと早朝の阿武隈川《あぶくまがわ》を眺めていた。まだ山際から日が覗《のぞ》きだしたばかりで、朝焼け色の川面はきらきらと光を反射しているけれども、水底はまだ暗い。

——恋人ってなんだっけ？

と、ぼんやり考えていた。僕は間違いなく宇良々川さんが好きで、たぶん宇良々川さんも僕のことが好きで、だとしたら現状はとても喜ばしいはずなのだけれど……。

毎夜見る夢を思い出す。こびとの姿をした僕は、燭台《しょくだい》を片手に、暗闇のなかをとぼとぼと歩きつづけている。そこには時間が存在しない。だから、夢のなかの僕はきっと、いままさにさまよいつづけているとも言えるのだろう。

やがて、宇良々川さんがロードバイクに乗って戻ってきた。阿武隈川沿いにある、みちのくサイクリングロードという、全長約三十キロのコースを往復してきたのだ。

「一時間半もかかってない、良いペースだね」

「調子あがってきたかも。ありがと――」

彼女はヘルメットを脱ぎ、スポーツドリンクを受け取って飲む。息こそ切れているけれども、まだまだ余裕そうだった。僕らは川縁にならんで座り、朝の空気を吸い込みながら休憩する。

「わたしたち、恋人っぽいこと、まだしてないよね」

と、ふいに宇良々川さんが言った。僕はまだちょっとぼんやりしたまま、

「恋人っぽいことって？」

「手を繋ぐとか？」

僕たちは手を繋いだ。なんてことはなかった。宙に浮かぶ宇良々川さんを助けるために、これまで何度もつないできたのだ。

「あんま、ドキドキしない」と、僕は正直に言った。

「鼓動がないのにするわけなくない？」と、宇良々川さんは返した。

「それもそうか」それもそうだ。「これ、先週のデータ。数値、順調にあがってるね」

「ん、ありがと――」

ホチキスで留めたレポートを、彼女はちょっと乱暴にめくる。

「あれ？　ちょっと怒ってる？」

「べつに、怒ってないよ」

　宇良々川《うららかわ》さんは目線を逸《そ》らしたまま言った。……たぶん、やっぱり、怒っている。どうしたものかと思っていると、

「……キスとかしてみる？」

　早口で彼女は言った。まるでわざと聞き逃させようとしているみたいに。しかし僕はバッチリとリスニングしたので、困った。キスするべきなんだろうか？

「……してみようか」

　僕らはお互いに、心もち身を寄せる。唇を近づける。宇良々川さんの赤い頬《ほお》のうえで、まつ毛が、かすかに痙攣《けいれん》する。僕は目を閉じる。暗闇がやってくる。そこに鼓動は見つからない。なんだか自分の気持ちもわからなくなってくる――

　パチン！　と両頬に衝撃を受けて、びっくりして目を見開いた。宇良々川さんのきれいな顔が、目の前にあった。彼女は両手で僕の顔をはさみ、目の奥をさぐるように見ていた。

「なんか、メタ化されたキスをしようとしてない？」と、彼女は言った。

「……何それ？」

　メタ化されたキス？？？

「上手く言えないけど……」彼女は視線を逸らし、わずかに顔をしかめた。「なんか、白雪姫が目覚めることを初めから知ってて、王子様がキスするみたいな……」

「ええ……？　ぜんぜんよくわかんない……」

「わたしもよくわかんない……」

「……」

「……」

目の前を、川が滔々《とうとう》と流れていく。

「わたし、もう一往復いってくるね」

宇良々川さんは自転車にまたがり、走り去っていった。僕はそのちいさくなっていく背中を見て、深く息をついた。空はすっかり明るくなっていた。


……メ、メ、タ化された、キ、キ、ス？

8

七月六日――ふくしまスカイパークで、最初の本格的なテスト飛行を成功させた。
ふたつの入道雲を割るようにまっすぐ伸びる滑走路から青空へと、まるで新しい雲のようにふわりと舞い上がるスノウバード号を見て、涙が出た。

9

飛行機部は順調に作業を進めた。

スノウバード号の調整は大詰めではあるけれど、完璧《かんぺき》を目指そうとすると、次々と問題が持ちあがる。駆動系の強度だとか、左右の翼のバランスだとか。

一方、宇良々川《うららかわ》さんは部室の隅でずうっとペダルを漕いでいた。ノイズキャンセリングイヤホンをつけて、黙々と。トレーニングが進むにつれ、なんだか彼女は孤独を深めていっているようにも見えた。まるですぐそこに見える月への距離が、しだいに思い出されてくるみたいに。

ある日、ふたりで帰っている途中で、僕は訊《き》いた。

「相変わらず、ウォークマンにはなんの曲も入ってないの？」

「……いけない？」と宇良々川さんはそっけなく言った。

「そんなことはないけど、もちろん。……でも、退屈じゃないのかなって」

すると彼女は夕陽に目を細めながら、遠くの雲を見てしばらく黙り、

「無音がいちばん落ち着くんだよね――」とふいにぽつりと言った。「なんだか、そうしてないと、身体の輪郭がグズグズになっちゃう気がするの。ハカセと付き合いだしてからは特に」

僕はそれを喜ぶべきなのか、悲しむべきなのかもわからなかった。

そしてこの日、僕は宇良々川さんの母親に出くわした。

彼女はグレーのスーツを着て、黒いビジネスバッグを肩にかけ、帰宅するために門を開けているところだった。ハイヒールを履いているけれど、背はそんなに高くない。目はどんよりしていて、唇は死んだ二枚貝のように固く閉じられている。

目にした瞬間――なんというか、拍子抜けした。

宇良々川さんの話に出てくる母親は、謎めいた暗闇みたいなものを纏《まと》っていた。まるでおとぎ話に出てくる魔女のように。そこにはたぶん、なんらかの力があった。例えば影を失った宇良々川さんや、鼓動を失った僕が、あちらから戻ってくるきっかけとなり得るような、何かが。

でも、目の前にいるのは、ただのくたびれた人間だった。

彼女にはもはやなんの力もないし、僕らにとってなんの意味も持たない。一度きりの魔法を遂げた触媒のように、真夜中の十二時を過ぎたかぼちゃの馬車のように、それはもう終わってしまった物語なのだ。それが一目見た瞬間にわかってしまったのだった。

「じゃあね、ハカセ――」

と宇良々川さんは手を振って、その母親と同じ家に入っていった。

――僕は帰ってから、A4コピー用紙に、鉛筆で一本の縦線を引いた。

それがなんのための線なのか、僕にはわからなかった。わからないまま、しばらくそれを見つめつづけていた。すると、ふいにアインシュタイン博士の言葉がよみがえってきた。

『わたしが言葉を使うとき、言葉はわたしが選んだ通りの意味になる』——
『言葉はこのハンプティと一緒でね、中身に何が入っているかわからない。割った人間によって、出てくるものはまるで違うのぢゃよ』——

それから僕は、縦線の右側に『アリス語』、左側に『ハンプティ語』と書いて、言葉を分け始める。ピンセットでねじをつまんで、慎重により分けるみたいに。

アリス語：『林檎《りんご》』『かぶと虫』『コップ』『ハイヒール』『太陽』『物理方程式』

ハンプティ語：『夢』『青春』『愛』『喜び』『悲しみ』『神』『正義』『心』『魂』

『アリス語』は、ほとんど誰が使っても同じような意味を持つ言葉で、
『ハンプティ語』は、使う人によって中身が大きく違ってくる言葉だ。

じっくりと眺めていると、『ハンプティ語』の持っている危険性に気がついてくる。人をおかしくさせてしまう言葉は、だいたいこちらに含まれている。『かぶと虫』や『ハイヒール』でおかしくなる人も、ときどきはいるかもしれないけれど。ある種、暴力的な、稚拙《ちせつ》な手つきでハンプティを割ってしまうとき、そこからどろどろとおぞましいものが流れ出してくるのだ。

そういうことに、これまで僕はひどく鈍感だった。

手のひらに、宇良々川《うららかわ》さんから影がはがれるときの、ぶちぶちという感触が、生々しく蘇《よみがえ》ってくる。それからあのとき僕の喉を通って出た、ざらついた言葉たちも。


『宇良々川さんはもう子供じゃない』

『ちゃんとひとりでも生きていける、大人になったんだよ』

『悲しみは、過去にすぎないんだよ』――


焦燥のような、ひどく恥ずかしいような、そんな感覚に襲われていたたまれなくなる。きっと僕は、あんなことを口にするべきではなかったのだ。言葉のこともよく知らないままに。アインシュタイン博士の言ったように、たしかにあのとき、言葉は必要なかったのだ。

僕が彼女の影を引き剥がしてしまったのだ、と思う。

僕は宇良々川さんを、影と一緒にこちらに連れ戻さなければならなかったのだ。

『ハンプティ語』と『アリス語』を分ける縦線が、ぐにゃりと歪《ゆが》んで見えた。僕はそれを、消しゴムで消した。世界も言葉も、こんなふうに簡単には分けられないのだ。


――その夜、僕は眠りに落ちた。とても深い眠りだった。

ふと目を開けると、カーテンのうえに、光が明滅していた。

僕はゆっくりと上半身を起こした。

宇良々川《うららかわ》さんが、青白い光のなかに座っていた。ベッドの足側に腰掛け、テレビを見ている。

その頭には、ぽっかりと、穴が空いていた。

穴のむこう側で、戦争映画の殺戮《さつりく》が繰り広げられている。

ここは、宇良々川さんと一緒に泊まった京都のホテルだ、とわかった。あの夜に見たのと同じ夢を見ている。……いや、違う、ここには時間は関係ない。僕はいま、あの夜とまったく同じ場所に来ているのだ。

「……宇良々川さん」

と、僕は呼んだ。彼女は振り返った。

そこにはちゃんと、きれいな顔があった。彼女は頬《ほお》を、強く擦ったみたいな色に染めて、ぽろぽろと涙をこぼしていた。とても切ない泣き方だった。

かすかに夏の通り雨のような匂《にお》いがした。

僕らはただ、黙って見つめ合っていた。空っぽの胸の内側に言葉が浮かんでは消え、魚たちのあくびのような音を立てた。

ふいに、宇良々川さんが悲しい声で言った。

「わたしね、きれいなまま死んじゃいたかったんだと思う」

雪の降り積もる朝に、誰にも聞かれないまま消えていくような声だった。

「一緒に帰ろう」と、僕は手を差し出した。

宇良々川さんは怯《おび》えるような仕草を見せ、それから、そっと右手を伸ばす——

その指先が、ほどけ始めた。するすると、まるで林檎《りんご》の皮のように。それはたちまち、全身へと波及した。腕から肩へ、肩から頭や胴へ——。その内側は、がらんどうだった。僕は焦って、彼女を引き寄せようとする。すると、僕の身体もまた、するするとほどけていく——

僕らは二本のリボンになって、ゆるゆると絡まる。

僕はそれを、どこからともなく見ていた。青白い光のなかに浮かぶ幽霊みたいに。きれいなまま死なせない、と僕は思う。とても強く。その意思の力で、リボンは動きだす。宇良々川さんは抵抗する。そのふたつの力の拮抗《きっこう》で、リボンはくるくると渦を巻く。美しい幾何学模様を作り出し、ベッドに複雑な影を落とす。相変わらず戦争はつづいている。

やっぱり言葉はいらなかったのだ、と僕は思う。

僕らはただ、こんなふうに踊るべきだったのだ。

昼下がりのランドリーみたいに、ふしぎに清潔な、心地よい気だるさで。

10

鳥人間コンテストの番組側からも取材が入り、いよいよ本番が近づいてきた。

校舎に『祝　鳥人間コンテスト出場　飛行機部』と大々的に垂れ幕が掲げられると、知らない生徒からもすれ違いざまに応援されるようになった。応援団を中心に当日の支援メンバーが募集され、美術部からはオリジナルTシャツ作成の申し出があった。なんだか急に学校全体が動きだしたみたいだった。たぶんみんな本当に飛べるとは思っていなかったのだろう。

七月二十日に夏休みに入ると、ラストスパートをかける。最後のテストフライトも無事に済ませ、朝から晩まで機体をできる限り完璧《かんぺき》に調整していく。毎日五十部《いそべ》が昼の弁当を作ってきて、「ありがとう五十部ママァ～！」「誰がママだ！」とバンとお決まりのやりとりをしつつも、どこか嬉《うれ》しそうだった。やっぱり少なからず母性はあるんだと思う。

宇良々川《うららかわ》さんはイヤホンをつけて世界を締め出して、死ぬんじゃないかというくらい自分を追い込んだ。踊る夢を見たあとから、何かが変わり始めた。あれはただの夢ではなくて、きっとここではないどこかで実際にあったことなのだ。

奇妙な緊張が目の前に張り詰めているのが見えるような気がした。まるで、綱渡りのロープが、崖から崖へと、深い奈落のうえにぴんと張られているみたいに。宇良々川さんは長い棒でバランスを取りながら、一心不乱にそこを渡っていた。びゅうびゅうと魔のような風が吹くのにもかかわらずに。鬼気迫るとはこういうことかと、僕は寒気を覚えるほどだった。

そして七月二十四日、本番三日前――

宇良々川さんは自ら、達成度を確認するための最終テストを受けた。目標は二百ワットで二時間。みんなが見守るなかで彼女はエアロバイクのペダルを漕ぎ始めた。緊張の面持《おもも》ちだったけれど、余裕があるのがわかる。ずっと応援しているわけにもいかないので、途中でみんな作業のラストスパートに戻った。

――ふと、没頭していた翼の調整から顔をあげると、もう一時間も経っていた。宇良々川さんの息遣いが荒くなってきていた。額《ひたい》にはだらだらと汗が滝のように流れている。周囲を見回すと、他のみんなも心配そうにちらちらと目をやっている。――大丈夫、と僕は心のなかで言う。宇良々川さんが強いのはここからだ。彼女には驚異的な粘りがある。大丈夫……。僕は再び作業に集中する。時間は刻々と過ぎていく。残り十分になると、みんな宇良々川さんの側で、サッカーのサポーターみたいに肩を組んで応援した。

「宇良々川さん頑張れ――！」

そして彼女は歯を食いしばって、見事に二時間を漕ぎ切った。僕らはぐったりする宇良々川さんを囲んで、跳びあがって喜んだ。

「はは……」と、彼女は笑って、僕と小さく手を打ち合せた。

「あとは、良い風が吹くのを祈るだけだ」と、僕は言った。

――スノウバード号は、完成した。

そして翌朝、僕らは集まって、分解した状態のスノウバード号を、大型トラックに積み込んだ。手作りのバンドや木枠、梱包材《こんぽう》などを使って、無事に琵琶湖《びわこ》まで到着するように、なおかつ効率的に収める。テストフライトのときに何度もやっているので、もうすっかり手慣れたものだ。それでも、ぜんぶで二時間ほどかかった。なかなかの重労働である。

それが終わると、僕らは郡山《こおりやま》駅へと向かった。十時ごろに東北新幹線に乗り、一時間半ほどかけて東京へ。そこから東海道新幹線で米原《まいばら》まで二時間強、さらにその一駅隣が、目的地の滋賀県彦根《ひこね》だった。マスコットキャラの『ひこにゃん』があちこちにいる。そこから荷物を抱《かか》えて宿泊先のホテルまで四十分ほど歩き、チェックインしたときには、すでに十五時をまわっていた。合計で五時間強の旅程だった。

部屋のカーテンを開けると、すぐ目の前に、琵琶湖南岸が青く輝いていた。

「疲れた……」僕はベッドに倒れ込んだ。

左足首のリハビリは順調なものの、まだすこしかばいながら歩いたせいで、体にひずみが出ていた。このまま朝まで寝たい……と思っていると、ドアがノックされた。

「みんな、琵琶湖に散歩に行くってさ……」

ユージンとオユタンだった。ふたりともげっそりして、『あいつら元気すぎない？』と目で言っていた。まったく同感である。三人で身体を引きずるようにしてエントランスへ行くと、他の五人がウキウキしながら待っていた。

しかし、すぐ近くの松原《まつばら》水泳場から、いざ琵琶湖を目の前にすると、疲れも吹っ飛んだ。

「うおおおー、琵琶湖でけえええええー！　猪苗代湖《いなわしろこ》よりでかい！」

と、バンが当たり前のことをさけんで走っていき、子犬のように水と戯《たわむ》れた。アホだなあと思いつつ、その気持ちもわかった。本当に大きい。大きすぎて海の感じがするので、水平線のむこうに青く山並みが見えることや、潮の匂《にお》いがしないことに違和感を覚えるほどだった。

松原はその名の通り、美しい白砂の浜と青松とが一キロメートルほどつづいているのだけれど、その東端――僕らのいる反対側のあたりに、コンテストのために設置されたプラットホームが小さく見えた。近づいていくと、その巨大さに圧倒された。高さ水上十メートル、助走路十メートル――岸から百メートル近くは沖にあるだろうか。岸から水平の橋がずうっと伸び、途中から二十度くらいの傾斜角で飛び込み台へと接続されていた。

「うわあ……高い……！　明後日、あそこから飛ぶのか……」

「アワワ……りんごちゃんがんばって……！」

と不安げな宇良々川《うららかわ》さんをもるちゃんが励ましている一方で、男子組は、

「美しい……」「すごい……」「実に素晴らしい仕事だ……」

などと、鉄骨で組まれたプラットホームの構造美に酔いしれていた。僕らはそれを背景に記念写真を撮って、ちょっとだけ湖水に触れて、この日は解散とした。明日は機体審査のために朝八時から動かなくてはならないし、宇良々川さんの朝はもっと早い。明後日の本番当日は四

時ごろには起きていなければならないため、明日も同じ時間に起きて体調を整えるのである。軽くトレーニングもしなければならないと考えると、シンプルに時間がない。僕が輪行袋に入れて担いできたロードバイクを組み立てていると、サイクルウェアに着替えてきた宇良々川《うららかわ》さんが隣で準備運動をする。そして組み上がるなりまたがって、颯爽《さっそう》と走り去っていった。

「カッコいいな……」と、僕は思わずつぶやいた。

それから部屋に戻って軽く眠り、十八時ごろにみんなでホテルのレストランで夕飯を食べた。近江《おうみ》牛が美味《おい》しかったけれど、眠さが勝っていた。バンは前夜祭ならぬ前前夜祭をやりたがったが、みんなで普通に拒否して、くたくたのタオルのように眠った。

11

本番前日――朝四時に起きてトレーニングに出かける宇良々川さんを見送り、八時からみんなと一緒に作業を開始した。トラックから部品を運び出し、湖畔《こはん》で組み立てる。いつも平地で作業をしていたので、傾斜地だとなかなか難しい。

僕は途中で抜けて選手登録をし、それからフライト順のくじ引きへ行った。

今年は『人力プロペラ機部門』・『滑空機部門』それぞれ十六チーム、計三十二チームが出場する。順番はなるべく早いほうがいい。真夏の琵琶湖《びわこ》は日が昇るにつれて、湖から陸へと風が吹き、飛行機が押し戻される可能性が高まってしまう。

——結果、三番目だった。よし、と小さくガッツポーズした。

機体組み上げも早い段階で完了し、審査を待つばかりになった。十三時から十七時のあいだに安全審査があり、パスしないと出場できないのだ。雲ひとつない真夏日で、熱でダメにならないよう機体にカバーをかけて待った。

そして審査——無事合格。

ほっと胸を撫《な》で下ろし、ふたたび機体を分解する。あたりを見ると、まだまだ苦戦しているチームがたくさんあった。

「ボクたち、結構いいところまで行くんじゃないかな」と、ユージンが言った。

そうかもしれない、と僕は思った。事前準備の差がすでにこの段階で出ている気がする。山あり谷あり、かなりボロボロになりながらやってきたつもりだったけれど、それなりの完成度には到達していたのだ。それだけ飛行機作りが難しいという証左でもある。

プラットホームの下見の時間もあった。飛び込み台は離陸しやすいように三・五度の傾斜角がついている。そのせいでなんだか転げ落ちそうな恐怖感があった。

夕方になると、彦根《ひこね》市民会館での安全講習会に参加した。飛行禁止区域などの確認が入念にされる。実際の事故映像を見ると、隣にいる宇良々川さんの身体が強張《こわば》るのを感じた。

午後八時からは開会式。翌朝四時起きの宇良々川さんは、睡眠をとるために出席しないでホテルへと戻った。大会委員長挨拶《あいさつ》、選手宣誓、過去のハイライト映像、芸能人によるトークなどなど、盛りあがった。またもやバンは前夜祭をやりたがったけれど、やっぱり僕たちは疲れ切っていたので、すぐに解散した。風呂《ふろ》に入ると、日焼けがひりひりと痛んだ。

——真夜中、ノックの音で、目が覚めた。

ベッドから起き上がり、ドアを開けた。

「……宇良々川《うららかわ》さん？　どうしたの、こんな夜中に？」

彼女はホテルの寝巻き姿で、気まずそうに立っていた。

「……怖い？」

「……うん。眠れなくなっちゃった」

かすかに震えている細い肩に、僕は手を置いた。そして、じっと黙っていた。

「みんな、あんなにがんばったのに、わたしが失敗したらどうしよう……」

「宇良々川さんもがんばったよ」

「そうだけど……」

「……まだ、どこかで〝自分〟と〝みんな〟を分けてない？」

宇良々川さんは目を見開いた。きれいな瞳だった。僕はつづける。

「僕たち全員でチームなんだよ。宇良々川さんはスノウバード号の心臓で、誰にも切り離すことはできない。切ったら血が出るんだよ、ほんとうに。つまりそれは、僕らの心臓でもあるってこと。自分の心臓に文句を言うやつは誰もいないよ」

「……そっか……うん……ありがと」宇良々川さんは微笑《ほほえ》んだ。「元気出た、すごく」

それから彼女はふいに、僕に抱きついた。ふわっ、とホテルのシャンプーの甘い匂《にお》いがした。僕はちょっとびっくりしてから、抱きしめ返した。寝巻きの薄い布のむこうに、彼女の鼓動と、肩や腰のほっそりした輪郭を感じた。ほんとうにがんばったな……と僕は思った。

ぱさっ、と音がした。ひちょりが立っていた。足元に、コンビニの袋が落ちている。彼は顔を真っ赤にして「きゃっ」と顔を覆って、すうっと消え——またちょっと現れて、申し訳なさそうに袋を拾ってから、また消えた。

僕と宇良々川さんは目をあわせてぱちぱちと瞬きし、ふたりでけらけらと笑った。

——彼女が帰ったあと、僕はとても深い眠りに落ちた。

僕はこびとの姿で、燭台《しょくだい》の火を頼りに、暗闇のなかをさまよっていた。ここには時間が存在しないから、一瞬であるとも、永遠であるとも言える時間が経っていた。

凍えるほど孤独だった。孤独という言葉の意味が変わってしまうくらいに。もはや自分が誰なのかも思い出せなかったし、風の匂いすらも思い出せなかった。目の前で燃える蝋燭《ろうそく》の、かすかに甘い匂いのなかに、土の名残《なごり》めいたものを仄《ほの》かに思い出すだけだった。

しかし時おり、誰かの微笑む口元が、暗闇のなかに閃き、しばらく強烈な光のように目の奥に焼きついた。〝彼女〟に会いたい——と、僕の魂は強く求めていた。

　いつまでもここにいるわけにはいかない。

　するとどこからか、誰かの言葉がよみがえってくる。

『本当に世界を自分の目で見ようとするなら、いずれ灯火を手放さなければならない。孤独や不安にじっと耐え、目が暗闇に慣れるのを待たなければならない』——

　僕は立ち止まった。

　そしてためらいながら、蝋燭《ろうそく》を吹き消した。

　暗闇が僕を呑み込んだ。僕は自分の身体を抱きしめるようにして、恐怖にじっと耐える。何かうるさい音がしだいに高まり、両耳に迫ってくる——。僕の呼吸音だった。いつの間にか、ぶるぶるとひどく震えていた。目を閉じても開いても、どちらも同じ暗黒だったけれど、僕は目を閉じた。そしてゆっくりと深呼吸をしてから、再び歩き始めた。

　そしてまた、一瞬であるとも永遠であるとも言える時間のなかで、僕は失ってしまったあの人のことを思い出した。〝彼女〟と交わした会話が、ひどく懐かしく、胸に迫ってくる——

『ハカセくんには、月の半分しか見えてないんだよ——』■■はくすくすと笑った。『望遠鏡じゃ、いくら目を凝らしてみても、いつも月の表側しか見えないの』

『うさぎさんは月の裏側にいるの？』

『そうだよ。おばけもサンタさんも月の裏側にいる。熱いバターみたいな金色の海もある。そういう目に見えないものも、目に見えるものと同じくらい大事なんじゃないかな？』

『そうかな？』

『そうだよ。だって、わたしはどこにも行けないけど、月の裏側には行けるから』——

閉じたままの両目から、ぽろぽろと涙がこぼれだした。ようやく思い出した。僕は宇宙飛行士になりたかったのだ。宇宙飛行士になって、彼女と一緒に見た月に行きたかった。空っぽの石の塊ではなくて、うさぎさんがいて黄金の海のある、世界でいちばん美しい場所に——

ふと目を目を開けると、遥か遠くに、光の線が見えた。

地平線だった。

僕はまろぶように駆け出した。

遥か遠い地平線は近づくにつれて盛り上がり、小高い丘となった。灰色の砂でできた丘だった。そこを登っていくと、がらんどうの闇を背景に、美しい青い星が稜線から現れ始めた。

——丘のてっぺんに、誰かが座っていた。

ほのかに光るような、真っ白い少女だった。

彼女は月の丘に腰掛けて、地球を背景に、優しく微笑《ほほえ》んでいた。

――雪姉《ゆきねえ》が、そこにいた。

12

「久しぶりだね、ハカセくん――」

と、彼女は言った。暗闇から出た僕は、こびとではなく、子供のすがただった。がきんちょ半ズボンをはいた、小学四年生の。月の重力で、涙はゆっくりと、丸い頬《ほお》を伝った。

「雪姉っ――!」

僕は悲しいほど幼い声で呼び、その胸に飛び込んだ。

「怖かったね。ひとりでよくがんばったね……」

彼女は僕の背中を優しく撫《な》でてくれた。僕は何も言えないまま、子供の心でぽろぽろと泣きつづけた。ここには時間が存在しないから、いつまでも泣くことができた。

とてもたくさん泣いて、涙が出なくなると、今度は喜びが湧きあがってきた。僕らは月の丘に並んで座り、とめどなく話をした。

「いろんなことがあったんだ。楽しいことも、苦しいことも――」

何もかも忘れていたはずなのに、不思議とするすると思い出すことができた。

言葉があふれて止まらなくて、僕は雪姉にどんどん話した。空を飛んでみたくてたまらなくなって、少しずつ地道に勉強して数年かけて航空力学をマスターしたこと。夢を叶《かな》えるために高校で飛行機部を立ち上げたこと。仲間ができたこと。みんな変だけどとてもいいやつらで、なかなか飛行機は作れなかったけれど、毎日楽しくて仕方がなかったこと……。

「雪姉がいなくなっちゃったあと、僕は退屈な五年生になって、なんだかがらんどうみたいな感じで、毎日を過ごしてたんだ。何にもやる気になれなくて、ぼんやり空ばっか見てた――」

僕はあの日々のようにひざを抱き抱えて、つづける。

「だけど、八月のある日、たまたまつけたテレビに、飛行機が映ってたんだ。すごくきれいな飛行機だった。琵琶湖《びわこ》の青い水のうえを、滑るように気持ちよく飛んでいく。その瞬間に、首筋にさあっと鳥肌が立って、目が離せなくなった。いつの間にか拳を握ってて、手のひらに爪《つめ》痕《あと》がついた。胸がどきどきした。雪姉がいない世界で、初めて、ワクワクしたんだ――」

僕はすべてを鮮明に思い出すことができた。そのときに見た光や、網戸から吹き込む夜風の肌触りや、その夏の匂《にお》いまでも――

雪姉はにこにこして聞いていてくれていた。ほんとうに楽しそうに。だから僕もほんとうに幸せだった。いつまでもこうしていたかった。

けれど、だんだん切なくなってきた。雪姉が自分の話をしないことに。彼女の人生は、あの時から止まったままなのだ。もうすでに語るべきことは語り終わっていて、新しいことは何もないのだ。ただひとつのことを除いて――

「雪姉《ゆきねえ》、死ぬって、どんな感じ……？」

　僕がいちばん知りたくて、いちばん恐れていたことだった。

　雪姉はからっぽの空を見つめながら、

「ハカセくん、生きるのって、どんな感じ？」

「……正直、よくわかんないよ」

「死ぬのも同じくらい、よくわかんないよ」

　雪姉はそう言って、ふっと微笑《ほほえ》んだ。

「からかわないでよ」

「真剣だよ」

　雪姉はコミカルに眉《まゆ》をきりっとさせて、〝真剣です〟という表情をしてみせた。

「言葉にすると、そのとたんに偽物になっちゃうものって、たくさんあるんだよ」

　――そうだ、僕はそのことについて、痛いほどよく知っている。僕は地球を見つめながら、〝彼女〟のことを思い出した。

「雪姉、僕……好きな女の子ができたんだ」

「……どんな子？」

「なんだか寂しくて、でも面白い子だよ」

「どうして好きになったの？」

「……『長靴をはいた猫』の、主人公が無条件に愛されてるのがゆるせないんだけど、でも、泣いている赤ちゃんをほっとけない優しさもあって、なんだか矛盾してる感じが良いんだ……」

　ぷっ、と雪姉は吹き出した。そしてお腹をかかえて笑って、

「それ、ぜんぜんわかんないよ！　ね、言葉にできないでしょ？」

　僕はなんだか恥ずかしくなって、たぶん真っ赤になりながら、うなずいた。雪姉は僕の頭をわしゃわしゃと撫《な》でた。僕は乱れた髪のしたで、だんだんと悲しくなって、

「……僕、その子の心を救ってあげたかったんだ。でも、上手くできなかった」

　雪姉はうなずいた。まるですべてを知っているみたいに。それから優しく微笑んで、言う。

「誰かの心を救うなんてことは、誰にもできないんだよ。心はいつだって、自分自身の力で〝大丈夫〟になるんだよ。ほら、あれを見て——」

　雪姉は、地球を指差した。

　そのとき、不思議なことが起こった。見えるはずのない、地球上の一羽のカラスが見えた。

　そして次の瞬間には、僕はそのカラスになっていた。

三本足のカラス——

　カラスとなった僕は、森の奥深くの枝にとまり、そこから地面を見下ろしていた。真っ白いうさぎさんが、茂みから顔をぴょっこり出していた。

　僕は黒い翼で羽ばたいた。それから時間のなかを自在に飛び、はるか未来へとむかった。そ

こではうさぎさんたちはとっても賢くなって、地上に家を建てて住んでいた。

「ママー、変な鳥がいるよー」

と、赤い屋根のログハウスの窓から、こちらを見ていたうさぎのぼうやが言った。

「こらっ、ご先祖さまにむかってそんな口の聞き方はダメよ――」と、そのとなりで、お母さんうさぎが言った。「わたしたちうさぎは、おおむかしは鳥さんの仲間で、大空を自由に飛び回ることができたのよ。だからいまでもその名残《なごり》で、うさぎは一羽二羽って数えるの……」

「へ～、かっけ～～」

と、ぼうやは興奮してぷうぷうと鼻を鳴らした。それからぼうやの夢は空を飛ぶことになった。おばけにんじんの葉っぱで翼を作り、高い崖から何度も飛び降りた。時にはたくさんのテントウムシに紐《ひも》を結びつけて一緒に飛ぼうとしたけれど、彼らはアブラムシ以外にはあんまり興味がないみたいだった。

さらに時が経ち、うさぎさんたちが青空のした、ぺったらぺったらお餅《もち》つきをしていると、一羽の鳥がフラフラと飛んできた。ロッキード・エレクトラと呼ばれる、巨大な鉄の鳥だった。そのまま丘のうえに不時着すると、コックピットから人間の女性が現れた。

――アメリア・イアハートだった。

これは、宇良々川《うららかわ》さんの描いた物語だ――と、僕はようやく気がついた。僕はいま三本足のカラスになって、とても長い時間のなかを飛ぶようにして、彼女の心を見守っているのだ。

大きな桜の木のしたで、アメリアの歓迎パーティーが開かれた。彼女は甘いにんじん酒をしこたま飲むと、お返しにハーブ・リキュールのベネディクティンを振る舞った。四十度もあるお酒なので、うかつなうさぎさんは目を回してぶっ倒れた。そしていい気分になった彼女は、ギターをかき鳴らして歌った。そうして〝空の心〟がうさぎさんたちに伝えられた。

それからさらに百年が経ち、ぼうやの夢と〝空の心〟を受け継いだ子孫たちが、ついに立派な飛行機を作った。準備万端、うさぎさんたちはゴーグルをつけて可愛い敬礼をする。

そして、まぶしい朝日を背に、空へと舞い上がり、きらきらと光った。

僕も黒い翼で風を撃ち、あとにつづく。

カァ――！　と、くちばしで快哉《かいさい》をさけんだ。

宇良々川さんはやっぱり、空っぽなんかじゃなかったんだ。

雪姉《ゆきねえ》の言った通り、誰の心にもちゃんと〝大丈夫〟になるための種は眠っているのだ！

飛行機は雲を突き抜け、空を越えて、月にまで飛んでいった。

そして月の丘に、僕と雪姉のふたりが並んで座っているのを見つけた。

僕は、人間の僕の肩へと降り立った。その瞬間、僕の意識はもとの居場所に戻り、三本足のカラスは空へと舞い上がり去っていった。

からっぽだった空には、いまや無数の鉄の鳥たちが星のようにきらきらと輝いていた。

僕はとても満ち足りた気持ちで、ずうっとそれを眺めていた。

「僕、みんなのところへ帰らないと……」

と、やがて僕は言った。すると雪姉《ゆきねえ》はすこし悲しげに微笑《ほほえ》み、手を差し伸べて、

「行こう、ふたりでここから〝ダッシュツ〟しよう——！」

僕はその手を取った。

その瞬間——あたりはもう、夜の田舎道だった。

夏の匂《にお》いが鼻腔《びくう》いっぱいにひろがった。長い一本道に、点々と街灯がつづいている。宇良々川《うららかわ》さんが『詰んで』しまって、裸足《はだし》になって優雅な金魚のように浮かんでいた、あの道だった。道の両脇《わき》は田んぼで、水面には満天の星空が映し出されていた。風が吹くと豊かな水の香りがひろがり、夜の果てまで広がる銀河がさざめいた。

雪姉はこちらを振り返って、ふっと微笑んだ。ひどく切ない気持ちになった。ビー玉が指のあいだからぽろぽろと、止めどなくこぼれつつあるみたいに。街灯のしたを通ると、僕らふたりの影が落ちた。雪姉の影がそこにあるというだけのことが、喩《たと》えようもなく嬉《うれ》しかった。

一本道が終わり、僕らは坂道をのぼって、桜ヶ丘《さくらがおか》へと入った。住宅街を歩いていると、そこかしこに咲く夏の花の名前が、次々に記憶のなかへとよみがえってきた。僕はこんなに美しい名前をたくさん知っていたんだと思った。

「ハカセくん、影踏み鬼、しよっか――」

僕は夢中になって、影を追いかけた。白いワンピースがひらりと踊って、黒い影がするりと逃げる。誰もいない真夜中の街に、笑い声が響く。

とくん――と、どこか遠くで僕の心臓が高鳴るのを感じた。

雪姉はパッと街灯の明かりから脱けだした。僕は子供の軽やかさで、それを追いかけた。夏祭りのあの日を思い出した。テルミット反応で〝ダッシュツ〟して、笑いさけびながら坂道を下ったあの日――

僕は、雪姉の影を踏んだ。

ドン――!　と大気が震えた。

薄らいだ影から視線をあげると、大輪の花が夜空に咲いていた。

たちまち、からっぽの夜空に、色とりどりの炎の花が咲き乱れた。菊、牡丹、冠《かむろ》、花雷《はならい》、飛《ひ》遊星《ゆうせい》――。火薬の匂いに、美しい名前を潜《ひそ》ませながら。ドンドンという音が、まるで鼓動のように、生命をもって身体に響いた。

そうだ、と僕は思った。僕もまた、からっぽなんかじゃなかった。こんなふうに、美しいものをちゃんと美しいと感じられるのだから。

ざあっ――！　と、潮騒が遠くから、たちまち足元へと駆けてきた。熱いバターのような、黄金の海だった。海は街をざぱざぱとひたし、花火を映して極彩色に輝いた。

「ありがとう、雪姉《ゆきねえ》……」

「どういたしまして」

空の花と、海の花と――花と花の狭間で、雪姉は微笑《ほほえ》んでいた。彼女はどこからか青林檎《りんご》を取り出して、ゆっくりとこちらに差し出した。林檎はたちまち、赤く熟した。

僕はそれを受け取って、ひと口、かじった。

切ないほど甘酸っぱい味がした。ほんとうに、涙が出るほど美味《おい》しかった。

飲み込んだ林檎は、喉に引っかかって、『喉ぼとけ《Adam's apple》』になった。

僕は高校生の姿に戻って、雪姉の背丈を追い越していた。

「雪姉のこと、好きだったよ」

と、僕は言った。喉から出たのは、低い声だった。雪姉はどこか悲しげに微笑んだ。

「忘れないでね――」と、それから彼女は言った。「死んじゃった人は、消えてなくなるわけじゃないんだよ。ハカセくんが思ってくれる限り、いつでもそばにいるからね――」

僕は涙を流しながら、でも微笑んで――うなずいた。

雪姉は、大人になったね、と背伸びをして、僕の額《ひたい》にキスしてくれた。

そして僕は、ようやくちゃんと、さよならをした。

13

本番当日——僕らは朝四時に起き出して、最後の準備を始めた。

昨日バラしたスノウバード号をもう一度組み立て直し、完璧《かんぺき》にしていく。主翼、プロペラ、フェアリング、駆動系、電装系……泣いても笑っても、もうほんとうに最後の調整だ。フェアリングには資金援助してくれた先輩の会社のロゴが、尾翼にはクラウドファンディングで支援してくれた人々の名前が入っている。

一時間もすると日が昇りだし、朝焼けが夜の色を西へと追い出しながら、東の空と雄大な湖面とを、同じ色に彩った。そして水平線がその境目から、青く染め上がっていく——

宇良々川《うららかわ》さんは入念にアップをして、メディカルチェックも無事に通過した。

日が昇るにつれて、雲ひとつない空がどんどん青くなっていく。若干、南東向きの湖風が吹き始めた。風が出ないことを祈って、黙々と作業を進める。レンタルした発電機を電源にして、主翼のフィルムにアイロンがけをする。しわひとつなく伸ばすことで空気抵抗を極限まで減らすのだ。ひょっとしたら、子供の晴れ着にアイロンがけをするのもこんな感じなんだろうかと思う。もちろん経験したことはないけれど。

大会開始は六時半――。早朝の光のなかに、応援団や一般観衆が続々と集まってくる。翠《すい》扇《せん》高校のメンツもやってきた。知っている顔がいると、それだけで不思議と安心した。

――と、集まってきたのは、人間だけではなかった。大量の鳩たちが、松からテントから観客席から、そこら中に群れてクルッポークルッポーと鳴きまくっているのだった。

「おかしいな、こんなに鳩が集まること、今までにあったか？」

と、ベテラン出場者《バードマン》らしき人が首を傾げていた。

そうこうしているうちに、あっという間に大会が始まった。大会の模様はライブ配信され、観覧・応援席からは巨大モニターでも見ることができる。僕と宇良々川《うららかわ》さんは松の木陰で、大量の鳩に囲まれながら、最初に飛び立つチームを見守っていた。

「その大事そうに持ってる帽子なに？」と、彼女は訊《き》いた。

ヤクルトスワローズの青い帽子だった。お守り代わりに持ってきたのだ。

「昔かぶってたやつだよ。子供のころの自分に見せたいと思って」

「そっか。ようやく夢が叶《かな》うんだもんね……」

やがて、スタートの合図が出た。最初の飛行機が空へと舞い上がる。バードマンや観衆がわっと歓声をあげる。鳥肌が立った。

「うわっ、すごいすごい！」と、宇良々川さんはぴょんぴょん飛び跳ねる。

飛行機はぐんぐん進み、どんどん小さくなっていく。順調だ。ビッグフライトになるかもしれない。クルッポーと鳩がマイペースに鳴いた。――と、背後から声が聞こえた。

「おかあさーん……！」

見れば、小さな男の子が泣いているのだった。僕らは顔を見合わせ、声をかけた。

「どうしたの、迷子？」

男の子は涙でべしょべしょになりながらうなずいた。僕らはお母さんを捜してあげることにして、その子の手をとった。観客席のほうに行くと、巨大モニターに、一生懸命ペダルを漕ぐパイロットの苦しげな顔が、でかでかと映し出されていた。コックピットにカメラとマイクを仕込んであるのだ。

『横風が……流されてる……！』

西風によって進路がぶれていることが、GPSによって示されていた。

「この子のお母さんはいますかー？」と、人混みのなかで僕は大声で呼びかけた。

返事はなかった。日差しはどんどん強くなり、水の香りは豊かに立ちのぼり、風景は鮮やかな色合いを増していた。僕は男の子に、ヤクルトスワローズの帽子をかぶせてあげる。汗をかきながら観衆席を一通り回っても、親御さんは見つからなかった。

ああーっ！　と悲鳴に近い声があがった。飛行機が落水してしまったのだ。方向転換をしようとして、バランスを崩したらしい。

「うう……」と宇良々川さんが小さくうめいた。

――と、そのとき、男の子が「お母さん！」とさけんで、走りだした。四十歳くらいの女性がしゃがみ込んで、抱きとめた。僕らはほっと胸を撫《な》で下ろした。

「すみません、お手洗いに行っている隙《すき》に……どうもありがとうございました」

「お兄ちゃんお姉ちゃん、ありがとー！」

「いえいえ、元気でね」

僕らは手を振って別れた。

「帽子、あげちゃってよかったの？」と、宇良々川《うららかわ》さんは訊《き》いた。

「いいんだよ」と、僕は言った。

それからみんなの元へと戻る途中、カァ、という鳴き声を聞いた。はっと顔を上げると、コンテストの旗を掲げているポールのてっぺんに、あいつがいた。

三本足のカラス――

カラスは黒い羽をぱっと広げ、飛び立った。

「ごめん、宇良々川さん、先に戻ってて！」

「えっ？　ちょっと！」

僕はなりふり構わず走りだした。僕は琵琶湖《びわこ》沿いを北へ――その先に、砂浜があった。

三本足のカラスは、麦わら帽子にとまった。白地にピンクのごきげんなアロハシャツとグレーの短パンを着て、ビーチサンダルを履いた老人の頭だった。

「やあ、少年、元気そうぢゃね」

そう言って、イカしたサングラスを外した。僕はほっと息をついた。

「アインシュタイン博士……。いままで、どこにいたんですか？　心配していましたよ」

「ワシは存在しない存在なのぢゃから、心配には及ばんよ。ちょっとばかりバカンスを楽しんどっただけぢゃ。……それより少年、覚悟はできとるかの？」

「覚悟ですか？」

「これが最後の試練ぢゃよ。あともうちょっとだけ、がんばるんぢゃよ」

「……全力を尽くします」

「ウム――」博士はうなずくと、右手を振った。「では、またの」

僕はみんなのところへ戻った。ちょうどそのころ、一番目の飛行機が飛び立とうとしていた。僕らはもう完全に準備を終え、固唾《かたず》を飲んで見守る……。

スタートの合図。飛行機は勢いよく空へと飛び出していく――

「――あっ！」と、バンがさけんだ。

直後、左翼がバッキリと折れ、飛行機は湖に墜落してしまった。僕らはあぜんとした。すぐさまパイロットが救助される。どうやら無事のようで、ほっと胸を撫で下ろした。

目を奪われてぼんやりしている宇良々川さんの背中を叩《たた》く。

「円陣組もう、円陣！」と、五十部《いそべ》が呼びかける。

僕らは肩を組んで、円になった。ブルーのTシャツの背中には、〝七人のこびと〟からとった僕らのチーム名の『DWARFS《ドワーフズ》』のロゴがプリントされていた。つるはしを持った可愛らしいうさぎさんのデザインで、初めて見たときは、あまりに運命的な巡り合わせに驚いて、言葉も出なかった。『ネザーランド・ドワーフっていう種類だよ』と、作ってくれた美術部の女の子は、不思議な事件のことなど何も知らないまま、にっこりと笑った。

「ハカセ、声出し頼む」と、バン。

僕はうなずき、深呼吸をひとつする。

「……僕らは三年間、地下労働者だった。空を飛ぼうなんて夢のまた夢で、出口もわからずせっせと穴掘りをするような毎日だった。僕は子供のころから空に憧れてて、それを知ってた五十部《いそべ》が、サッカー部を辞めて飛行機部に入ってくれた。ふたりきりで右往左往するばかりだったけれど、ある日、バンが入ってくれた。それから仲間がすこしずつ増えた。ユージン、ひちょり、オユタン、もるちゃん、そして宇良々川《うららかわ》さん。夢のまた夢だったものが、みんなのおかげでどんどん現実になっていって、ついに、ここまでくることができた……」

僕はみんなの顔を見回した。みんな目に涙を浮かべていた。

「地下労働者《ドワーフズ》たち、今日、飛ぼう！」

〝ハイ・ホー!!〟――と、僕らは声をあわせてさけんだ。

14

僕は宇良々川さんへの指示役として、追走ボートに乗り込んだ。

みんなは飛び込み台のうえから、青く輝く琵琶湖《びわこ》に臨んでいる。いまごろ、宇良々川さんの青林檎《りんご》色のウェアに、冷却スプレーをかけているはずだった。コックピットはサウナ状態になってしまうため、暑さ対策が欠かせない。ドリンクにもたっぷり氷が入れてあった。

『あー、無線チェック、無線チェック』と、宇良々川さんから呼びかけ。

「無線、聞こえてます」

異様に長く感じられる間《ま》があった。ぎらぎら光る水面《みなも》をにらんで、僕はじっと待った。

「ペラ回します——！」

という宇良々川さんの声が、ついに聞こえた。手のひらが急速に汗でしめる。

「3・2・1——GO！」

スノウバード号の巨体が、プラットホームから飛び出してきた。

機体は水面へと沈み込むような角度で砲弾のように落下し——

グンッ——！　と翼をしならせながら機首を上げた。

ぶわっ、と一気に全身に鳥肌が立った。

ワーッ！　と歓声があがった。

みんなのさけぶ声が聞こえる。

僕はガッツポーズをした。

スノウバード号は、鮮やかに飛んだ。雲ひとつない空、遠くの山並み、琵琶湖《びわこ》の水面、すべてが青かった。そこに美しい白い鳥が力強く、爽快《そうかい》に羽ばたいていく——

『わーっ、やった、飛んでる飛んでるっ！』

はしゃぐ声が無線から聞こえてくる。僕は見惚《みと》れながらも指示を飛ばす。

「いいよ、その調子！　機首上げすぎないように！」

『うん、了解！　すっごい気持ちいい！』

ボートは水飛沫《しぶき》を上げながら、優雅に飛ぶスノウバード号を追っていく。ほとんど風もなく、時速十七キロものスピードでスムーズに進んでいく。

『すっごい良い調子！　超気持ちいい！』

宇良々川《うららかわ》さんはめちゃくちゃハイになっていた。

「落ち着いて！　落ち着いていこう！」

それから彼女は元長距離走者らしい安定したペダリングを見せた。ぐんぐんと飛行距離が伸びていく。三キロ、六キロ、九キロ……。気持ちの良い飛行がつづいた。まるで雲のように、永遠にどこまでも飛んでいけるんじゃないかと思うくらいに——

モーターボートは水飛沫をあげながら追っていく。前髪が乱れる。額《ひたい》を夏の日差しと湿り気を帯びた空気が叩《たた》く。左手首に巻いたスマートウォッチを見る。まだ鼓動は戻っていなかった。でも、ずっと何かが胸のなかで高鳴っていた。息が苦しくなるくらいに。

『ハカセ、景色がすっごいきれいだよ――』と、宇良々川さんが言った。『こんなの見たことないよ。飛べてよかった、ほんとに――！』

何か、込み上げてくるものがあった。

「宇良々川さんが飛べてよかった」

と、僕は言った。身体が細かく震えていた。瞬きを忘れていて、目を閉じると網膜に焼きついた機体の残像が暗闇に光った。目を開けると、スノウバード号は空のつづきを飛んでいた。奇跡のような時間だった。この瞬間を、僕らはいろいろな人に助けてもらいながら、自分たちの力で生み出したのだ――！

竹生島《ちくぶしま》がどんどん近づいてきた。十八キロメートル地点にブイが浮かんでおり、それを大きく旋回して戻るのが北回りコースである。そのまま南回りコースも行き、合計七十キロ飛ぶと完全制覇となる。――と、急に強い風が北西方向から吹き始めた。

『あー、やばい、流されてる！』

スノウバード号の進路は大きく右に曲がり始めた。

『ダメだ、舵が利かない！』

宇良々川さんは必死でさけんだ。息が荒い。苦しそうだ。ドリンクを頻回に飲んでいる。

「宇良々川《うららかわ》さん、耐えて、がんばって！」

もはやそう言うしかない。スノウバード号は東へ東へ、どんどん進路を逸らしていく。東岸があまりにも近づいてしまったら、危険防止のため機体をわざと落とすしかない。

『うわーヤダ、もっと飛びたい！』

泣きだしたいような、切実なさけびだった。すると、祈りが通じたのか、風が弱まり始めた。スノウバード号は西のほうへと、大きな弧を描く。何隻ものボートも湖面に白い弧を描きながら追走する。距離的にかなりのロスだ。迷走したぶんは記録としてカウントされない。

『あれっ、なんか変な音する――』と、宇良々川さんは突然言った。

「変な音？」

『なんかたぬきの腹太鼓みたいな音する！』

……たぬきの腹太鼓？？？

一瞬、思考が異次元に飛んでしまった。たぬきたちが狭いコックピットのなかでぽんぽこ踊りを繰り広げているのである。そんなわけない。――と、無線機からその異音が響き始めた。

ポン・ポン・ポン・ポコ・ポン・ポン・ポン・ポコ・ポン・ポン・ポン……。

なんだこれ……？　と、いきなりパキッ！　と音がして、

『ぎょえっ！　急にペダルが重たくなった！』

「たぶん駆動系だ！　駆動系に異常が出たんだと思う！」

『うあーめっちゃくちゃきつい！』

　プロペラにも脈動現象が出ている。いわゆる漕ぎムラのことで、これを抑えるように漕がないと、効率が落ちてしまう。高度がどんどん落ちていく……。もうダメかと思われたとき、水面で跳ねるようにして、ギリギリ持ち直した。水面効果だ。水面が近づくと揚力が増すのだ。

「宇良々川さん耐えて！」

『絶対に十八キロ行く！　ブザー鳴らす！』

　ブザーとは十八キロ地点における旋回の合図のことだ。宇良々川さんと一緒に映像を観《み》た二〇一一年大会では、東北大ウインドノーツが一八六八七・一二メートルの記録で優勝している。十八キロ飛べば優勝も夢ではない。

「よし、鳴らそう！　ブザー鳴らして帰ろう！」

『うん！　ぜったい……絶対鳴らす！』

　しかしすでに限界が近い。速度的にはあと十五分近くは飛びつづけなくてはならない。一分がすでに絶望的に、ブラックホール的に長い。それがあと十五分……。

「がんばれ！　宇良々川さんがんばれ！」

　僕はしゃにむにさけんでいた。なんの作戦も勝算もなく。ふと、ほんの二ヶ月ほど前に宇良々川さんと交わした会話がよみがえってきた。

『なんか、ハカセが必死になってるところ、想像できないな』

『僕はたぶん、淡々と飛んでたんじゃないかな。叫んだり悔しがったりもしない』

『そっか……。わたしも淡々と、全力で飛ぶよ。負けず嫌いだし』

ほんとうに――。ほんとうに遠くまできた。こんなところまで来られると思ってなかった。こんなに自分が変わるなんて夢にも思わなかった。あのとき骨折しなかったら、宇良々川《うららかわ》さんと出会わなかったら、どうなっていたのか想像するのも怖いくらいに。よかった。辛いことも無数にあったけれど、いまここにこうしていることができて、ほんとうによかった。

「宇良々川さんがんばれ！　がんばれ！」

残りあと九分！　スノウバード号は水面ギリギリを滑るように飛んでいく――

突然、宇良々川さんが悲鳴をあげる。

『うっあああああっ！　右足攣《つ》ったあああああっ！』

機体の高度がわずかに下がる。

「ダメだ！」僕はさけんだ。「高度ギリギリ！　下げないで！」

『痛ったあああああっ！』

僕は歯を食いしばった。断腸の思いで指示を出す。

「漕いで！　漕いで！　上げて！」

宇良々川さんの苦しげな呼吸。たぶんもう泣きながら漕いでいる。とっくに限界だ。でも、もう止《や》めろとは口が裂けても言えない。

残りあと五分、距離にして一・五キロ！

「もうすこし！　もうすこし！　もうすこしだよ、宇良々川さん！」

グウッ——とまた機体が下がる。水面に落ちる影が近づく。

『あああああっ！　左足も攣ったあああああっ！』

「耐えて！　耐えてっ！」

スノウバード号の下端が、ほんのわずかに水滴を跳ねた。たぬきの腹太鼓に、パキパキッという異音が混じる。もうズタボロのメチャクチャだ。気合だけで飛んでいる。

『痛い……痛いっ……！』

宇良々川さんが泣いている。でも墜《お》ちない。ほんとうにギリギリのところで諦めない。

残りあと三分！

「がんばれ！　がんばれ！　がんばれ！」——

残りあと二分！

『ああああああああああああっ！』——

残りあと一分！

スノウバード号は、ゆらりゆらりと墜ちるか墜ちないかのところをさまよっている。脳裏に雪姉《ゆきねえ》の姿が浮かぶ。何度も何度も、繰り返し飛び降りる背中——

「行けっ！　行けっ！　行けっ——！」

プロペラの回転が鈍り、高度が致命的に下がるのが、スローモーションで見えた。

そしてなぜか、観客席の様子も見えた。学校のみんなや、五十部《いそべ》、バン、ユージン、ひちょり、オユタン、もるちゃんが涙を流しながら応援している。ひちょりは姿を現して、オユタンはガスマスクをかなぐり捨て、花粉症もあいまって涙と鼻水でべちょべちょになっている。

その視点は、ふいに、動いた――

松の梢《こずえ》を揺らし、ポールの旗をはためかせ、男の子のヤクルトスワローズの青い帽子を舞い上げ、波紋を巻き起こしながら猛スピードで湖面を渡り、追走のボートを追い越した。

ぶわっ――！　と風が吹いた。

僕は目を見開いた。

Tシャツが満帆のように張った。

三本足のカラスと無数の鳩たちが、風を呼んでやってきて、スノウバード号を空へと押し上げたのだった。ふいにやってきた、美しい、のどかな、永遠のような時間だった。

そして次の瞬間――鳩たちは、飛行機を駆るうさぎさんたちに姿を変えた。鉄の鳥たちは、まるで親鳥と戯《たわむ》れるみたいに、スノウバード号と一緒に飛び、影をきらめく水面に泳がせた。

スノウバード号は最後にひとつ、羽ばたいたように見えた。

――ブザーが、鳴った。


フェアリングが粉々に割れ、水面に漂った。

鳥たちは太陽にむかって飛んでいき、見えなくなった。

レスキューダイバーたちが次々と湖に飛び込んでいく――

そのとき一瞬だけ僕は、たぶん他の人々とは違う光景を目にした。

宇良々川《うららかわ》さんは薔薇《ばら》のような真紅《しんく》のドレスを着て、仰向けに浮かんでいた。発泡スチロールは白薔薇に、水面のきらめきはガラスの破片に変わった。

それは、夢のなかで見た姿だった。

ガラスの棺は割れたのだ――と、僕は思った。

宇良々川さんはぐったりしたまま抱きかかえられ、酸素吸入をしながら、僕のいるボートに揚げられた。僕はバスタオルを彼女の肩にかけ、抱きかかえる。

記録が出る。


『一八〇〇〇・六二メートル』――

宇良々川《うららかわ》さんは僕に抱きつき、声をあげて泣いた。
「うわあああああああん！　うわああああああああん！」
僕も涙を止められなかった。
宇良々川さんには影が、僕には鼓動が、しっかりと戻ってきていた。
スマートウォッチのなかで、孔明先生が『恋です!!』とさけんだ。
僕は彼女を強く抱きしめながら、ありがとう、と繰り返し言った。

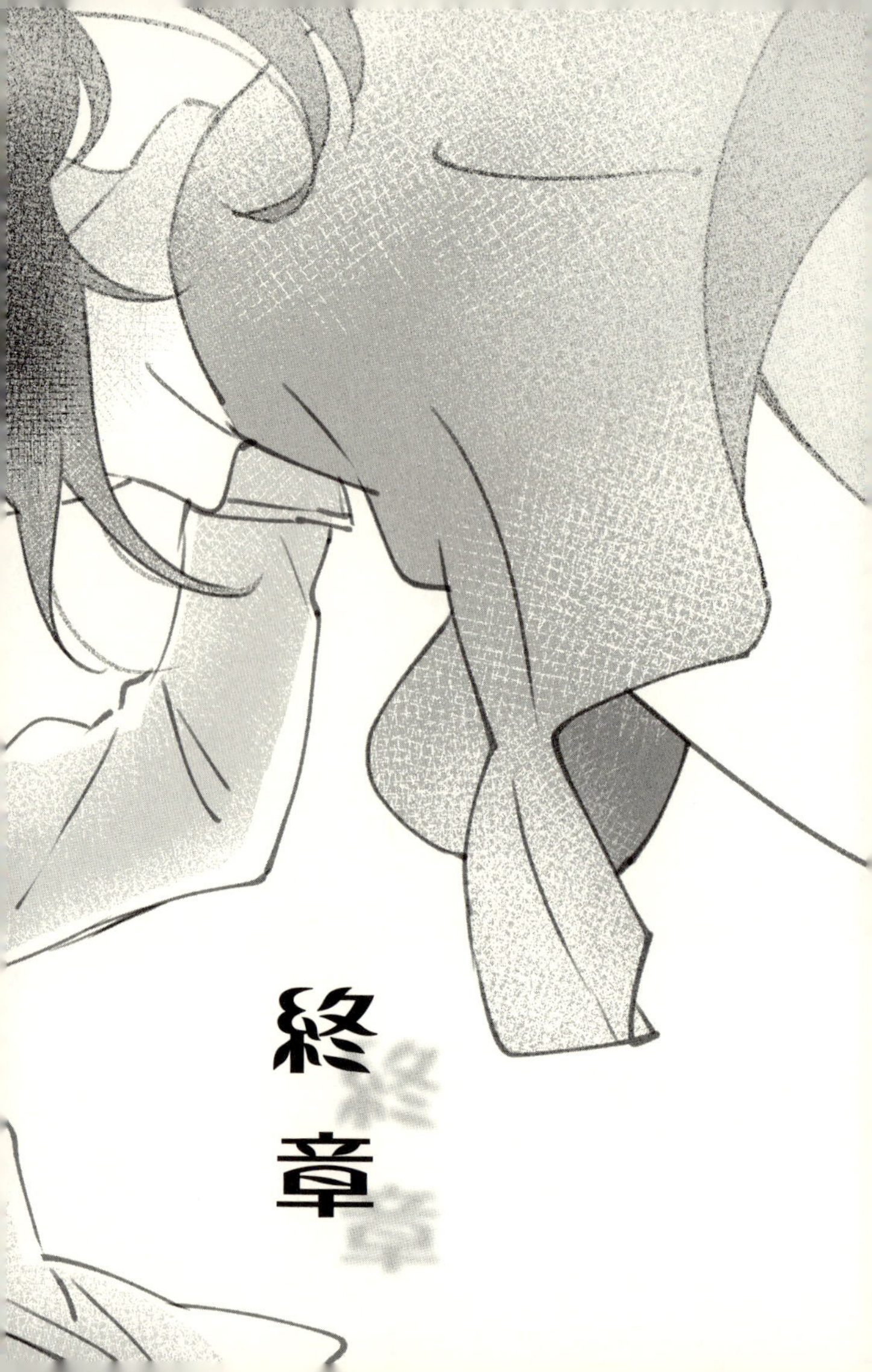

終章

1

八月の末に、コンテストのテレビ放送があった。

「将来、りんごちゃんがうちにお嫁さんに来てくれるかもしれない……！」

と、僕の両親がほっぺをテカテカさせながら嬉々《きき》として準備をして、盆と正月とクリスマスがいっぺんに来たかのような規模のパーティーになった。

「カンパーイ！」と、コップを打ち合わせた。

「ぷはっ！　カロリーのあるコーラ染みる〜っ！」と、宇良々川《うららかわ》さん。

「うおー料理美味《うま》すぎる！」と、バン。

「ボク歌おっか!?」と、ユージン。

「やめろお前、迷惑だろうが」と、影のある感じのロン毛のイケメン。

「誰っ——!?」と、僕らはびくっとなった。

「えっ!?　俺、オユタンだよ！　傷つくなあもう」

母さんが空気清浄機をフル稼働させたおかげで、ガスマスクから解放されていたのだった。

そんなこんなでわちゃわちゃしているうちに、放送が始まった。

主役はやっぱり宇良々川さんで、颯爽《さっそう》と現れた救世主的な演出になっていた。もるちゃんもクローズアップされて、ダブルヒロインみたいな扱いだった。

「ぐぬぬ……」と、ユージンは悔しがった。たぶん、ヒロインの座を狙っていたのだろう。

スノウバード号が飛び立つと、また鳥肌が立った。みんなが歓声を上げる。

「あはは、ブサイクだなーわたし」と、宇良々川さんは笑って言った。

それから『なんかたぬきの腹太鼓みたいな音する！』のところでみんな爆笑した。SNSでも『たぬきの腹太鼓』がトレンドになる謎の現象が起きた。

宇良々川さんが必死でブザーを鳴らすと、あらためて感動した。

「うおおおお！　宇良々川さん胴上げしよう！」

バンが号泣しながら言って、みんなで殺到した。「──ぎょえっ！」

と、ふいにテレビにひちょりが映って、僕らはびっくりして固まった。

『僕のせいです……』と画面のひちょりは言った。『僕が担当した駆動系のせいで、ペダルが重くなったんだと思います。でも、最高の結果が残せました。宇良々川さんありがとう！』

ひちょりは頬《ほお》を赤くしてそこにいた。

「うおおおお！　ひちょりも胴上げしよう！」

ひちょりもぽんぽん胴上げされた。そしてその瞬間から、ひちょりはもう消えなくなった。

──そして、放送は終わった。僕らは高校生初出場にして二位。惜しくも優勝は逃したけれど、それでも完璧《かんぺき》な結果だと思った。ちゃんと、飛ぶべき距離を飛んだのだから。

「ハカセ、締めの挨拶《あいさつ》を頼む」と、五十部《いそべ》。

「飛行機部、ほんとうに楽しかった。次は受験をがんばろう！　特にバン！」

「え、俺ぇっ!?」

みんな笑って、それから〝ハイ・ホー!!〟と陽気に声をあわせた。

——翌日、僕らは注目の的になった。宇良々川《うららかわ》さんを一目見ようと、教室の前に人だかりができた。「やれやれだわ……」などと呆《あき》れつつ、実はちょっとまんざらでもない宇良々川さんだった。もるちゃんのもとには（いまどき）三通のラブレターが届いた。

「え〜どうしよう……」

もるちゃんは困って、夢のなかで大きなうさぎさんにアドバイスを求めた。

〝この三通のなかに良い男はいない——！〟と、うさぎさんは答えた。**〝人間の男なんかどうせろくでもないから、もるちゃんには一生うさぎを愛してほしいのだ——！〟**

ただの畜生の願望である。結局、返事は保留して、大学生になるまで寝て考えるとのこと。

それから、資金援助してくれた飛行機部ＯＢの先輩から、電話がかかってきた。

『放送見たよ。ものすごく感動した』それから裏話などいろいろと話しているうちに、むこうも本音が出てきて、『うちの会社、正直かなりきつくて、崩壊寸前だったんだよね。でも、みんなの活躍を見て、もう一回、初心を思い出してがんばろうってことになったよ。やっぱり飛行機はいいね……。僕らが叶《かな》えられなかった夢を、代わりに叶えてくれて、ありがとう。ハカセくんたちも、将来、後輩を支援できるようにがんばってね』

後輩か……と僕は思った。これまでがむしゃらにやってきて、そんなことを考える余裕もなかった。僕たちは高校生で初めて人力プロペラ機を飛ばし、常識をぶっ壊して前例を作ったのだ。あとに誰かがつづけば、それは歴史になっていく。

スノウバード号は解体されずに、空き教室に翼を外した状態で展示されることになった。

「もしも、後輩が出てきて、部品を再利用したいとなったら、壊してかまいません」

と僕らは協議して決め、校長先生にそう伝えた。

その教室には、僕らとスノウバード号の集合写真も飾られた。

2

そして、受験勉強が本格化した。

宇良々川さんは家を出て、奨学金を借りて東京の大学に通うのを目標にした。僕の志望校が東京だったのも影響したのかもしれない。僕は学力的にだいぶ余裕があったので、飛行機部みんなの現時点での達成度を分析し、これからの学習計画を設定した。

宇良々川さんは日々走り切る目標さえ決まっていれば、淡々とこなせるタイプなので、ぐんぐん成績を伸ばした。意外だったのは、バンの伸び率だった。すごい速度で成長し、オユタン

や ユージンをおびやかした。

「大学に落ちるのはいいけど、あいつに負けるのだけは死んでも嫌だ」

というのがお互いをアホだと思っている彼らの共通意見で、三人は三匹の荒ぶる犬のように噛《か》みつきあい、ほとんどケルベロスじみた一体感で成績を伸ばしていった。

秋が終わり、冬になった。クリスマスと初詣も、飛行機部のみんなと勉強してすごした。


センター試験も無事終わり、国公立の前期試験を間近に控えた、二月二十四日の夜——

『今日、久々に浮いちゃった。物理的に』と、宇良々川《うららかわ》さんは電話で言った。

え——!?　と度肝を抜かれたのだけれど、どうやらそんなに問題でもないらしい。三十分後くらいには、自力で桜ヶ丘《さくらがおか》まで来るという。勉強でもして待つか……と、参考書を開き、音楽をかける。歌詞があると邪魔なので、クラシックのランダム再生。そのピアノ曲を聞きながら問題を解いていると、ふと、直感があった。曲名を確かめて、あっと息をのんだ。

ラヴェルの《鏡》——全五曲中の最後の一曲、《鐘《かね》の谷》だった。

僕は手を止めて、しばらくその神秘的な響きに聞き入った。

——時間が来て、一階に下りると、親父はキッチンの換気扇のしたで煙草を吸いながら、本を読んでいた。アーネスト・ヘミングウェイの『誰がために鐘は鳴《な》る』。

「宇良々川さんと散歩してくる」と、僕は声をかけた。

「はいよー」と、親父は気の抜けた返事をして、ふと、斜め上のほうを見たかと思うと、

「両手の鳴る音は知る。片手の鳴る音はいかに――？」

と煙を吐きながら、訊《き》いた。僕は呼吸をひとつした。どうしてか、自然と言葉が出た。

「鐘のように鳴る」

親父はハッと目を見開いて、ぽかんと口を開けた。ぽろり、と煙草が指の隙間《すきま》からこぼれ落ちて、足の甲に直撃。「アチチチチッ！」と、跳ね回る親父。

……やれやれ。僕は放っておいて玄関から外に出た。

霧の深い夜だった。白い息を吐くと、霧がほんのすこし増えるような気がした。僕は分厚いコートを着て、手袋をつけ、かっこいい耳当てまでつけていた。移動手段が自転車だと、寒さ対策は自然と万全になる。

かつて宇良々川さんが『詰んだ』、例の街灯が点々とつづく田んぼ道のところで待っていると、やがて霧のむこうにぼんやりと明かりが灯《とも》り、宇良々川さんが自転車を漕いで現れた。トレーニングの成果で、ママチャリでも様になっている。彼女は自転車から降りると、

「見ててね……」それから、目の前でふわりと浮き上がった。真っ赤なコートがゆれ、白いマフラーが波打った。「自由自在なの、今日。たぶん明日には、もう浮けなくなってるけど」

僕らはそのまま夜の散歩へと繰り出した。

「おんぶして」と、宇良々川さんは甘えた。

しょうがないのでおんぶする。ふわり、と甘い匂《にお》いがした。重さのない女の子は、肌にくるまれた春に似ている。冬の霧のなかを、春を背負って歩くのは、時間から切り離されたようで、不思議な感じがした。街灯の灯りが、ぼんやりと幻のように滲《にじ》んでいる。僕は途中で、そんな幻のような自販機から、宇良々川《うららかわ》さんのためにコカコーラを買った。

「ぷはーっ、やっぱりカロリーのあるコーラは最高！」

と言って、それから僕の首筋に、ちゅっと冷えた唇をつけた。

「うわっ、冷たっ！」

「わははははは」

「とんでもない悪党だ」

「どんな刑罰が科されるの？」

「エレベーターにあとひとりだけ乗れるとき、いつも怒れるうさぎさんが割り込んでくる」

「キャー、ゆーるーしーてー！」

我ながらアホな会話だけど、カップルなんてこんなもんなんじゃないだろうか、たぶん。

僕らは使われていない小屋を見つけ、その屋根にのぼって、満月を眺めた。

宇良々川さんは背負っていたリュックから、大きなクリップで留めた紙の束を、おずおずと取り出した。描《か》いていた絵本が、ついにできあがったのだ。〝空の心〟をアメリア・イアハートから伝えられたうさぎさんたちは、飛行機を作って人間たちのところへと飛んでいき、今度は〝地の心〟を伝える。そして人間とうさぎさんは仲良く一緒に暮らすのだ。

「めちゃくちゃ可愛いね」と、僕は言った。

「ほんとに？」

「うん、読んだらみんな、うさぎさんと友達になりたくなると思う」

「そっか……」宇良々川さんは、はにかむように笑った。「将来は絵本作家になっちゃおうかな～。――ハカセは？　将来、何になりたいの？」

「僕は……」満月を見上げた。それは、おばけとサンタさんがいて、うさぎさんが餅《もち》つきをしていて、熱いバターのような黄金の海があって、からっぽの夜空に色鮮やかな花火が打ち上がっている月だった。僕のなかにだけ存在する、雪姉《ゆきねえ》と一緒に見た月――

「僕は、将来、宇宙飛行士になるよ」

「うん、ハカセなら絶対になれるよ」

宇良々川さんはにっこりと笑った。

それからふたりで、月を見ながら、音楽を聴いた。

宇良々川さんのからっぽだったウォークマンは、いつの間にかお気に入りの曲でいっぱいになっていた。僕は左耳で、宇良々川さんは右耳で、ひとつの有線イヤホンを分けあった。

しばらく無言の時間が流れた。僕は気になって訊《き》く。

「ひょっとして、名前が一緒だから、椎名林檎《しいなりんご》を聴いてるの？」

「ぎょえっ——！」どうやら図星だったらしい。

それから今度は、僕の音楽を聴く。

ビートルズの『Till there was you』。親父からのオススメだった。

僕は宇良々川《うららかわ》さんの頬《ほお》にふれた。やわらかく白い肌の底から、ほんのりと赤い色がにじんだ。それから僕たちは初めてキスをした。甘い果実をほんのすこしだけかじるみたいに。メタ化もへったくれもない、不器用なキスだった。

宇良々川さんはため息をつくみたいに深く息を吐いて、

「ずっと一緒にいてくれる？」と、訊《き》いた。

「ずっと一緒にいるよ」と、僕は答えた。

クラスで浮いてた宇良々川さんは、実はけっこう重い女なのかもしれなかった。

それから彼女は靴を脱ぎ、靴下も脱いで、ハンモックに寝転ぶような姿勢で、霧の夜に浮かんだ。黒髪に月の光が流れ、真っ赤な唇から、白い吐息がひろがる。コーラの赤い缶が、手元で無重力になって、光りながらくるくると回る。

そのむこうには、二月の満月《スノームーン》——

僕は、たしかに聴いた。

鐘《かね》のように。

鼓動のように。

片手のように――

月は、鳴っていた。

3

僕らは全員、無事に大学受験に合格し、卒業式をむかえた。

式が始まるやいなや、鼻水をすする音が聞こえてきて、だいぶフライング気味だなあと思っていたら、オユタンだった。さすがにガスマスクは禁止されたらしい。しかし、感傷と花粉症の見分けは意外とつかないらしく、その姿は父母さんたちの涙を誘った。

式を終えると、僕らはスノウバード号の教室に集まって記念撮影をした。

「イエーイ！」「四月からは大学生！」「あばよ高校生活！」

僕らはぜんぜんしんみりしてはいなかった。泣き所は、もるちゃんがちょっぴり目に涙をためながら「またねスノウバード号……！」と、フレームを撫《な》でたところくらいのものだった。

「二十歳になったら集まって酒飲むべ～」「いいね～」「飲むべ飲むべ～」

みたいなゆるい約束をして、ハイテンションでお互いの写真を撮りまくり、最後にはあっけらかんとして別れた。まるで明日も明後日も、相も変わらずに会うみたいに。

帰りの車は親父が運転して、助手席には母さん、隣の席には宇良々川《うららかわ》さんが乗っていた。両親が来なかった彼女を家まで送っていくことになったのだ。

「みんなアホだから留年するんじゃないかな〜」

「ユージンめっちゃ自撮りしてた〜相変わらずキモいわ〜」

みたいな会話を、終始ニコニコしながら交わしていた。それから自宅に戻り、自分の部屋で私服に着替えた。それから椅子《いす》に座って、昼の光をぼーっと眺めていると、

あ、マジか、明日からみんなと会えないのか……といまさら思って、ぼろぼろと涙が出てきた。自分でもびっくりするくらい、涙が止まらなかった。

最高の青春だったんだ、とようやく気がついた。

地下労働者《ドワーフ》の気分でいたけれど、本当はずっと光のなかにいたんだ。大空を夢見ながら、ずっとせっせと光を掘り進めていたんだ。それはなんて、幸せな時間だったんだろう。そんな幸せが、なんていい加減にやってきて、辛かったり苦しかったりもして、よくわからないうちにまたどこかへ飛んでいってしまったんだろう……。

すべては過ぎ去ってしまうんだ、ということを僕は久しぶりに思い出した。すべては過ぎ去ってもう二度とは戻らず、やがて懐かしい思い出になってしまうのだ。

——と、スマートフォンが鳴った。

飛行機部のメッセージグループに、もるちゃんがスタンプを送信したのだ。泣いている可愛

いうさぎさんだった。すると、ひちょりも、ユージンも、オユタンも、バンも、五十部《いそべ》も、宇良々川さんも、みんな何かしら泣いているスタンプを送った。なんだ、みんな同じこと考えてるじゃん、と思って、僕もアインシュタイン博士の号泣スタンプを送って、また泣いた。

『今から集まろうぜ！』

と、バンが言い出して、アホだなーと思いつつも、結局みんな郡山《こおりやま》駅に集まった。

「みんな暇かよ！」

「忙しいよ！　引越しの準備とかいろいろあんだよ！」

「寂しがり屋さんなんだからみんな～」

などと軽口を叩《たた》きつつ、みんな目が赤かった。

「よし、琵琶湖《びわこ》まで歩こうぜ！」と、バンが言い出した。

「歩けるかバカ！」

「靴裏すり減ってなくなるわ！」

「じゃあ猪苗代湖《いなわしろこ》で妥協するか！」

——と、なんの計画もなく歩き出してしまった。十四時、アホの行進《ハイホー》の始まりである。結局、猪苗代湖へ着いたのは二十二時——みんなヘトヘトに疲れ果て、猪苗代湖は暗黒だった。

それでもやっぱり僕らは、光のなかにいたのだ。

――そして、東京への引越しの日。

親父は朝から元気がなかった。まるで動物病院に連れて行かれるでかいゴールデンレトリーバーみたいに。こういう時はいつも、母さんのほうが気丈で、まったくもうと言いながらいろいろと準備を手伝ってくれた。そして、別にいらないのにお弁当まで作ってくれた。

それからふたりで、駅のプラットホームまで見送りに来てくれた。

「ゴールデンウィークにはまた帰ってくるから」

と、僕は新幹線に乗り込みながら言った。郡山駅《こおりやま》から東京までは約一時間半なので、あっという間である。しかし、親父が相変わらずしょんぼりしているので、

「ちょっと、背中向けて」

「え、こう……?」

その猫背を、思い切り叩《たた》いた。

「喝《かつ》!」

新幹線の扉が閉まる――

あぜんとしながら眼鏡《めがね》を直す親父に、僕はにやにやしながら手を振った。

4

東京の狭い部屋に引っ越して、数日——

宇良々川《うららかわ》さんの入学式終わりに会うため、僕は最寄りの駅へと向かった。うららかな春の日だった。ときおり強い風が吹き、生垣に咲く名前も知らない野花を揺らした。その陰でアオダイショウがのんびりと脱皮していた。

駅の人混みで、ちょっとひるむ。電車の乗り方にはすぐに慣れた。路線バスよりは、難易度が低い。だって、券売機からちゃんとお釣りが出るのだから。

電車に揺られ、過ぎていく景色を眺めながら、アインシュタイン博士のことを思い出した。博士が消えたのは、コンテストで宇良々川さんが飛んだ、翌日の朝だった。


——七月二十八日の朝四時、僕は目を覚ました。

二日連続でこの時間に起きていたので、勢いあまってまた起きてしまったのだ。朝の支度をし、ホテルの外に出る。松原《まつばら》水泳場では、滑空機部門のチームが、今日の本番にむけて、入念に準備をしていた。緊張感が離れたところにまで伝わってくる。昨日の僕たちもきっと、あんな感じだったのだ。湖岸沿いの道を、東のほうへとずうっと歩いていく。

プラットホームと、観客席が近づいてくる。

この先にアインシュタイン博士がいるはずだ、と僕はなぜか確信した。

僕はそのままさざなみ街道を進み、松原湖橋を渡り、観客席を通りすぎ、さらに北へ——

砂浜に、ぽつん、と誰かが立っていた。朝日のなかで、長い影を湖に落としている。近づいていくと、やっぱりそれは、博士だった。

「やあ、少年、来たようぢゃね」

と、博士は左手を挙げて言った。学校の廊下に現れたときと同じく、ブラウンのスーツに、赤いネクタイを締め、その上から白衣を着て、足元は砂浜にそぐわない黒い革靴だった。

「ワシの役目はどうやら終わったようぢゃから、もう帰るよ。かなとこをいつまでも押し入れにしまっておくわけにはいかないしね」

それから僕らは、砂浜に腰掛けて、湖を眺めながらいろいろな話をした。それは、結局は、別れを惜しむためのものにすぎなかった。大事なのは、別れるためにする話のほうだ。

「さて、ワシはもう行くよ――」

アインシュタイン博士は立ち上がり、お尻《しり》の砂を払って言った。それから、まるで手品のように、懐から大きな美しいガラス瓶を取り出してみせ、言った。

「では、最後の実験をしよう」

そして、ポケットから小石を取り出して、瓶に入れる――。小石は魔法のように増えて、ざらざらと、小瓶の半分ほどを満たした。同じように、パチンコ玉で、もう半分を満たした。

「アインシュタインとは、ドイツ語で『ひとつの石』を意味している――」と博士は言った。

「ワシの人生は、まさに〝石〟にまつわる物語ぢゃった。『$E=mc^2$』の公式で質量とエネルギーの等価関係を示したわずか四十年後、ウランやプルトニウムといった〝石〟が恐ろしい爆弾となって世界を破壊した。もうすこしすると〝石〟はエネルギーになった。原子力発電の始まりぢゃね。ようやく平和のために役立てられるのかと思ったが、スリーマイル島やチェルノブイリ、福島で大事故を引き起こしもした……。そしてこの〝石〟の姓の背景にも、世界を〝浮遊〟してきた民族であるユダヤ人の歴史がある。それは今日のイスラエル・パレスチナの戦争にまで連綿とつづいている。世界とは、かくも複雑で恐ろしい場所ぢゃよ。ほとんど耐え難いほどにね。だからひとつ、美しい法則を知っておくといい――」

そして博士は、胸ポケットから白く輝くひとつの石を取り出し、瓶のなかに入れた。

そして、瓶を振った――。中身は複雑に運動しながら、しかしその重さに応じて美しく振り分けられる。上から、小石、パチンコ玉、ひとつの光る石――

「これが、魂の力学ぢゃよ。だから、魂を重たくしなさい。多くを学び、多くを感じなさい。毒のひそむわかりやすい言葉や正義の誘惑を慎重にしりぞけ、矛盾や葛藤を捨てずに抱《かか》えつづけなさい。そして、もしもこの瓶がガラスの棺《ひつぎ》となるときは、迷わず破壊しなさい。それは暴力ではなく、言葉でもなく、魂の智慧《ちえ》によって成される」

「……どういうことですか？」

「きみはもう知っているはずぢゃ。それは何ひとつ毀《こわ》さず、一滴の血も流さないまま、時間さえ超えて、世界を完膚なきまでに破壊する優雅な力ぢゃよ。真夜中のかなとこのように辛抱強く向きあえば、ある日、世界の奥深くでそれは一瞬にして成し遂げられる。十のマイナス十八乗の刹那《せつな》よりも短い時間でね。そして世界はその瞬間から新しい鼓動を始め、新しい音楽になる。――忘れてはならないよ。世界が壊れ始めるのは、我々が破壊する力を得たときではなく、失ったときぢゃということを」

「……わかりました。決して忘れません」

「きみと出会えてよかったよ、ハカセ」

博士はそう言って、照れ臭そうにべっと舌を出した。

そして風が吹き、博士は消えた。革靴のかたちにくぼんだ砂に、朝の陽が光っていた。

ぴいん――

ぴいん――

ぴいん――

僕は電車のお釣りの五十円玉を指ではじきながら、宇良々川《うららかわ》さんの大学の、満開の桜並木のしたを歩いていた。そして、博士の最後の言葉に思いを馳せていた。それは博士から僕に手渡された、美しい〈謎〉《エニグマ》だった。

僕はそれを言葉の力で解こうとはしなかった。代わりに、その存在しないガラス瓶を、じっと心のなかに抱えつづけた。琵琶湖《びわこ》のほとりから持って帰り、窓辺に置いてときおり眺め、金魚鉢みたいに大事に抱《かか》えて東京まで引っ越した。そうしているうちに、それは不思議な生命を獲得していった。こつこつ、と内側からくちばしで叩《たた》くような音が聞こえたかと思うと、あるときには遠いさざなみのように鳴ったりもした。
そしていま――春告鳥《うぐいす》がどこかで鳴いた。その声が、古いなぞなぞ歌を連れてきた。

ハンプティ・ダンプティ　へいにすわった
ハンプティ・ダンプティ　おっこちた
おうさまの　おうまも　みんな
おうさまの　けらいも　みんな
ハンプティを　もとには　もどせなかった

すると、いつの間にかガラス瓶は、ハンプティ・ダンプティの姿に変わって、花の重みに垂れた枝に顔を隠されて、朗らかに口笛を吹いていた。

そのとき、むこうから、僕を呼ぶ声が聞こえた。

「――ハカセ！」

笑顔で手を振りながら、宇良々川さんが駆け寄ってくる。

そのとき僕は、重力を感じた。僕の全存在が、たしかに、彼女へとゆるやかに引かれたのだ。

まるで桜の花びらが、春告鳥《うぐいす》の羽ばたきにやわらかく吸い込まれるみたいに。

ぴいん――

その重力に誘われるように、ハンプティ・ダンプティは落っこちた。そして粉々に砕け散り、その虚空から、新しい光が生まれてきた。鋭く、深く、それでいてやわらかい光だった。そして、いままで見えなかったものを照らし出した。

僕はあらゆるもののあいだに、音楽に似た美しい重力を感じた。

その調和を、僕はあの言葉で呼ぶしかなかった。僕がいままさにその外側に〝ダッシュッ〟してしまった、あの言葉――。なぜなら、ほかにひとつもふさわしい言葉がないのだから。

もう戻せないハンプティが、鏡の国のアリスにこう言っていたように。


『わたしが言葉を使うとき、言葉はわたしが選んだ通りの意味になる』――

つまりそれは、たぶんきっと、〝愛〟だった。


光は一瞬にして、すべてを完膚なきまでに、優雅に破壊した。

〈謎《エニグマ》〉を貫き、世界を、そして時間さえも貫いた。

いまは心の底から信じることができた。アメリア・イアハートはきっと、最期は海ではなく、空へと落ちていったのだ。彼女自身の愛のある場所へ。だからきっと同じように、雪姉《ゆきねえ》も空へと落ちていったんだろう。白い鳥になって、のびのびと自由に羽ばたきながら——

コインが地面に落ちた。

そしてりんごが僕にむかって、まっすぐに、落ちてくる——

〈了〉

あとがき

今作もたくさんの方々のご助力のおかげでなんとか刊行することができました。

株式会社小学館のみなさま、担当編集の濱田《はまだ》さま、イラストレーターのさかもと侑《ゆう》先生、インスピレーションをくださった鳥人間コンテスト番組制作スタッフのみなさま、ならびに東北大ウインドノーツのみなさま、そしてこの物語の登場人物（と、うさぎさん）たちにも、この場をお借りして心より感謝申し上げます。

ガガガ文庫からの刊行もあっという間に三冊目となり、作家生活も三年目に突入しました。

今作の執筆初期のあたりでは、『航空力学の基礎』（いわゆる〝銀本〟）を勉強したり、エクセル表に機体データや数式を打ち込んだりしていたのですが、途中から（あっ、これあんまり使わないな……）とハッと我に返ったりしていたので、まだまだ前途多難のようです。

山あり谷あり、これからもがんばって面白い小説をたくさん書いていきますので、ぜひ応援よろしくお願いいたします。

なお、作中の地名・団体名等には架空のものが含まれていることを申し添えておきます。

二〇二四年　某日　四季大雅《しきたいが》

〈参考文献〉

牧野光雄『航空力学の基礎（第三版）』産業図書（二〇一二）
宮本百合子『貧しき人々の群』新日本出版社（一九九四）

GAGAGA

ガガガ文庫

クラスで浮いてる宇良々川さん

四季大雅

発行　2024年12月23日　初版第1刷発行

発行人　鳥光 裕

編集人　星野博規

編集　濱田廣幸

発行所　株式会社小学館
〒101-8001 東京都千代田区一ツ橋2-3-1
［編集］03-3230-9343　［販売］03-5281-3556

カバー印刷　株式会社美松堂

印刷・製本　TOPPANクロレ株式会社

Printed in Japan　ISBN978-4-09-453208-1

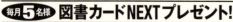